老家不远

张积会 著

陕西新华出版传媒集团
太白文艺出版社（西安）

图书在版编目（CIP）数据

老家不远 / 张积会著. -- 西安：太白文艺出版社，2021.2（2022.1重印）

ISBN 978-7-5513-1913-3

Ⅰ.①老… Ⅱ.①张… Ⅲ.①散文集—中国—当代 Ⅳ.①I267

中国版本图书馆CIP数据核字(2021)第010520号

老家不远
LAOJIA BUYUAN

作　　者	张积会
责任编辑	白　静
封面设计	王　洋
版式设计	董文秀
出版发行	陕西新华出版传媒集团 太 白 文 艺 出 版 社
经　　销	新华书店
印　　刷	涿州军迪印刷有限公司
开　　本	787mm×1092mm　1/16
字　　数	218千字
印　　张	17.75
版　　次	2021年2月第1版
印　　次	2022年1月第2次印刷
书　　号	ISBN 978-7-5513-1913-3
定　　价	80.00元

版权所有　翻印必究

如有印装质量问题，可寄出版社印制部调换

联系电话：029-81206800

出版社地址：西安市曲江新区登高路1388号（邮编：710061）

营销中心电话：029-87277748　029-87217872

故乡是一缕扯不断的乡愁

萧　迹

　　张积会的《老家不远》是一部关于乡情的散文集，乡情是人类共有的情结，所以，在读这部散文集的时候，我们如同手捧家乡的泥土，那么厚重，那么馨香，散发着一股浓浓的家乡味，还有那一缕扯不断的乡愁。积会给我们分享田园生活里那种挥汗锄禾、收获于田畛间的情感，枝头莺啼鸟啭、村落黄昏炊烟袅袅，以及鸡犬之声不绝于耳的乡村生活。同时，他又以浓重的笔墨刻画了一群人，展现了他们面对生活中的各种困境所表现出的坚韧、执着、智慧、顽强、倔强。

　　《老家不远》共收录了40余篇散文，有写亲情的《母子心相连》《我父亲是木匠》《给爷爷的一封信》，有写家乡赞歌的《上山砍柴》《拾麦穗》《打麦场》。每一篇文章都来自作者的真实生活，具有鲜活的生命流动感，每一个跳跃的文字中融入了作者对生命的直接感受。积会在《母子心相连》中写道："记得在我上小学四年级的那一年春节前几天，做好了几个哥哥的新鞋后，母亲的十个指头已经冻得全裂开了口子，疼得碰都不敢碰，稍微一碰，裂口处就血流不止。但母亲硬是给手上缠些胶布，咬紧牙关，强忍着疼痛，一下一下穿针线，一点一点密密缝，等到做完最后两双鞋,已经是农历腊月二十九的深夜。"让人读罢,好像一个普通的却又伟大的母亲活生生地站在了我们面前,让我们在感受着"慈母手中线,游子身上衣"的深挚母爱中引起共鸣。又在心弦共振的同时,唤起普天下儿女们亲切的联想和隐藏心中的温暖记忆。

积会写不远的老家,是在追忆早已消失于风中的家乡,在点点滴滴回忆中,那一个个鲜活的人物就在他的笔下重现了。在《一段抹不去的伤痛》中,他写到了一个叫劳娃哥的普通村民,"一个比我大20岁的同族大哥,一个命运多舛、几乎没享过一天福的苦命人……第二天清晨,当妻子发现他不在身边的时候,赶忙到处寻找,结果在做好的寿棺里,他静静地躺着,已没有了呼吸,身上穿着崭新的寿衣,旁边放着装有老鼠药的纸包。"积会对故乡绝不仅仅是一种简单的回忆和描述,而是带着一种思考和反思。写到这里,他难抑悲痛,用手中的笔怒斥:"难道怕穷就怕到了不要命的地步?穷真如洪水猛兽瞬间可以剥夺人的生命?"这一问,振聋发聩,直击灵魂。

散文是作者的世界,散文的内容关乎作者的经历、情感和思想,离开了作者的这个"我",散文就失去了其魅力。同时,作者在以真情感动读者之时,又赋予了文章新时代的气息。因此,这个"我"要跳出那个狭隘的"我",抛弃无病呻吟与矫情作态。令我们欣慰的是,在积会的《老家不远》中,我们看到了这是离开故乡的积会在记忆时空中的寻根之旅,他无数次回望生命,探寻自己的成长历程,最终把个人的小爱化作一种人间大爱,一切都那么真挚,那么热烈。纵有大段的抒情与议论也都发自内心,给我们以情感的冲击力。他在《家乡的赞歌》中满怀深情地写道:"更大的喜事,就是我的父老乡亲也和城里人一样,60岁以上就可领取政府发放的养老金。这样的好政策,三皇五帝时没有,夏商周时没有,秦汉时没有,大唐盛世时没有,康乾盛世时没有……唯有中国共产党执政下的今天,广大农民有了这样的好福利。这是何等的壮举,又是何等的伟大。农民是何等的幸运,又是何等的幸福。"

这部散文集的语言质朴,又有直逼人心的内在驱动力,和当下很多在语言和技法上经过精心雕琢,以技讨巧,用形式上的精致化掩盖精神缺陷的散文有着本质的不同。正如积会自己所说,他的散文是写实的,面对故土如实地去还原生活本来的样子。看上去朴素得像是生活的白描,但是,他在选题上做足了功夫,精心地剪裁。所以,他的文字简洁、真挚、感人,阅读中总有一些兴奋点和一种凄美的情调在撩拨人性共有的情感的弦。随着他的深情描述,那些生活中的琐事和细节,唤起了我们对家乡和童年的回忆与眷恋,读起来特别有亲切感。

积会始终坚守自己的内心世界,写他熟悉的生活,写他热爱的自然,写他尊重的生命。毋庸置疑,乡土散文因为创作题材的地域性,常使其难以摆脱某种限制,但恰恰又是这些限制,使其具有非常鲜明的个性色彩。在《老家不远》中,我们欣赏到了西部风情造就的一首首高亢雄浑的交响乐,在其高亢雄浑中又渗透着细腻质朴,这便是《老家不远》的魅力所在了。

作者简介:

萧迹,中国作家协会会员、陕西省作家协会签约作家,西安市百名骨干艺术家,西安市碑林区作家协会主席。已创作出版长篇小说《大铁路》《团委书记》《平·安》《楼观秘籍》《古城》,散文集《美景都在路上》《请珍惜在一起的日子》等。

目录

第一辑　岁月留痕

003｜母子心相连

010｜我父亲是木匠

017｜给爷爷的一封信

022｜我的大嫂

030｜纺线线

033｜上山砍柴

037｜拾麦穗

039｜村北那条河

043｜原上那口土窑洞

048｜村头那口井

053｜那一树燃烧的火炬

058｜童年的伙伴

065｜曾经的学医热潮

069｜画画伴我成长路

074 | 寻找流失的岁月

079 | 红薯也是粮食

第二辑　魂牵梦绕

087 | 三　哥

097 | 弟弟的毛笔字

102 | 我家的四合院

111 | 打麦场

118 | 家乡的婚俗

132 | 家乡的丧事

148 | 一段抹不去的伤痛

154 | 母亲是我最好的老师

157 | 那年那场雨

161 | 马　场

165 | 教师，人生中亮丽的名片

176 | 同学们，我想你们了

180 | 一记耳光

185 | 学校门前的那条路

189 | 我的老师

193 | 母亲最后的日子

200 | 小妹夫

第三辑　追梦前行

209 | 家乡的赞歌

214 | 春日乡村散记

219 | 西汤峪温泉

224 | 清明拜谒张载祠

229 | 水果之王——猕猴桃

233 | 又到一年落叶飘的时候

236 | 留一树绿荫

240 | 怀念麦子

244 | 寂静的村庄

249 | 不打电话

252 | 家乡也环保

256 | 快　递

260 | 板　胡

264 | 老家不远

269 | 过　年

第一辑 岁月留痕

第一辑 岁月留痕

母子心相连

母亲离开我们已经整整36个年头了，可36年来，我常常在梦中见到母亲，我就像一个刚刚离开母亲怀抱的婴儿，用哭声呼唤母亲，用明亮的双目期盼母亲的归来。

和同时代所有的普通农村妇女一样，母亲穿的永远都是深灰色偏襟布褂，深灰色宽筒裤，就连满头乌黑的齐耳短发，也是和村里的几个妇女相互剪的。在那样的年代，农村妇女好像就应该是这样的着装，这样的发型。以至于在母亲去世的很长一段时间里，只要一回到村里，看到如此着装的大婶，我就不由得想起母亲。甚至在电影里或电视上，每每看到那个年代的农村妇女，母亲的音容笑貌就不由自主地浮现在我的眼前。

在我的记忆里，母亲是一个皮肤白皙、面容俊秀的高个子农村妇女，要不是疾病折磨着她，在偌大的村子里，母亲还真是无人可比的仙子。在母亲最后几年的生活中，她虽然清瘦，给人的感觉却依旧是干练、精神。

母亲共生了我们兄妹7个，5个男孩，2个女孩，我排行老四。可以想象，在那个物资异常匮乏的年代，母亲和父亲养活我们7个孩子是多么不容易。

纺线、织布、缝衣、拾柴、挑水、洗衣、做饭、喂猪、喂鸡……这些几乎占据了母亲全部的时间。正是我们这些孩子的拖累和没日没夜的劳作,让母亲过早地累垮了身子,落下了心慌、眩晕、无力的毛病。那时我只有七八岁,我清楚地记得,不管是刮风下雨,还是漫天飞雪,不管是烈日炎炎,还是数九寒天,只要母亲犯病,就是我们一家人最揪心的时候。只有当母亲病情好转,恢复正常时,我们紧绷的心弦才得以放松,紧锁的眉头才得以舒展,家里才会恢复之前的安然。

如此的情景常常出现,时时牵动着我们的神经。我们把母亲的健康寄托给上苍,天天祈求上苍,保佑母亲平安,我们把最美好的祝福送给母亲,愿母亲福如东海,寿比南山。

然而,病情好转后的母亲从不会歇下来,她如一个旋转的陀螺,一旦转开,就忘记了黑夜白天。虽然因身体的缘故,她每天也干不了多少活,可她就这么不停地忙碌。多少个夜晚,我们都进入了梦乡,她却依然坐在昏黄的油灯下,一针一线地缝制衣衫;多少个清晨,我们还在睡梦中,她却早已起来,赶制没有做完的鞋袜。节日里,我们都高高兴兴地上街看戏、看电影,她却一个人忙碌着全家人的吃穿。过年时,我们都穿着她缝制的新衣服、新鞋子,欢天喜地过大年,她却依旧穿着那件洗了又洗的旧衣服,手脚麻利地准备着"丰盛"的年饭。即使每次织出了新布,她首先想到的也是我的爷爷和我们兄妹,永远不去考虑她自己。即使偶尔做一顿好吃的,她依然把老人和孩子放在最前,给自己的永远是剩下的。

母亲身体不好,常年有病,我们都劝她量力而行,不要太劳累。可是,母亲一生好强,从不让自己的孩子挨饿受冻,缺衣少穿。只要别的孩子有的,她一定也让自己的孩子有。尽管粗糙点、陈旧点,却是她的心血。记得在我上小学四年级的那一年春节前几天,做好了几个哥哥的新鞋后，母亲的十个指头已经冻得全裂开了口子，疼得碰都不敢碰，稍微一碰，裂口处就血流不止。但母亲硬是给手上缠些胶布，咬紧牙关，强忍着疼痛，一下一下穿针线，一点一点密密缝，等到做完最后两双鞋，已经是农历腊月二十九的深夜。

第二天，我们兄妹几个穿着母亲做的新鞋，高兴地在院子里撒欢儿，母亲却突然惊叫："哎呀，还缺老四和老五的新帽子！"说着，就让父亲赶紧到街上去买。当时已经快中午12点了，街上距我们村子三四公里，即使赶到，人家也可能关门了。正在忙着做饭的父亲说："算了吧，等过完年再买。""那怎么行，过年就是孩子的事，没有新帽子就是最大遗憾。你看别人家的孩子都有。"母亲急了，"你还是借辆自行车去吧，兴许能赶上。"

父亲骑着借来的自行车，飞快地向街上赶去。我和弟弟看着他的背影，心里在暗暗地给他加油，我们多么希望商店能晚点关门。

那个年代，一顶新帽就是一件新衣，是男孩子威武的象征，更是新年的象征。

下午2点多的时候，父亲终于在我们的焦急等待中回来了。他还真买回来2顶新帽，我们高兴得差点流泪，那是多么珍贵的新年礼物。

听父亲说，他赶到商店时，商店已经关门了。他赶紧打听到售货员的家庭住址，骑着车子就去追赶，追上后费了很多口舌，才得到人家的同意，跟他一起折返回来。

听父亲说，看到商店关门后他本来想回来，可又怕给母亲交不了差，才下决心追上去的。

人常说，孩子多了，做父母的就不知道宠爱哪个了。可是，在我家，我们兄妹7个，个个都是母亲手中的宝，心头的肉。只要谁有个头疼

脑热，母亲便坐在身边一刻不离，彻夜不眠，给他端水，喂他吃药，还给他做最好的饭菜；只要谁在外面受了委屈，母亲便会找人理论，查明原因，耐心教育，直至他心结解开；只要谁不走正道，肆意生事，母亲便严厉管教，从不手软；只要谁做出了成绩，受到了表扬，她更是体贴入微，对他问长问短，不只有精神鼓励，还有物质犒劳。

可是，母亲还未看到我们长大成人，就匆匆地离开了我们，成了我们永远的伤痛。以至于在后来的这36年里，当我们的日子一天天变好，各自成家，儿女成群，子孙满堂时，我们就会想起母亲，想起母亲倾注在我们身上的心血，想起和母亲在一起的点点滴滴。

我永远不会忘记"母子连心"的真正含义，更体会到了血浓于水的至深至爱。母亲去世的那一年，我正在读高二。那天晚上，秋风送凉，月明星稀，我正在上晚自习。本来有很多作业要做，可做着做着我便心慌意乱，坐立不安，无心看书做题。周围同学惊讶，问我是不是心中有事，怎么这么反常，我说什么事都没有。可我哪里知道，失去母亲的灾难正在向我逼近。晚自习结束后的9点多，有同学在宿舍门口大声喊我的名字，说是有人找。我跑出去一看，原来是堂哥。他骑着一辆自行车，慌慌张张地对我说："赶紧跟我走吧，你妈病了，在医院。"还没等我反应过来，他已骑上车往外走，我小跑两步坐在上面。"啥病？就在镇上医院？"一出校门，我急忙问。"脑出血，正在医院抢救呢。"堂哥停顿了一下，"估计人都不行了。"我的脑袋"嗡"的一下，好像当头挨了一棒。怎么会这样，一周前我离开家时不是还好好的吗？我一个劲地问自己，同时也在不停地安慰自己：不会有事的，一定不会有事的。

当堂哥带着我经过医院门口时，没拐进去，而是直接朝家的方向骑去。我一下子明白了，心便猛地提到了嗓子眼，眼泪也不由自主地流了下来。我们骑车追了大约有10分钟，老远就听到了哭声。我慌忙跳下车紧跑几步，就看见五六个人抬着母亲，我的父亲和哥哥们也在其中。从哥哥们的哭声中我确定母亲已经不在了，泪水随之汹涌而出，大声哭着从一个人的肩上换上担架的一头，抬起了母亲。

我不知道当时是一种什么心情，只想通过哭声来感动上苍，还我一个好端端的母亲，也只想通过哭声为母亲尽这最后的一点孝心。

不知道哭了多长时间，走了多少路程，直到母亲在一片哭声中被抬进家门，安详地躺在炕上时，我才接受了这个事实——母亲真的不在了。

那个夜晚，我们一遍遍地安慰因悲伤过度而晕过去的父亲，我们守着母亲，哭了一夜，也说了一夜，哭母亲的突然离去，说母亲一生的艰辛。哭一阵，说一阵，说一阵，又哭一阵。

在说与哭中，我得知母亲的病是怎样的突然，发病的那一刻又是怎样的痛苦，心便一阵阵绞痛，眼泪又"唰"地流了下来。

那天傍晚，母亲正在蒸馍，当馍刚刚出锅，她就感到头部一阵剧痛。她忙挣扎着和身边的大妹说："快叫你大（你爸）！"话没说完，就一头栽倒在地上。大妹吓得"哇"的一声大哭起来，忙朝门外喊："大，我妈晕倒了！"正在门外干活的父亲听到喊声，飞快地跑回屋，母亲已不省人事了。他急忙喊来我的几个哥哥及村里的叔叔们，卸掉一扇门板做担架，抬着母亲，急火火地向镇上的医院赶去。

在医护人员近1个小时的紧急抢救后，母亲的心脏停止了跳动，永远地离开了我们。

从在家晕倒的那一刻起，母亲就再也没有醒来过，没有留下任何话，也没有再看我们一眼，就这么无声无息地离开了我们。

母亲，你才49岁呀，你含辛茹苦地把我们抚养长大，你的人生才刚

要结出硕果。难道你真如吐丝的蚕、吃草的牛，只图奉献，不求回报吗？难道你就不给我们一个尽孝心的机会吗？

你是我生命里离我而去的最年轻的亲人，年轻得让我们猝不及防，年轻得让我们不知所措，年轻得让我们肝肠寸断，年轻得让我们没有来得及给你准备一件寿衣，一口棺材。

我们在悲痛中找来大婶们为你赶制寿衣，在哀思中借村中堂家老伯的棺材给你用。母亲，你走了，却把悲痛和思念留给了我们。你走了，却让你的儿女成了半个孤儿，在失去母爱中度过一个又一个漫漫长夜。

想见音容空有泪，欲聆教训杳无声。

母亲，在今后的日子里，我们所有的委屈将给谁诉说？我们年过半百的父亲将由谁来照顾？大妹花蕾刚绽，就失去了母亲，这份打击她又如何承受得了！不满10岁的小妹，还是稚气未改的幼童，又怎么能过早地离开母亲的怀抱！

漫漫长夜无绝期，秋风秋雨共伤悲。长跪母亲三叩首，连天秋草也凄凄。

倘若，你在天有灵，地下有知，母亲，请你，再给我们一次，给我们一次向你哭，向你撒娇，向你倾诉心怀的机会！请你，请你再给我们一次孝敬你的机会，哪怕只有一次！请你，请你在天堂之上，对我们笑着说，你也一样想着我们，不忍分离！请你，请你托梦给我们，用你温暖的双手抚摸我们哭红的双眼，轻轻地笑，慢慢地安慰我们！请你，请你再亲口对我们说，儿女们，来世，我还做你们的母亲！

光阴似箭，岁月如梭，一晃36年过去了。如今的父亲，已经86岁了，我们兄妹7个也都成家立业了，除了小妹妹外，都已儿孙满堂，我们都过上了幸福安康的日子。但是，无论时间再久、世事再变，无论我们身处何地，我们对母亲的思念没有丝毫改变。每年清明、国庆，我们都要回家给母亲上坟烧纸，每年春节我们都要给母亲敬香跪拜。

母亲，我们永远想你、念你、爱你。

我父亲是木匠

在农村，木匠这个职业是很令人羡慕的，就像医生这个职业一样，谁见了都有一种敬畏感，都会投去羡慕和崇拜的目光。

我父亲就是木匠。

从我记事时起，父亲只要外出干活，就会把我带在身边。他和叔叔伯伯们架梁盖房，我就在旁边或玩耍，或看他们一点一点把木头锯好、刨平，然后再一点点把房子盖好。

那个年代，木匠除了给生产队盖房，给本村人盖房外，还会经常被公社抽去盖房，被外村人请去盖房。因为家庭负担重、孩子多、母亲身体不好，父亲带上我也是无奈之举。

不管父亲把我带到哪里，只要他不离开我的视线，我便会尽情展示自己的聪明才智。在大人们说话的时候，我就静静地听、默默地记，从不插话，也不淘气。在大人们干活的时候，我就站在一旁认真地看，有时看见谁拿起墨斗，我就很快跑到跟前，拽住线绳的前端，将它拉到木头的另一头，紧紧地用手按住，然后看着他弯腰前倾用食指和拇指捏住线绳，将其抬高，猛地一放，一条笔直的墨线便清晰地印在木头上了。有时看见谁正在锯一根橡子，我也会急忙跑去扶住另一端，让橡子在锯的过程中尽量保持平稳。每到这个时候，我便高兴地跑前跑后。

就是在那个时候，我知道了木匠每个工具的名称，如斧头、锯子、刨子、凿子、锛、钻子、墨斗、卷尺等，甚至知道它们的用途和使用它们的各具特色的情景。比如锛的使用，人要站在木头上或多棱多角的木板上，双手握住锛，像拿着镢头挖地一样，不过拿锛的双手一定要把好力度，并且每次要正好砍在凸出的木头结疤上，然后锛便轻轻地落在脚和木头的夹缝里，这只脚是右脚或是左脚，因人而异。这确实是一个技术活，有时看似用很大的力，可当锛砍掉木头结疤落进鞋缝的时候，又是那么轻巧。初学者一般不要使用锛，把握不好力度，会伤到脚。又比如凿子的使用，左手握凿子，右手拿锤子，左手让凿子对准画好的线，右手拿锤子一下一下猛击凿子顶端，凿子下面的刀刃就会将木头凿成自己想要的样子……还有很多个工具的用法我都如数家珍。

但是，只要父亲一离开我的视线，我就会像世界末日来临了一样惊恐万状，号啕大哭，谁都无法哄好我。我至今都不会忘记，有一次父亲和几个叔叔伯伯被派到公社盖房子。这次父亲带的不单是我，还有大我4岁的三哥。记得那是一个深秋的下午，我和三哥正在玩耍，忽然发现干活的父亲不见了，我就赶紧去找，房前屋后，房上房下，四处找遍了也没有父亲的身影。我"哇"的一声大哭起来，喊着、闹着要父亲。三哥说父亲到大伯家给我们背馍去了，一会就回来。我哪里听得进去，扭头就朝大伯家的方向跑，三哥赶紧拉住我，想尽一切办法哄我，给我拿出他新做的木头手枪，拿出他玩耍的弹弓。可当时的我，对这些平时我最喜爱的玩具一点兴趣也没有，一心只想找到父亲。只有父亲，才能给我最大的安全感，也只有父亲，才是我最亲近的人。

那一天，我哭闹了近2个小时。三哥看哄不好我，也气得一起跟着

哭。旁边干活的叔叔伯伯们一个个过来哄我、安慰我，我就是不听，没完没了地喊着、哭着、闹着，直到父亲背着一布口袋蒸好的粗面馍馍出现在我的视线里，我的哭声才止住了。

　　现在回想起来，我真的太不懂事了，根本不知道父亲的艰难。我们一共兄妹7个，除了父亲没日没夜地挣工分养活一家老小外，大哥也很早辍学回家，担起了繁重的劳动任务。即便如此，家里也常常寅吃卯粮，生活拮据，不是靠街坊邻居，就是靠亲戚本家的接济。远在他乡的大伯、二伯家就更不用说，经常接济我们些吃的。这次，父亲看着我和三哥不停地喊饿，就又一次抽空给我们背馍去了。虽然这些馍是粗粮和细粮混合做的，但比起父亲他们每顿吃的玉米糁子面和高粱面要好得多。那时候，父亲把背回来的馍都留给了我和三哥。

　　作为木匠的父亲一年四季不停地在外奔波，即使回到家里，也是一个闲不住的人。看似没有用处的木头，不管粗细，也不管曲直与否，在父亲的眼里都是宝贝。他先是根据木头的材质和长势看它究竟适合做什么家具，然后画线，用锯子将其扯成薄厚不一的木板。在我们家乡，把画好线的木头锯成一块一块的木板叫"扯"。扯木板最少需要两人。先把木头直立在固定的木桩上或树上，然后用近2米长的锯子，两人各抓锯子的一头，让锯刺紧贴画好的线，再一拉一推地用力，将木头一点点地扯成木板。如果遇到粗壮点的木头，或者遇到纹路密集，材质坚硬的木头，要扯成一块块木板，需要费很大力气，往往中途要休息好几次。

　　在我的印象中，大哥和二哥是父亲的好帮手，尤其是大哥，他很早就开始帮助父亲完成一次次扯木板任务。后来随着年龄的增长，三哥和我也成了父亲的帮手。以至于在后来的几十年中，只要一看到各种木头或树木，我们兄弟几个都能叫出它们的名字并说出它们的用途，比如桐木适合做柜子的铺板，洋槐木适合做各种家具的腿或者柜子的框架，松木适合做柜子或桌子的面，白杨木适合做柜子的挡板，而最坚硬的青冈木则是做木工工具中推拔的底座、斧头的把儿、凿子的把儿等的好材料。

然而，后来真正继承父业的只有大哥。

这也许是大哥帮父亲做活最多的缘故吧！又或许是父亲有意将木匠的手艺传给大哥的缘故吧！也可能是大哥本来就聪慧，一点就透、一学就会的缘故吧！总之，从大哥能拿起锯子锯木头、拿起锛砍树结疤，会用凿子凿木卯的时候，就跟在父亲的后面，成了父亲的好帮手，直到他出师，成为一个真正的木匠。

一个家庭出现了两个木匠，这在农村是被人羡慕和尊重的。在那个年代，盖房以木头为主，做家具更是一个家庭富裕的象征。结婚时女方要求男方家里必须有24条腿，最不济也得有12条腿。意思就是说男子结婚必须要做各种柜子，如大立柜、高低柜、平柜、床头柜，等等。各种柜子的腿加在一起不能少于24条或12条，否则，女方就不答应结婚，或者推迟结婚。如此一来，木匠就成了农村的香饽饽。每逢村里年底有男子结婚，秋收刚过，就有人开始请木匠做柜子了。这个时候，就是父亲和大哥最忙的时候。有时他们同做一家的活，有时他们分开做活。往往是第一家的活还没有做完，第二家的活就已经找上门来了。有时甚至是第三家、第四家的活已排好了队等着了。

那个时候，木匠做活从不收钱，各家各户也没多少钱，但给木匠管饭。我家孩子多，每年生产队里分的粮食根本不够吃，之所以能勉强维持生计，多亏了父亲和大哥经常给人做活。父亲做活和别人不同，他动作麻利，做工精细。同样是柜子，父亲做的柜子比例适中，样子精巧，结实耐用，表面光滑。更重要的是他能根据柜子的大小和样式，合理地搭配木

料，巧妙地节约木料，绝不浪费一块木料。他处处替主人家着想，也从不要求主人家在吃饭上进行特殊照顾，大家吃啥他吃啥，吃饱就行。搅团、玉米面馍馍、玉米糁子面再平常不过了，父亲从未嫌弃过。就是干活剩下的废料，他也要在临结束的时候，给主人家做成几个小板凳，做到废料利用。凡此种种，让父亲在四邻八村挣了个好木匠的名声，只要谁家有活做，第一个请的就是我父亲。别的木匠是找活干，父亲则是活找他。

大哥学成出师前，在父亲的严格要求下，继承了这些优良作风，一点点成熟，后来成为人们赞誉的对象。

有一次父亲和大哥给邻村的一户人家做木工活，等到临结束的时候，大哥做的那个柜子的木卯因没有计算精准尺寸，安上后老扭着劲。如果不仔细看是发现不了的，外行就更看不出来。可是父亲非要让大哥重新凿卯，他说："扭着劲总有一天会松动的，咱们做活，一定要从细节考虑，不能有丝毫的错误。"这时，正好这家主人过来，问明了情况，说什么也不让重新做，可父亲不同意，非要让大哥返工，直到他看着满意为止，主人家对此大加赞赏。从此，父亲的美名家喻户晓，大哥也跟着名扬四里。

在我们农村有句俗话："医生守的是病婆娘，木匠住的是破瓦房。"意思是说，医生能看好别人的病，却看不好自己老婆的病，木匠经常给别人家盖房子，却忽视了自家的房子。然而，在我家并非如此。不管是房子还是家具，我家的都是村子里数一数二的。我大哥从家里分出去盖房的时候，全村人都来帮忙。架梁立木，给房屋上瓦时，邻村也来了很多人帮忙。父亲和大哥曾帮助他们盖房、做家具，平日他们没机会还这个人情，现在恰逢我家有事，还人情的人自然就多了。整个房子的高低、样式，是父亲和大哥综合了自身的做工经验设计而成的，样式大方、新颖、独特。这在20世纪70年代末的农村可谓是一道亮丽的风景。房内的各种木工家具，更是让人眼前一亮。所有的柜子都是父亲和大哥做的，做工精细，样子独特。每一个柜子和凳子边沿都带有二次加工的细密纹理，且表面是用纹路清晰的松木做成的。砂纸一磨，油漆一上，显得整个表面纹路清晰，精巧别致。就连我们每次外出看戏或看电影带的小板凳，也与众不同。别人家的小板凳，不是随便用一小块木板钉上几条腿，就是找几块长方形木板钉成简易板凳，能坐人就行，从不讲究。不像我家的板凳，个个做工精细，样式好看。还有外出干活的架子车，别人家的架子车看着都笨重，拉起来更是吃力，两根长长的辕，如同农村马拉大车的辕一般的粗壮，两只手根本就扶不住，不是前重后轻，就是后重前轻，单拉空车就会耗费很大的力气，更别说拉东西了。再看我家的架子车，不论是车辕，还是两边扶帮，或者是后面的底座，都设计得精巧省力，比例适中。只要轻轻用手一扶车辕，车子便会平衡前行，十分省力，我家架子车一时成了全村人羡慕的农用工具。也常常出现大家宁愿不用自家架子车，也要借用我家架子车的现象。对此，我父亲从未拒绝过，有借必应。

  时光匆匆，岁月如梭，一晃几十年过去了，我的父亲已到了耄耋之年，早已不干木匠活了。农村盖房也多是平房和楼房，已经很少用木头了，家具全在市场上购买，几乎无人再请木匠做活了。然而闲不住的父亲只要谁家盖房，他一定会到跟前看看，指点一番，然后背着手离开。看到村子里到处堆放的废木料，他也会感叹一番："这要放在过去，是多么好的家具木料呀！"

  但父亲并不悲观。他承认现在的房子比以前的房子盖得结实，省钱省力，承认现在的家具比以前的家具样式新颖，价格低廉。他常赞叹现在的社会比以前好，人们不再为了吃饭发愁。人老了，政府还给养老金，这

是几千年来都没有的事。他性格开朗，宽厚待人。虽然和他一起干活的叔叔伯伯们多已作古，跟随他几十年的木工工具早已被封存，但只要一提起当年走乡串户、翻山过河盖房、做家具的情景，他的脸上总会露出幸福的笑。

作为木匠的父亲，用手艺养活了一家人，也用手艺度过了最艰难的岁月。

作为木匠的父亲，用宽厚和仁爱赢得了八方赞誉，也用宽厚和仁爱赢得了幸福的晚年生活。

第一辑 岁月留痕

给爷爷的一封信

爷爷：

很早就想给您写这封信，可我总是提起笔，却不知要写点什么，也不知从何写起。然而，随着年龄的增长，我又时时想起您，想起和您相处的短暂岁月，想起您带给我的深深思考……

在我的记忆里，您是一位慈祥可爱的老人。不管当时的处境多么艰难，只要回到家里，面对您的宝贝孙子们，您就像换了一个人，有说有笑，一一把我们叫到跟前，看看这个，又抱抱那个，不是说笑话，就是讲故事，不是玩骑马，就是学爬山。晚上，您的炕就是我们的乐园，您那本就弯曲的脊背因我们的一次次骑马而更加佝偻，您那本就瘦弱的身躯因我们的一次次爬山而更加虚弱，但您没有喊过一声累，哪怕是面对父亲的一次次责怪，您也是笑着回答："没事，没事，孩子们这样我高兴。"

每天晚上，除了大哥、二哥已长大成人不和您睡以外，我们3个年龄小的，都和您睡在一起。您还以讲故事和各种物质吸引我们和您一起睡。如果哪天晚上缺少了谁，您会整个晚上睡不好觉，并在第二天用各种各样的方法劝说我们，甚至答应我们，即使不小心尿床，也不再追究。然而，您的呼噜声实在太大，要不是您那诱人的白面馍馍或者水果糖，又或者一

个个精彩的故事，说实话，我们谁都不愿意和您睡觉。想想那时的我们真不懂事。

没有人告诉我您年轻的时候是一个什么样的人，但我从您那慈祥的面容、不俗的谈吐中知道您是一个睿智的人，识大体明事理的人，办事果断的人。

虽然您不是文化人，但在我的心里，您是无所不知的人。每每听您讲故事，就像看一场精彩的电影，不仅有引人入胜的故事情节，更有身临其境的画面感。《三国演义》《杨家将》《西游记》都是那个时候您讲给我们的，至今回想起来，仍记忆犹新。

虽然您个子不高，背驼得很厉害，眼睛也不好，左手又有残疾，走路一手拄着拐杖，还需要人搀扶，但这些都掩盖不了您年轻时的精明和干练。您是村里人最信赖的人。我常常搀着您的手，同您奔走在同祖的邻里之间，不是看望这家生病的爷爷奶奶，就是调解那家兄弟之间的家庭纠纷；不是看望舅爷，就是送别姑奶。有一次，一位卧床数月的爷爷即将走完他人生的最后一段路程，您让我搀着您去看望。当您走到炕前，看到骨瘦如柴的他不省人事，您一遍遍地大叫着他的名字，声音哽咽，老泪纵横。也许您的真情感动了这位爷爷，也许因为几十年的交往，彼此都太熟悉了，这位昏迷了整整一个星期的爷爷竟然睁开了眼睛，以同样哽咽的声音答应了您的呼喊。

那时，虽然我不懂得你们之间的感情到底有多深，但您轻轻抚摸那位爷爷的神情和两人泪流满面的交谈，触动了我幼小的心灵，给我留下了深刻的印象。让我知道了什么叫情深意切，什么叫生死诀别。

第二天，那位爷爷撒手人寰，而您也默默地流泪了一天。

在我的记忆里，您的屋子里常常人来人往，笑声不绝，尤其是下雨天，简直就是一个聊天说笑的乐园。村头的大叔，西头的大爷，有时一两个，有时三四个，人人拿个旱烟锅，一坐就是大半晌。一锅接一锅抽烟，一件事接一件事说，不到吃饭时间，没有一个人主动回家。闹得整个屋子云雾缭绕、烟味扑鼻，地上、炕上乱七八糟，满满一木盒的烟叶被抽得所剩无几。但您并不心疼，反而高兴地说："只要大家能来，抽完了明年自留地里多种点。"

您是一个勤快的人，更是一个爱干净的人。不管屋子被聊天的人们和我们几个孙子闹腾得多乱多脏，之后，您都会收拾得干干净净。每年的夏秋两季，您也和其他人一样，忙里忙外。分的麦子，您帮着晾晒，用筛子清筛里面的麦糠和尘土。分的玉米棒，您一个个地剥皮绑串，晒干的玉米串，您几乎用一个冬天的时间剥粒，最后晾晒归仓。您的手粗糙得如松树皮一般，手上布满了一个个皲裂的小口子，可您从来没有休息过一天。许多故事就是您在干活过程中，一次次讲给我们听的。

您经常告诉我们，为人要正派，待人要宽厚，做事要认真，一生要勤劳。这虽然只是几句再平常不过的话，但我深切地感到您宽阔的胸怀和豁达的生活态度。您用最朴实的情感和最普通的做人方式，展现着自己的人格魅力和坦荡无私的品德。

我12岁的时候，您离开了我们。

那一年您72岁。我清楚地记得，您是在卧床不起两个月后去世的。当时正好是秋收时节，您瘫卧在炕上，生活不能自理，父母和我们兄弟几个轮流照顾您。开始时，您还是清醒的，可后来您就什么也不知道了，常常说梦话。之后，大小便不能控制，稍不注意，衣服、床上满是屎尿，整个屋子一股臭味。那个时候，只有父亲跑前跑后，端屎倒尿。那段时间，您已经没有换洗的裤子和被褥，只能光着下身躺在炕席上，这样尿了、拉

了都容易收拾。

您离开我们的时候，是凌晨5点。离开前的整个晚上都是父亲和姑姑守着您。下午天快黑的时候，父亲和姑姑给您穿好了老衣（寿衣），让您仰面躺在炕边，他们坐在您的身边，您微闭着双眼，微张着嘴巴，微微地出气，每一个人都在流泪，心里如刀绞般疼痛。

母亲在后屋不停地张罗，一会端给父亲一碗温开水，让他喂给您润润嗓子，一会又拿条新毛巾递给父亲，准备作为您的盖脸布。而这一切，我跟在母亲的身后看得真真切切。直到后半夜我困得实在受不了，母亲才领我回后屋睡觉。

那晚我睡得很沉，要不是母亲把我从睡梦中唤醒，让我赶紧看您最后一眼，我真不知道要睡到什么时候。我那时根本不懂得死亡的真正含义。我随着母亲跑到您跟前，看到您的嘴正一张一合，艰难地出气，由强变弱，由弱变无，慢慢地停止了呼吸。那一瞬间，姑姑哭了，父亲哭了，大哥也哭了，母亲边哭边将那条新毛巾盖在了您脸上。不一会，二哥也回来了，他是被大哥急忙从别人家叫回来的。没有见到您最后一面的二哥哭得很伤心。唯独我没有掉一滴眼泪，尽管二哥说我有福，见了您最后一面。

您的丧事办得很简单，除了村里人和亲戚外，没有请任何奏乐的人，也没有举办任何仪式，甚至连最简单的生平介绍都没有，您就这样悄无声息地离开了这个世界。

爷爷，您知道吗？在您去世后的第四年，我们的生活发生了翻天覆地的变化。父亲被选为队长，发挥了他的聪明才智；大哥被选为大队调解员，整日忙着调解各家的家庭矛盾；二哥第一个做起了制作沙发的生意，成了人人羡慕的能工巧匠；弟弟光荣地参军入伍，毫不犹豫地奔赴对越反击战的最前线。我们用自己的聪明才智发家致富，以自己的勤劳双手改变命运，我们盖起了二层小楼房，过上了村里数一数二的幸福生活。

只有在这个时候，我才真正明白，您一生凭着自己的聪明才智和勤劳双手所创造的财富是多么值得我们珍惜。您正直的品性、宽厚仁爱的处世态度是多么值得我们继承和发扬。

也只有在这个时候，我才真正感受到您的可亲、可爱和可敬。虽然又走过了45个春夏秋冬，但我对您的思念从未减少，您爽朗的笑声和不俗的谈吐，您离开我们时的痛苦和不舍，都清晰地印在我的脑海里，融在我的血液中，让我倍感亲切，让我心如刀绞，让我泣涕涟涟。

爷爷，您温文儒雅、聪明睿智，用仁爱赢得人心，用诚信赚取财富。您是我们全家人的骄傲，是我们至亲至爱的人。

此时的我多想对着天堂的您大声地喊道："爷爷，我们爱您、想您！"

我的大嫂

一

在我的人生旅途中，大嫂是陪伴我时间最长的亲人，也是对我影响很深的亲人。

我们兄妹7人，5个男孩，2个女孩，我排行老四。大嫂进门的时候，我虚岁13岁，最小的妹妹才3岁。

那个年代，男孩是家里的顶梁柱，只要到了一定年龄，就要参加生产劳动，帮父母挣工分，养家糊口。这一点我父母甚是骄傲，因为我的两个哥哥在刚跨进16岁门槛时，就已经是父亲的好帮手，我家也成了村里人羡慕的对象。女孩在家里至关重要，往往是父母的掌上明珠。虽然我的两个妹妹满足了父母的心愿，但她们来得实在太晚。当家里有一大堆家务活，妈妈急需要一个好帮手时，她们却还是襁褓中的孩子，繁重的家务活就落在了母亲一人身上。

因此，在最需要一个女孩来帮母亲、帮家里解燃眉之急的时候，全家人只好把希望寄托在还没有过门的大嫂身上。

二

  我的大嫂，姓赵，名富强。她在距我们家约5公里的村子居住。也许是我们太需要一个嫂子的缘故吧！那个时候，家里人只要一提起"赵富强"这三个字，就有说不完的话。甚至只要一提起我大嫂所居住的村子的名字，也感到无比亲切，好像那村子的一砖一瓦、一草一木都有灵性，都与我大嫂有着千丝万缕的关系。有好几次我们学校组织学生在沙河里拉沙子，每次经过我大嫂村子的时候，我都有一种莫名的激动。其实我根本不知道大嫂的家具体在村子的哪里，也从没见过她，可我就是有一种强烈的亲切感，仿佛哪一家都是她的家，哪一个走在村子里的年轻女子都有可能是她。直到走出村子，我心里仍然是激动和甜蜜的。

  一年后，我的大嫂进门了。大嫂是在我爷爷去世后的第二年冬天进门的。那一年她21岁。本来我大哥想让爷爷在有生之年看一眼大孙媳妇，没想到大哥未能如愿爷爷就驾鹤西去了。家里把结婚的日子定在第二年腊月底。那个年代，农村结婚都是这个时间。据说这是当时的规定，一年四季都在进行农业学大寨，只有快过年的时候稍微闲一些，这个时候举行婚礼可以过年、结婚两不误。

  大嫂是家里的长媳，大家都非常喜欢她。她不但长得漂亮，而且非常热情、大方。她个子不高，却精明干练，她身材纤细，很有气质，扎了两根辫子，显得异常清纯，穿了一件那个年代特有的花格子罩衣。母亲不但不让她干活，还把好吃的做好端给她。我和弟弟妹妹更是有事没事往她新房里跑，也不说话，就喜欢待在她的新房里。从大嫂进门的第一天起，母亲就不许我们叫大嫂，必须叫大姐。原因是叫大姐比叫大嫂显得更亲近、更像一家人。自小就没有叫过大姐的我们，当然也非常乐意。

我们确实也需要一个大姐。

大嫂的到来，不仅给我们家增添了无穷的快乐，也改变了我们的生活习惯。我们经常围坐在一起谈天说地，也经常帮着母亲忙里忙外。大嫂没来时，我们兄弟几个不是隔三差五打架斗气，就是天天躲避家务，从不主动帮母亲干活。是大嫂给了我们无穷的力量，也让我们长大了很多，我们一个个成了听话懂事的好孩子，相互之间也可以和平相处，各种家务活争着抢着干，对大嫂安排的任务，我们一个个跑得比兔子还快，完成得尽善尽美。

然而，有一点我们是很难做到的，那就是隔三差五，大嫂让我和弟弟晚上陪她到深夜。

那时候，大哥是队上的辣椒技术员，整天忙着和大家商量辣椒的栽种等事情，常常晚上12点以后才回家，大嫂独守新房非常害怕，常常叫我和弟弟陪她说话。而当时的我，虽然很愿意有事没事往大嫂屋子跑，但那都是白天，晚上是很不愿意去她屋子的。一来大嫂的新房正好是由爷爷去世前居住的西厢房改成的，自从爷爷去世后，我从未在晚上单独去过，总觉得有点害怕；二来我和弟弟都已经是小学生了，虽然还未成年，但对男女之事有所耳闻，晚上让我们陪在大嫂屋里，我们多少有点难为情。但我们又禁不住母亲的训斥，只好乖乖地去。

大嫂是一个爱看书的人，也许她已经察觉到我们的不愿意吧，那几天她看的书，全是我们喜欢的书，比如《宝葫芦的秘密》《孙悟空三打白骨精》《卖火柴的小女孩》，她边看边给我们讲书中的故事情节。我们开始还能听进去，可时间长了我们就坐不住了，不仅弟弟东倒西歪，就连我也撑不住了，可我还是硬撑着，期盼着大哥早点回来。

这样的夜晚整整持续了4天，之后弟弟说啥也不去了，就只剩我一个人。我从小就是个听话懂事的孩子，从不愿违背大人的意愿，何况是刚进门不久的大嫂。怀着对大嫂的爱和理解，我只好硬着头皮陪在大嫂身边，强忍着瞌睡，苦苦地陪她等待大哥。

后来我实在坚持不下去了，因为同学们在一起说笑时，一会儿说张三对他嫂子言听计从，比对他父母都好；一会儿又说李四还偷听他嫂子晚上说话，各种各样的话都有，羞得我面红耳赤，无地自容。我总觉得他们是在说我，回到家里我便告诉母亲，死活不再陪大嫂了。

一直把大嫂看成是自己亲生女儿的母亲，当然不愿意让她一人待在屋里。她一面提醒大哥晚上早点回来，一面拖着有病的身体陪着大嫂，常常坚持到夜深人静。

三

大嫂是一个非常勤快的人。从正月初五，生产队就开始了平整土地或给地里送农家肥的劳动。作为新媳妇，大嫂完全可以不参加这些重体力劳动，可大嫂不这样，她和村里众多的男女青年一样，拉起了架子车，投入劳动中。

那个时候，我们在学校基本不上课，不是帮这个生产队挖坑栽树，就是给那个农场割草喂牛，一周之内有一半时间在参加劳动。

劳动成为培养我们的重要课堂，也养成了我们坐不住的"习惯"。只要是外出参加劳动，我们就像脱了缰的野马一样兴高采烈，尽情撒欢儿。

大嫂的吃苦耐劳和勤快干练深深地感动了我，让我不顾一切地想帮助她。那时候，给地里送肥往往是在晚上，为了鼓励男女老少齐参与，队上专门抽调七八个大婶，在村口豆腐坊支一口大锅，给参加劳动的人炸油

条，以示鼓励。这个时候，我就跟在大嫂的后面，一趟趟地帮她推车，我使出浑身的力气，尽量减轻车子的重量，好让大嫂拉起来省力。我们就像一对配合默契的赛场运动员，上坡时一起使劲，下坡时又顺势而滑，在月明星稀的土路上，有说有笑，干劲十足，超过了一辆辆同行的推车，赢得了一声声夸赞。我知道，在这夸赞声里，包含最多的是对我们这个家庭的羡慕。

深夜，当我们端着一大盆领来的金黄色油条回到家，母亲笑得合不拢嘴，赶紧让我们美美地吃一顿，然后把剩余的放好，作为第二天的美味早餐。在以粗茶淡饭为主的那个年代，能吃上油条是一种奢望。而这，全是大嫂的功劳。大嫂不仅仅是我们家的一员，还是我们家的功臣。我对大嫂的感情更深了，想天天跟着她跑前跑后。第二天天不亮我就起床了，草草洗了把脸，又跟在大嫂后面出门了。好几次大嫂不让我去，怕耽误了我上学，我都以时间还早为由搪塞了过去。直到拉了几个来回之后，我才告别大嫂，背起书包，飞快地向学校跑去。

大嫂不仅干地里的活是一把好手，更是母亲的好帮手。只要是下雨天或空闲时，她都帮母亲做饭刷锅、喂猪喂鸡。看到母亲做了一半的鞋底或者缝制了一半的衣服，她就顺手拿过来接着做。我们家孩子多，每个人的衣服，都得母亲一针针地缝，一件件地做，全家人都睡着了，母亲还在煤油灯下，细细织，密密缝。自从大嫂进门后，不但减轻了母亲的负担，也让我们兄妹几个穿上了崭新的衣服。

大嫂改变了我家的面貌，也增强了我们把日子过好的信心。

四

人常说树大分杈，人大分家。就在大嫂生完孩子的第二年，大哥大嫂和我们分家另过了。当时每个人的心里都不好受,我更是一百个一千个不愿意。好好的一家人分什么家!分家就意味着今后我们和大哥大嫂不再是一家人了,这是多么残忍的一件事!可父亲坚持说:"分吧,你大姐为家里也出力了,不能老拖累她。分了,各过各的,日子会更好些。再说,分了还在一个院子住,又不搬出去。"即使每天还在一起说说笑笑,可爱的大侄子还由全家人照看,大哥大嫂忙的时候还是和我们一起吃饭,可我的心里依然不是滋味,总觉得和大嫂的关系没有以前那么亲近了。

分家后,大嫂每天起早贪黑地下地干活,男人能干的活,她同样能干,而且干得比男人还好。不出一年,他们的小日子过得有滋有味。但有一点她并没有忘记,那就是她仍然把自己看成是家里的一分子,一有时间就帮母亲干活,我们兄妹几个的衣服、鞋子她还帮着做。

这完全出乎我的意料,我对大嫂更加刮目相看了。

后来随着农村政策的改变,大哥很快在村里申请了一块宅基地,盖了大瓦房,从家里搬了出去,过上了真正的小家生活。

大嫂除了勤快、吃苦耐劳外,还是一个心灵手巧的人,农村的新政策给她提供了施展技艺的广阔舞台。那几年电脑刺绣成为一种时尚,也在距我们村20公里外的镇上形成了气候,每到"三六九"(每月逢三逢六逢九的日子)的赶集日,便有来自全国各地的小商小贩集中收购电脑刺绣产品,这极大地刺激了附近村民,吸引了很多人进行电脑刺绣。这一消息传到大嫂这里后,她毫不犹豫地前去拜师学艺,用最短的时间学会了电脑刺绣的技术,又购买了电脑刺绣机,开始了自己的创业之路。

开始时,村里人觉得好奇,纷纷前来观看,几个小媳妇、大姑娘看后,疑惑地问:"看着不是很难,问题是绣出的门帘、枕头能卖出去吗?"大嫂听后坚定地说:"这一点我敢保证,一定能的。"看她们还在

迟疑，大嫂干脆说："这样吧，你们绣，绣好的成品卖给我，保证让你们发家致富。"

就这样，在大嫂的带动下，村里五六个人开始跟她学起了电脑刺绣。当她们把绣好的产品交给大嫂，拿着一张张崭新的钞票的时候，真不敢相信这是现实，感激之情难以言表。

至此，电脑刺绣在村子里传开了，也流行起来了。只要有条件的家庭都加入了这一行列。

后来，随着刺绣的供大于求，市场开始疲软，销售价位偏低，大嫂又积极动员大家尽快转行。通过市场调查，她又看准了小孩服装这个市场，也联系好了销售渠道，只是衣服制作的难度远远大于电脑刺绣，一般人不容易学会。她就手把手地教她们，真心实意地帮她们寻求致富之路。

再后来，大嫂心灵手巧、吃苦耐劳，不但把2个儿子抚养成人，给他们娶了媳妇，还分别给他们在县城购买了商品房和小轿车，成了几十年来村里人羡慕的致富带头人。

光阴荏苒，岁月如梭。一晃40多年过去了。如今的大嫂已经是一位66岁的老人了，可她风采依然不减当年，还是那么精干，那么吃苦耐劳，那么勤快，那么心灵手巧。她的身材还是那样，没有胖也没有瘦。说话还是那样洪亮、豪爽、底气十足。

在我的记忆里，她好像从来不知道疲倦，更没有因劳累而倒下，甚至连感冒、咳嗽都未曾有过。她就像一个飞速旋转的陀螺，从来没有停下来的时候。

这几年，她又干起了给各种果树幼苗嫁接枝条的工作。一年四季每月都要出去，近至县城周边，远至千里之外的新疆。她是队长，不但要操心自身安全，还要负责手下八九个人的吃喝拉撒。有好几次我回家见到她，劝她不要干了，好好歇歇。可她却说："我闲不住呀！"说着又急火火地带队出门了。

这就是我的大嫂，一个几十年来不知疲倦的人，一个把日子永远过在前面的人，一个受人尊敬和爱戴的人，一个让我们为之骄傲和自豪的人。

我的大嫂，不，我的大姐，我爱你，全家人都爱你。

纺线线

在我的童年时期，家里有一辆脚踏式纺车，我的母亲和父亲都是纺线高手，我们兄弟5个也都在父母的指点下纺过线。

和村里许多家庭的手摇式纺车相比，我家的脚踏式纺车算是高档的了。现在这种纺车早已退出了历史舞台，但我至今还清楚记得它有一人高左右。它由许多部件组成，包括底座、支架板、动力轮、旋杆、脚杆、脚踏板、纺轮等，做工精细，结构复杂。

然而，就是这么一个庞然大物，纺起线来却非常容易，只要稍微掌握几个纺线要领，就能坐在上面脚踏纺线了。不像手摇式纺车，必须掌握一定的技术才能做到左手的灵巧和右手的自如，最终纺出像样的棉线来。使用手摇式纺车的都是掌握了一定技术的家庭主妇，很少有男人会坐上去纺线的。

我家的纺车就放在西厦房里，起先母亲和父亲常常坐在上面纺线，后来我的几个哥哥长大了，母亲也经常生病，纺线就成了他们几个男人的事了。只要一有空闲时间，他们就轮流坐上去纺一阵子。这中间当然还有母亲在一旁不停地指点：双脚要踩踏均匀，眼睛要不停地查看线桶里还有没有棉花，哪根线太粗要用手指捻一捻。在母亲的指点下，几个哥哥的纺线技术提高得很快，纺出的线也粗细均匀，松紧合适。这调动了他们纺线的积极性，他们一有空就去纺。很多次为了纺线，他们竟争得面红耳赤。

我和弟弟那时还小，纺线这种事根本就轮不到我俩，但我对纺线非常好奇，他们纺线的时候我就在跟前看。只要他们一出去上厕所，我就赶紧坐上去踏两下，为此我曾遭到很多次训斥。因为就那简单的"踏两下"，让一排二十几根纺好的线松了劲。但我仍不死心，依然在纺车跟前，认真观看学习。

后来，我长大了，也到了能纺线的年龄了，几个哥哥便有意识地教我。我学得可快了，没几天工夫，便能很自如地纺线了。捻线、接线、观察皮带轮的松紧等技巧我都能很好地掌握，就连纺线高手母亲也夸我心灵手巧，学啥像啥。

纺线这种活本来是女人们的专长，可在我们家却成了男人们的事。我们家兄妹7个，5个都是男孩，2个妹妹又实在太小，我们不干谁干呢？一家人要吃要穿，每年年底分红，我家都要倒贴200多元。因此，大哥、二哥初中没毕业就回家帮着父亲挣工分养家。即使这样，我们家年年还是捉襟见肘，挣扎在贫困线上。至于全家人盖的、穿的，就是靠这辆纺车。但说实话，在我们兄弟5个的童年生活中，就没穿过内裤、袜子和棉鞋，甚至在我的少年时期依然如此。记得在我上小学五年级的那个冬天，一个下雪的早上，我放学一回家我妈就让我去对门老妈家借一碗玉米面。我刚走到老妈家的院子里，老妈就既惊讶又心疼地喊道："我娃怎么还穿着单鞋，也没穿袜子，冷不冷呀？"我缩了缩脖子，吸了吸鼻涕，笑着说："不冷。""瓜娃呢，这么冷的天，不冷才怪呢。你别急，你吉仓哥的旧棉鞋老妈给你找找，赶紧穿上。"说着停下手中的活，从柜子里找出来一双很破旧的棉鞋递给我。我赶紧脱掉破旧的单鞋，穿上棉鞋走了几步，说

道:"刚合适。""那你就穿上吧,看把我娃冷得。"那一刻,我感动得差点流出了眼泪。这是我生平第一次穿棉鞋,尽管很破旧也很宽大,但对我来说是多么珍贵呀!也就是在那一刻,我感到老妈是天底下最好的老妈。我高兴地端着老妈借给我家的那碗玉米面,半跑着回到家里,给正在做饭的母亲看了看脚上的棉鞋,说了说经过。母亲也高兴地说:"那你就穿上吧!妈也给咱赶着纺线,争取年底给你们一人做一双新鞋,做一件新衣裳。"我知道母亲说这话的时候,心里是极其内疚的。她也知道这一愿望是很难实现的,但她在努力。母亲常年有病,纺线也是有一次没一次的。对此,我们都理解母亲,我们每天能按时吃上可口的饭菜,这已经是母亲的功劳了,我们还有什么不满足的呢?

不管什么时候,只要有人从我们家门前经过,都会听到纺车的声音。我们兄弟5个,不管谁在家里,都会坐在纺车前认真地纺一阵子。甚至连我的表姐、舅妈以及其他会纺线的亲戚来我家,也要坐下来纺线。在我的记忆中,我家的纺车就没停过,一年四季都在转动。可我始终纳闷,就是这样不停地纺线,我们怎么一年到头还穿不上几件像样的衣服呢?

后来,市场慢慢地活跃起来,我们家的日子也就跟着好起来了。我们几个也都长大了,成家的成家,工作的工作。我本以为母亲能享几年清福了,没想到她最终还是因操劳过度而早早地离开了我们。那辆纺车也渐渐地落满了灰尘,慢慢地退出了我们的生活,现在也不知道在哪里。

光阴似箭,岁月如梭。一晃40多年过去了。靠纺线织布养家糊口的日子成为了历史,但童年纺线线的事至今难以忘怀。它让我明白了什么叫吃苦耐劳,什么叫贫穷的日子最难熬。

第一辑 岁月留痕

上山砍柴

我的家乡位于关中中部，南依秦岭，北临渭水。20世纪70年代初，我跟着父亲和哥哥们经常上秦岭砍柴，40年过去了，我仍然记忆犹新。

在那个年代，不光我家，好像方圆几十里的人家都要上山砍柴，因为生产队分的那点柴火根本不够用。人少的家庭，每年要上山一两次，人多一点的家庭，每年要上山三四次呢。我家就是后一种。

秦岭距我们村四五公里，从山口到山里砍柴的地方还有两三公里的羊肠小路。每次砍柴，各家各户都要提前一天做准备。备好干粮，磨好镰刀、砍刀，修好架子车和背架，第二天天不亮就吃饱饭出发，赶在天亮刚好到砍柴的地方。

砍柴一般都集中在冬季。这时树木凋零，叶落殆尽，藤蔓、蒿草这个时候都已干枯，最容易砍割，砍下后分量轻、好捆扎、易挪动。但我们砍的大多是些树干树杈，它们烧起来火焰大。

也有一年四季都上山砍柴的。尤其在夏天，砍的柴连枝带叶，湿漉漉的，背起来沉重，晒干后又剩不了多少，烧不了几次，又得上山。

那个时候，我十一二岁。每次父亲带哥哥们砍柴的时候，我都嚷嚷着要去，不为别的，就是想看一下砍柴的过程。当然，也想着可以给他们

搭把手。记得有一次,我们学校正在举行秋季运动会,我忽然得知父亲第二天要带哥哥们上山砍柴的消息,便早早地向老师请了假。可第二天早上我早早起来,准备和父亲、哥哥们走的时候,父亲却不让我去,说学生不上学,老跟着大人上山干啥,一看就没出息。我说这几天是运动会,又没课。父亲生气地说:"运动会也是集体运动呀,怎么能随便缺席。"说什么也不让我去。可我已经请了假,怎么好再去学校呢。哥哥们看我都快要哭出声了,就帮我给父亲说好话:"那就让他跟着吧。"父亲这才答应了。

那天天阴,我们顺着大路摸黑向前走着,大哥拉着架子车,我们几个跟在后面。为了证明我已经长大了,我硬是一路上没有坐车,坚持走到山里,其实我的腿脚早已酸软。

砍柴是没有固定地方的,我们每次入山那么深,是因为山口的柴都已经被人砍光了,只有走得越深,砍得柴才越好。

我最喜欢看父亲和哥哥们砍柴。父亲看了看左手边的一个山坡,对哥哥们说:"就这里吧,这里都是硬柴。"于是,他们就向那柴多的山坡走去。我跟在后面,肩上背着一大包蒸馍,远远地看他们砍柴。只见父亲和哥哥们上到山坡硬柴最稠密的地方,一字儿排开,从上向下砍割。由于这些大部分是粗壮的藤蔓,砍倒之后便顺势向下翻滚。待到砍得差不多够一个人背的时候,父亲和大哥用柔软的藤蔓将柴火捆紧,放在一边,又继续向下砍割。

那时的我,看着这些落了叶的藤蔓在父亲和哥哥们的砍割下顺势倒下,心里有说不出的兴奋和满足。我仿佛看到母亲正在用粗糙的双手把砍回去的柴火一点点地铺开、晒干,又一点点地送进灶膛,让熊熊的火焰映红她那始终微笑的脸庞。

这是母亲最开心、最知足的时候。

我看着被砍倒的藤蔓越来越多，想着熊熊的火焰映红母亲微笑的脸庞时，天空不知不觉下起了小雨。很快，那些被砍倒的藤蔓被淋湿了，天空阴云密布。父亲赶紧对我们说："还是躲躲雨吧！"说完，领着我们跑到旁边的崖石下面躲了起来。

砍柴是最怕下雨的。每次上山砍柴都要事先听听天气预报，有雨的天气最好不要上山。湿了的柴火背起来沉重不说，最主要的是危险。记得哥哥前一天是听过天气预报的，只说是阴天，没说有雨呀。要不怎么会有这么多人来砍柴。

我们在崖石下大约躲了1个小时，仍不见雨有停下来的意思，父亲说："还是准备背柴下山吧！"说完，又带着哥哥们把捆好的8捆柴火向山坡下翻滚，而后，每人放好背架，将那一捆捆柴火横放在背架上。8捆柴火，父亲和大哥一人3捆，二哥年龄小，背了2捆。站在一旁的我，看到他们都背着柴火，急忙对父亲说："给我也背1捆吧！"开始父亲不同意，怕伤了我的身体，可我坚持要背，大哥便很快将旁边的藤蔓砍倒，捆扎了1小捆，又用藤蔓做了2个背带，竖着让我背上。我掂量着最多也就30斤。于是，我跟在父亲和哥哥们后面，顺着羊肠小路一点点地向山口走去。

雨一直下个不停，不大不小。我们小心翼翼地向前走着，无心欣赏眼前的山中雨景，一门心思留意脚下的路，生怕稍有不慎滑倒摔伤。开始时我还没觉得背的柴火有多重，可越走柴火就越重，脚也越不听使唤，好像有千斤重担压在我的身上，每走一步都要使出全身的力气。幸好下山时父亲给我砍了一根木棍，让我拄着，免得脚下打滑。他和哥哥们有背架自带的拐杖。此时我不知道他们是什么样的感觉，雨水淋湿的柴火肯定要比

平时背起来沉重得多，更何况他们每人背了那么多。我多么想快点长大，像父亲和哥哥们那样承担起家庭的重担呀。

看我脚下打滑，步态不稳的样子，父亲放慢了脚步对我说："不行就扔了吧，淋湿的柴火重得很。"我咬咬牙，不甘示弱："没事，我能行。"也许是父亲的话刺激了我，我猛然觉得浑身有劲了，不由自主地加快了脚步。我不想让父亲看出我的无用，不想自己成为累赘。

我们停停歇歇走到山口架子车跟前的时候，已经是2个小时后的中午了。放下柴捆后的我们，真是一点力气都没有了。我们坐在架子车旁的一块崖石下避雨、歇息。每个人的衣服都被淋湿了，头发上滴着水珠，肚子也开始咕咕乱叫。我们急忙拿出馍馍，就着军用水壶里的凉水吃了起来。慢慢地，我们感觉身上有劲了，但随后，被淋湿的衣服变得冰凉，深秋的寒气也开始侵蚀我们的肌体。父亲急忙说："趁身上的热汗还没有下去，赶紧装车回家吧！不然会感冒的。"

也许父亲和哥哥们都看我小，再禁不起折腾了，回家的时候，非要让我坐在架子车里。我看着只装了半架子车的柴火，心里多少有些不甘。这是我记得的砍柴最少的一次，也是最累的一次。尽管之后的几年我每次都跟着父亲和哥哥们上山砍柴，但再也没有遇到下雨的天气了。

后来，家里的柴火多了起来，棉花秆、玉米秆、麦草等多种多样的柴火摞得像小山一样，一年根本烧不完。

从那以后，我们不用上山砍柴了。但砍柴的经历随着时间的推移在我脑海里愈发清晰了，就仿佛发生在昨天。

第一辑 岁月留痕

拾麦穗

在我童年的记忆里，拾麦穗是最有趣的事，它几乎占据了我童年的每一个夏天。

我的家乡位于关中平原，每年收麦子的时候便是农村最忙的时候。几乎在开镰的同一天，学校也都放了忙假。学生各回各队，由本队老师组织，加入夏忙的行列中。

我们的主要任务就是拾麦穗。

我们小时候正好是国家提倡多生育的年代，一个小小的村庄，单上小学的孩子，就有三四十个。不像现在，走遍整个村子，也见不到几个孩子。因此每年忙假，在老师的带领下，我们便组成了一支浩浩荡荡的拾麦穗队伍，成为农村夏忙时节不可缺少的帮手。

每天早晨天麻麻亮，我们这些爱睡懒觉的学生，在一阵阵集合哨音的催促下，一个个排好了队，竟没有一个人迟到。我们在老师的带领下，挎着篮子，迎着朝霞，唱着嘹亮的歌曲，向收完麦子的地里走去。

夏日的清晨凉爽而湿润，清新的空气在霞光的照射下笼着一层淡淡的光雾。路旁麦地里的野鸡偶尔发出一声啼叫，便向远处飞去。布谷鸟依然没日没夜地叫着，催促着人们"算黄算割"。我们来到地头，一字排

开，地毯似的向前推进，拾起一个个掉在地上的麦穗。老师在放假时说过，每天拾的麦穗都要称重登记，等忙假结束后，要奖优罚劣。因此，从第一天起，我们都争先恐后，力争成为拾麦穗最多的那一个。在之后的自由拾麦穗中，我们每个人都表现得异常积极。我更是不甘落后，每次都跑到最容易被忽视的地边角落或地沟坡梁处拾。虽然那里的麦穗不大也不是很饱满，但数量很多，每次我都是拾得最多的那一个。在老师表扬我的那一刻，我竟忘记了指甲缝的疼痛，心里美滋滋的。

  拾麦穗也有忙的时候，那就是拖拉机在后面等着犁地播种，我们在前面争分夺秒地拾麦穗的时候。每到这时候，我们便猫着腰，瞪着眼，一路小跑，动作麻利，所到之处，麦穗一一被拾起。一阵紧张过后，我们便开始歇息了。我们围坐在地头的树荫下，听老师讲有趣的故事。老师的故事真多，我们最爱听的便是《西游记》。老师有滋有味地讲，我们如痴如醉地听。每到这个时候，我们真希望时间过得慢一点，再慢一点，好让老师多讲点，我们多听点。于是，这也成了老师调动我们积极性的有效办法。每次走到一片新收割完的地头，老师都会说："都认真点，早拾完，早听故事。"我们便玩命地拾了起来，也不顾天热，不怕扎手，不知道口渴。每次拾完一片地，就到了老贫农担水慰问我们的时候了。于是，我们赶紧围在地头，一个一个轮流喝一碗甘甜的凉水，喝完便围坐在树荫下听老师讲故事。这时候就是我们最开心的时候。

  40多年已经过去了，年过半百的我每每想起拾麦穗，这些情景就不由得浮现在我的眼前，那么亲切，那么让人怀念。

第一辑　岁月留痕

村北那条河

渭河是一个很不规则的天然屏障，把美丽富饶的关中盆地分割成南北两半。我的家乡就在这天然屏障的靠西段南岸。我儿时的所有惊险、担忧、快乐都和这条河有着密切的关系，每每回想起来都有说不完的故事，品不尽的乐趣。

记得我那会正是疯玩的年龄。只要下午放学，我们就三五成群地来到河滩拔猪草、割牛草、拾柴火、摸鱼蟹。一年四季，除了荒草丛生、寒风嗖嗖的冬季外，我们三天两头往河滩跑。在绿树成荫、杂草丛生的河堤边、田野旁和荒滩上，我们可以尽情割鲜嫩的青草；在河水上涨、飘满各种树枝的宽阔河滩上，我们可以不顾一切地争抢捡拾；在大小不同、深浅各异的小水沟里，我们可以尽兴地摸鱼蟹、打水仗。我们常常很快完成了当天的任务，但没有一个人提出回家，这里是我们的乐园。我们可以看杨柳依依的河堤风景，可以听滔滔渭水日夜奔流的欢歌鸣唱，可以对着河滩大声呐喊，可以围坐在河边谈天说地。夜幕降临也全然不顾，家人的叮嘱被我们抛在脑后，直到明月初升，繁星满天，家人高声呼喊，河滩渐渐寂静，我们才恋恋不舍地或挎着、或背着、或拉着各自的战利品，向着不远处的村子走去。

那时，我们都是十二三岁的孩子，不知人间烦恼，只知寻求快乐。那时的我们，不像现在的学生，学习是第一位的。那时的我们，也不像现在的孩子那么金贵。现在的孩子在家里跟皇上一样，说一句话就是圣旨，要吃什么全家人跟着忙活，做作业有家长陪着，上辅导班有家长陪着，外出也有家长陪着。哪像那时的我们，家里孩子多，出去了也没人管，只要不是危险的地方，出去好几天家人也不会过问。但那时的我们，生活得快乐。

随着时间的推移，我们在渐渐长大，不变的是渭河的模样。宽宽的河床，滔滔的流水，荒凉的河滩，零星的河沟，高高的河堤，浓密的树荫。这里依然是我们的乐园，但除了快乐，这里还有危险。

每年的7—9月，正是洪涝灾害的多发期，河水暴涨、河面变宽，水势凶猛。我们这些只知快乐不知危险的小孩，看河水汹涌翻滚的壮观。也亲眼看到有人在汹涌翻滚的洪水中拼命挣扎，又渐渐被卷入洪流。岸上的人在齐声呼喊，却没有一个人敢跳下水救他。我也曾亲眼看见邻村的小伙伴在河边玩耍，不小心被翻滚而来的河水冲走，虽然被迅速赶到的大人救起，但是因溺水时间过长而不幸身亡，给父母留下了永远的伤痛。我更清楚地记得，我爱人的姐姐小时候和伙伴们在河边玩耍，不小心被河水冲走，要不是伙伴们的呼救喊来了河对岸的一位大哥，一场悲剧将不可避免。

这就是村北的渭河带给我们的灾难和不幸。这条日夜陪伴我们的渭河到底带走了多少小伙伴的生命，我没有算过，给多少家庭造成了致命的创伤，我也没有算过。我只知道每一次悲剧酿成后，家长们个个神情凝重、严肃紧张，以严厉的语气告诫孩子，不准再去渭河边。但那时的我们根本没有意识到它的凶险，也坚信灾难不会降临到自己头上。我们依然像往常一样去拔猪草、割牛草、拾柴火、摸鱼蟹，尽情玩耍，寻找刺激，欣赏壮观景象。

直到离开家乡，走上工作岗位，偶然回乡探亲时，路过村北的渭河，我才真正地想了解它，了解它桀骜不驯的背后到底有着什么样的前世和今生。

渭河是黄河的第一大支流，从甘肃的鸟鼠山开始，由陕西的潼关汇入黄河。渭河支流密布，大支流镶嵌小支流。两岸的人民在这条古老的河流旁繁衍生息。

它倔强过，凶悍过，辉煌过，也温顺过。

关于渭河，有众多神话传说和历史故事。伏羲女娲生活的区域就是距今8000—4800年的渭水上游的天水大地湾遗址，大禹治水的故事就起因于甘肃鸟鼠山堰塞湖那场特大洪水，姜太公钓鱼的故事也发生在渭河。中国历史上许多帝王在渭河上演了一出出惊天动地的剧目。

在中国的地图上，不用费多少工夫，我们就可以在它的腹地找到这条河。它不算长，有810多公里，但它却与整个中华民族悠久的文明史有着密切的关系。渭河呈黄色，每到洪水期又稠似泥浆。它的流量不大，不能托浮客船货轮，但它哺育了两岸的人民。

我们把黄河称作中华民族的母亲河，那么，渭河就是母亲河中最重要的组成部分。它由西向东奔流而去，从穿越秦晋之间一路南下的黄河直直切入，成了连接长安、咸阳、洛阳、安阳、开封这五大古都的一条极不平凡的河流。

历代文人墨客对它也情有独钟。如李白"如逢渭水猎，犹可帝王师"的慨叹，让我们看到了一代诗仙的雄心壮志；杜甫"羌童看渭水，使客向河源"的悲叹，将诗圣的伤时感乱之情表达得淋漓尽致；岑参"渭水

东流去，何时到雍州"的期盼，仿佛让我们看到了诗人眺望遥远家乡时的神情；司空曙"漫漫一川横渭水，太阳初出五陵高"的描写，则给我们描绘了白雪皑皑下渭水岸边的雄丽景象……关于渭河的诗句数不胜数。所有这些，都让我更真切地了解渭河、认识渭河、感知渭河。

渭河是中华民族的发祥地之一。

渭河是悠久灿烂的文化宝库。

当改革开放的号角吹响祖国大地的时候，当人民对美好生活的向往成为共产党人奋斗目标的时候，当"绿水青山就是金山银山"的发展理念一步步践行的时候，我儿时的乐园渭河也发生了翻天覆地的变化。渭河两岸，河堤加宽了，河滩也换了容颜，河堤两岸绿树成荫，道路两边郁郁葱葱。笔直的公路如两条绸带顺着渭河飘过我的家乡，飘过三秦大地。汹涌翻滚的河水在高大的河堤间流淌，没有了儿时的肆虐和凶悍。行走在风景秀美的渭河岸上可以找回儿时的欢乐。依势而建的渭河运动公园，有各种各样的健身器材，让周边群众多样的运动需求得到了满足。曲曲折折的荷塘，吸引了前来观赏的游客，行走在曲径通幽的小道，看亭亭玉立的荷花，如同参加一场盛大的夏日舞会，目不暇接。不时出现的游乐场所、休息亭台、人文景观，又给人一种历史文化与现代文明结合的新奇感。如今的渭河，已经是全国最美的河之一，是人们休闲娱乐、旅游观光的好去处，是生态改善的成功缩影。

渭河，我家乡的河，我儿时的乐园。

第一辑 岁月留痕

原上那口土窑洞

我的家乡位于陕西关中平原的中段,是一个距太白山仅有3公里的小村庄。沿太白山一路而下的土原,直直地从我们村庄穿过,隔断了河西与河东的世界。我的家乡就在原西脚下。

我童年的世界几乎都与这道原有关,而原半腰处的那口土窑洞,记载着我童年时的乐趣、惊险和一个个令人回味无穷的故事……

这是一个高约100米、宽约2000米的土原,有个六七十度的陡坡。整个坡面植满了茂密的树木,层层叠叠,苍翠欲滴,远远望去像一道天然的绿色屏障横在村庄面前,而通往原顶的那条"之"字形道路以及那口悬在半腰上的土窑洞,在柏树、洋槐树、酸枣树、白杨树等的掩映下时隐时现,又像是这道屏障上绣出的美丽图案。坡顶上是起伏如麦浪般的宽阔平原,零星地点缀着些人家,给这宽阔的平原增添了无限生机。

站在原下,抬眼望去,那口悬在陡峭绝壁上的土窑洞显得格外突出。也许是它地处险要的位置吧,也许是它的神秘结构吧!只要有空,我们就三五成群地前去看看。

顺着"之"字形的土路上坡,从第一个拐弯处直行,是通往窑洞的最佳路径,这是我们从茂密的杂草丛中踩踏出来的一条小路。

记得第一次爬上窑洞的时候我上小学三年级。那是一个春天的下午,我们早早地放学回家,拿起各自采猪草的篮子,不约而同地走出家门,奔向那向往已久的土窑洞。

春天的土坡是翠绿翠绿的,树荫已经覆盖了整个坡面,洋槐花如一串串白色珍珠闪耀在稠密的绿叶之中。地下是丛生的杂草,太阳光斜斜地照在坡面上,我们行走在树荫下。树荫下暗暗的,没有一丝光亮,空气中除了淡淡的草腥味外,就是洋槐花的香味。我们向上行进的时候,几乎是弓着腰艰难地攀爬。我们一行五六个人,像一支整齐的行军队伍,我们每人一只胳膊挎着篮子,一只手抓着杂草,谁也不愿掉队,都想成为一名勇敢的战士。那时候,我们常常以电影里的英雄人物自居,从不在困难面前低头。尽管我们知道要爬上土窑洞不是一件容易的事,弄不好一脚踩空便会掉下十几米高的绝壁,但谁都不愿意退缩,谁也不愿意说出放弃这次冒险的话。我们一字儿排开站在和窑洞口平行的一侧,商量着怎么爬进那距我们有四五米的窑洞。

说实话,那个时候,当我看着处在陡峭绝壁上的那口窑洞,我心里是真的害怕,两腿都开始发软。但在那样的环境里,我又必须装出勇敢的样子,摩拳擦掌,跃跃欲试,我必须像电影《智取华山》中的那些英雄们,做好战胜困难的准备。

我是这么想的,我的那些伙伴们大概也是这么想的。

我以一个英雄的姿态,在攀爬绝壁的第一位。我把篮子斜挎在肩上,身体面向绝壁并紧贴着绝壁,两只胳膊大大地张开,抓住凹凸不平的壁面。两只脚踩在大人们早先挖好的一个个不是很深的脚窝上,一点点地向前移动。头也紧贴着绝壁,不敢朝下看,也不和任何人说话,屏住呼吸,全神贯注。这短短的四五米,漫长得如四五千米,直到一只脚跨进窑洞，我紧绷的神经才松了下来，悬着的心才落下。

我们就这样一个一个爬进了窑洞，像经历了一场生死考验，虽心有余悸，但很快又恢复了往日的快乐。

这是一口宽约3米、高约4米的土窑洞，它直直地向里面延伸，10米之后便黑得伸手不见五指。窑洞两侧又有大小相同的子窑洞，浅者2米，深者3米。我们不知道这窑洞是什么时候挖的，又是怎么在这么高的绝壁上挖的，也不知道这口窑洞到底有多深，通到哪里。只是隐约听大人说过，这口窑洞是中华人民共和国成立前村民们为防止土匪抢劫，费了近半年时间挖出的一个避难所，上可通原顶，下可连村庄。在"深挖洞，广积粮"运动中，生产队又专门对窑洞进行了修缮，让原顶的洞口更加隐蔽，原底的出口更加方便。但我之前没有来过这里，更别说从原底洞口爬上洞中，再攀至原顶，也没有从原顶下到原底。听大人们说，这口窑洞虽然上下贯通，但很少有人攀爬。一则里面太黑，攀爬必须有足够的照明设备；二则里面太窄，有好几处是直上直下，需有"鹞子翻身"的本领才能通过。这样的一口窑洞，我们这些孩子是万万不敢往上攀爬的，我们也只能在窑洞口的明亮处打打牌，捉捉迷藏，或站在洞口，朝着原下的村庄高声大喊。

那时的我最喜欢站在窑洞口极目远眺或俯视村庄。此时远处的河流、田野、道路、树木在我的眼里是那样遥远和渺小，而近处的村庄、院落、房屋以及行人又是那样清晰和亲切，我甚至能说出每一间房屋的主人和每一个行人的名字。

此时的我就像一个巨人一样，把世界尽收眼底，有一种"会当凌绝顶，一览众山小"的感觉。

我们玩得筋疲力尽时，已是日落西山时分，这才想起篮子还是空

的，猪草一点都没有采。我们便急忙挎上篮子，又一次从窑洞口爬了出来，在茂密的树林里采猪草、捋洋槐花。

本以为这次冒险不会被大人发现，没想到我一进家门就遭到了父亲的训斥。而只有在这个时候，我才真正意识到这次冒险是多么可怕。正如父亲训斥的那样：在绝壁爬行，不要说你们这些小孩子不敢，就连我们大人也要小心再小心，你们可真是不要命了。

之后，我们有好一段时间不敢再去那口窑洞了，即使每次路过，也只能"望窑兴叹"，不敢再靠近一步。然而，那个时候，是一个学英雄、当英雄的年代。我们在课堂上学的是英雄人物的感人故事，老师要求我们做黄继光、邱少云、董存瑞那样的英雄人物，要我们到大风大浪中去锻炼，要我们做迎风傲雪的松柏，不做弱不禁风的温室幼苗，做草原的雄鹰，不做屋檐下的家雀。在我们心目中，对于攀爬窑洞这样有风险的事情，我们就应该拿出英雄的姿态，迎难而上。于是，我们又开始跃跃欲试了，每到下午放学或星期日，便结队而行，挎着篮子，来到窑洞，或采猪草，或采草药，而后，在窑洞打牌、捉迷藏、大声呐喊。渐渐地，这成了我们活动的固定项目，几天不去，我们就会有一种失落感，浑身不自在。好在之后的攀爬路线经过大人们的专门修整没有第一次攀爬时那么危险，这大大降低了攀爬的风险。

然而，忽然有一天，一个爆炸性新闻在村子里迅速传开。外地一个讨饭的中年男人，在一个下雨天的傍晚，想爬进窑洞避雨过夜，没想到脚下打滑，从绝壁上摔了下来，恰好被路过的一个村民看见，赶紧叫人用架子车送进了公社医院。但由于伤势过重，最终经抢救无效而死亡。

几乎是在同一时间，消息传到了学校，各班主任迅速向每一名学生传达了学校的决定：禁止攀爬窑洞，否则开除。

其实，在得知这一消息后，即使学校不下"禁攀令"，我们也不会再爬那窑洞了。想想看，有了血的教训后，谁还会重蹈覆辙呢？

岁月如梭，光阴似箭，一晃40多年过去了。40多年来，我再也没有爬过那窑洞，再也没有体会过那窑洞里的快乐和惊险，至于窑洞内的上通原顶、下通村庄的路，我更是从未走过。也许那只是一个传说。

今天，我又一次回到家乡，绝壁上的那口窑洞依然如一位饱经风霜的老人，孤零零地立在那里，俯视着村庄里的每一个人，一种既亲切又陌生的感觉不由得涌上心头。我多想再爬上去看看，但我已经力不能支，毕竟我已经是年过半百的人了。

原上的那口土窑洞，还是从前的样子吗？

村头那口井

记忆中,一口井静卧在村头的一个小棚下。小棚有两面围墙正好借助两堵呈直角形的房墙而建,另外两面对着村外和街道。那口井就在小棚的正中间靠墙处。井口用不规则的长条石砌成,圆圆的,直径为50厘米左右。井口以下的部分,也是用长条石砌成的,越往下直径越大,通到井底,有150厘米左右。井口上方,在距地面50厘米处,安了一个辘轳,辘轳上缠着结实耐用的牛皮绳,绳头固定一铁钩,无人挑水时,铁钩就挂在辘轳把上,如同那口井一样孤独。

这就是我家乡村头的那口井,一口古老的、不知道年龄的水井,一口养育了几辈村民的水井,一口我记忆深处的水井。

这口井给了我很多童年的欢乐。每天放学路过井旁,我总能碰上大婶或大嫂在绞水,叫我一声,我便高兴地帮着她们抬水回家,然后换来几句夸赞和一些零食。每天饭后,总会有很多人围在井口,排队挑水,谈天说地。我就站在其中听故事,不求故事结局,只图人多热闹。每年夏季酷暑难耐,我们几个小毛孩就从家里偷偷拿出水桶绞上来一桶水,咕噜咕噜喝几口,沁人心脾,如饮甘露。或者将水倒在盆里,浇在头上,顿感酷暑消解。每年寒冬腊月,冰冻雪飘时节,我们也和大人一样,从井里绞上来一桶水，趁着水冒热气，赶紧将冰冷的双手浸泡其中，顿感筋骨舒展。

这口井也给了我一些童年的烦恼。井在村头，又无井盖，鸡鸭猫狗常来井台，不是喝水，就是追逐打闹，加之受路人惊吓，一不小心就会滑进井里。如此一来，井水被污染了，就无法饮用，村里人只好挂一字牌，写上"井水污染，暂停饮用"，并立即组织人力，下井打捞。打捞时颇费功夫，须将一人套在用绳索编制的网内，绑挂在铁钩上，用辘轳慢慢放下，将漂浮在水面上的动物尸体打捞上来。这其间井上面的人往往提心吊胆，毕竟井中漆黑一团，人进入井中，对井内情况又不甚了解，危险随时都有可能发生，丝毫不能大意。只有将井下人慢慢拉上来，人们才能放心。接着，人们提来一筐白石灰倒入井中进行杀菌消毒。10天之后，井才能恢复正常使用。

且不说10天之后，井内之水是否达到可饮用的标准，单就这10天之内，半个村庄的吃水、用水都成了问题。我们村是一个分布很规整的村庄，村头村尾各有一口水井。我家位于村头水井不远处，因此，所用之水就来自这口井。如今，大家只有到村尾那口井去挑水。如此一来，村尾那口井就异常拥挤。有时为了挑一担水，路远不说，还要排五六分钟的队。此后，人们专门做了个井盖，并在村口大声吆喝：看好自家的鸡鸭猫狗，不要再掉到井里。开始的时候，人人严格执行，可时间一长，挑水人常常忘记盖井盖，鸡鸭猫狗又在井台追逐嬉戏，坠井事件也时有发生。这种烦恼不但困扰着村民，也困扰着童年的我。

这口井也给了我童年的惊险。人常说，一家人常住一个屋，常吃一锅饭，难免有磕磕碰碰的事发生，我们村也不例外。因此，这口井就成了人们生气吵架、寻死觅活的地方。记忆里，在这里常常会碰到因吵架而跑出来要跳井的人。有一件事情我印象特别深刻，至今想起来仍心有余悸。

我的一个大妈在第一个儿媳妇进门不足一年，就开始和她隔三差五地吵架。也许是因为家里子女太多的缘故吧！也许是大妈和她儿媳妇性格不合的缘故吧！也许是新大嫂想分家另过的缘故吧！总之，家里常常闹得鸡犬不宁。那一年冬天的一个傍晚，也不知是什么原因，大妈一家人又吵了起来，而且竟发生了小叔子动手打嫂子的事情，一时间家里哭声一片，吵声一片。你拽着我的头发，我撕着你的衣服，扭扭打打从家里打到院里，又从院里打到街道，惊得村里人急忙出来劝架。可哪能劝得住，一家人厮打在一起，谁也不肯让步。天越来越黑，越来越冷，围观的人们也越来越多，可就是劝不下他们的心头之火。忽然，那位大嫂挣脱人群，发疯似地向那口井跑去。一看这架势，人们都慌了，小叔子更是眼疾手快，一个箭步追了过去，就在大嫂要跳井的一瞬间，一把拽住了她的衣服，使劲把她摔到一边。跟在后面的人们赶紧抱住大嫂，强行将她拉了回去。吵骂声渐渐停了，人们也散去了，一切又归于平静，好像疾风暴雨后的天空，虽未雨过天晴，但也云开雾散。

  第二天，大妈家集体讨论，将大嫂和大哥从家里分了出去。此后很长一段时间，大妈家风平浪静，再没有吵架打骂的事发生。

  还有一次，我叔家由于孩子不听话，闹得四邻五舍鸡犬不宁，为了好好教育孩子，他们除了把孩子绑在房梁上抽打外，还专门提着孩子的腿走到井口，一遍遍问孩子听话不听话。看着自己头朝下、腿朝上地吊在井里，孩子吓得大声求饶："听话听话，再也不干坏事了。"也许是这一方法灵验，竟有好几个家长纷纷效仿。结果，遭到了几位长辈的反对，这太危险了，万一在气头上没拽住呢，酿成悲剧怎么办？

  也是这口井教会了我感恩。这口养育了几辈村民的井，并非永远那么盈满而清冽，它也有干枯和浑浊的时候。每每遇到这种情况，村里就组织青壮劳力进行淘井。就是把原有的井继续往深打，直到打出足够的井水为止。这多发生在久旱不雨的夏天，这时候水位低，水井也缺水。记得有一年夏季，这口井又一次缺水，村里几个叔叔伯伯开始淘井。井底每次只能下去一个人，没有照明设备，他们就点亮一个马灯，挂在井底的壁缝。每次淘井，都是下面的人装满一小铁桶沙石，再由上面的人用辘轳慢慢拉上去，倒掉后再放下空桶。如此这般反复多次，直到水位达到一定高度。这听起来简单，做起来实在很难。这个过程往往需要10天左右，有时会更长。一则井口太小，每淘一桶沙石就得小心翼翼，既要绑紧绳索，又不能让沙石掉落，否则下面的人就会有危险；二则井下温度太低。人在下面待的时间不能太长，每隔10分钟就得换人。在整个过程中，井上的人还要不停地和下面的人喊话，了解井下情况。

　　但不管怎样，比起附近原上其他村的淘井情况，我们要轻松得多。听老人们说，原上人淘井，往往一次得用一个月的时间，井深有50多米，每淘一次，简直是用生命在换水，不是有人窒息而亡，就是有人落下病根。但没有别的好办法，水是生命之源，没水就没法活命，祖辈尚能打成水井，我辈岂惧淘井不成。因此，淘井就成了一件危险的事情，每每淘井，父辈都会给我们讲水的重要性，讲打井、淘井的不易，讲吃水不忘挖井人的故事。慢慢地，我就懂得了感恩，学会了感恩，永远不忘感恩。

　　也是这口井，见证了村子的变化。时代的车轮滚滚向前，农村的生活发生了前所未有的巨变。这口井也开始慢慢地退出历史舞台。先是政府统一装机井，让家家户户安上自来水，自此这口井被弃置一边，但人们偶尔还要绞水、担水，也许是一种习惯，但我觉得这更是一种情结。后来农业税减免，农民日子富裕了，这口井就渐渐地淡出了人们的视线，尽管它还在那里，但已经没有了昔日的热闹。再后来，随着新农村的规划，村容

村貌的整修，这口井实在有碍村子的整体形象，于是，大家商量后决定拆了井棚，填了井。

至此，一口无人知道年龄的井，一口养育了一代代村民的甘甜古井，就这么消失了，消失得只剩下一块平坦的空地，看岁月更替，看时代变迁。

但它并非从人们的记忆中完全消失，当人们谈起往事，总会想起这口井，想起关于这口井的诸多故事。

第一辑 岁月留痕

那一树燃烧的火炬

周末和朋友外出。穿过高楼林立、人多车堵的闹市，只需30分钟车程，便到了秋意正浓、落叶飘零的秦岭山下。

我们不为郊游，只为散心。即使看看市区之外的一片落叶，也是对心灵的一种放松。

停好车，沿着崎岖的山路往里走，虽然满眼的枯黄，但依然能感到秋的浓烈和久违了的田园风光。

拐过一处山路，忽然一树火红映入眼帘，我们不由得加快了脚步，一眼不眨地紧盯着它，看它是怎样以火热的激情点亮了渐已枯黄的深秋。

那是一棵有着碗口粗细的柿子树，伞状的树冠，挂满了火红的柿子，叶子几乎落完，远望去，像燃烧的火炬，热烈而富有激情。

走进细看，粗糙的树身如老人的肌肤，褐斑点点，苍老皲裂，树身并不笔直，稍微地侧向一旁，露出几个凸包，丑陋得让人不忍细看。所有的枝丫由粗而细，由少而多，由稀而密，向上向外伸出。两个大主干，曲曲地向上生长，形成了完美的伞状树冠，加上这满树密密的柿子，真如擎起的一把火炬，把整个深秋的山野映照得红红通通。

这是柿子树吗？我一连在心里反复问了好几遍。40多年了，虽然我

也曾见过好多柿子树，但像这棵和我家乡一个模样的柿子树，今天还是头一次见到，不禁勾起了我心底的一串串有趣的往事。

小时候，紧挨老家村子东面不远处是一个黄土原，它坐东向西，直直地如一道高墙横亘在村子旁边，挡住了我们东望的视线，让每天的日出晚于别的地方，看不见太阳初升的模样，让我们少了很多乐趣。对此，我们常常抱怨：何时才能移去东原，让视野一马平川，让世界更加宽广。

然而，我们并不寂寞，黄土原跟前那一排排粗壮的柿子树，给了我们无穷的乐趣，整个少年时光，我们都是在它们的庇佑下一点点长大。

这片柿子林也挨着学校，我每天上学、放学都要从这里经过，它们粗壮的树身常常给人一种古老而沧桑的感觉。虽然它们粗细不一，年龄不同，但肩并肩紧挨着，浓密成荫，占据着一大片高低不平的坡地，形成了一道亮丽的风景线。

每年秋天，那一树树挂满枝头的火红的柿子，像一把把燃烧的火炬，簇拥成一个火红的世界。每到这个时候，校园上空弥漫着浓浓的柿子香味，让教室里的我们坐立不安，恨不能早点下课。

我们不能走近它们，因为生产队的看护员严厉而凶悍，我们只能远远地站成一排，看泛黄的树叶渐渐飘落，看圆圆的柿子一天天成熟，看茂密的柿林变得光秃秃，但我们依然能感受到一种从未有过的震撼。

日子在一天天过去，我们也在一天天看着、欣赏着、期盼着柿子成熟的那一天。

那时候，大家的日子过得非常艰难，粗茶淡饭是常事，缺吃少穿不奇怪，为了能填饱肚子，人们常常把一些果子、槐花、土豆、红薯、野菜等作为补贴口粮。柿子是最佳的补贴口粮之一。它不仅个头大，产量高，还有各种不同的吃法。

成熟的硬柿子，在温水里浸泡三四天去掉涩味，就可以直接吃，香味扑鼻，脆甜可口，不但能填饱肚子，更有清热、润肺、生津、解毒的功能。

成熟的硬柿子摆放在窗台、屋檐等处，10—15天会慢慢变软，放在手心，剥去薄薄的一层表皮，拿起时果肉像鸡蛋清那样软、那样嫩，轻轻一吸，"咕噜"一声全吸进嘴里了，顿感冰凉甘甜，既解渴，又有止血凉血、降压利尿、消炎之功效。

成熟的硬柿子，削去表皮，用细绳绑住柿把儿，串成一串，吊于房檐底下，阳光照晒月余之久，待霜降来临，霜打之后，取下压成饼状，再铺于苇席之上，照晒至软硬各半，收起放好，便是柿饼。咬一口柿饼，软软的，黏黏的，越嚼越甜，越吃越想吃。晒干的柿子虽表皮不雅观，吃起来却远比主食好吃得多。

小时候，我们就盼着生产队摘柿子、分柿子的那几天。全村男女齐齐地聚集在柿子林里，在队长的统一指挥下，分工采摘。年轻小伙上树采摘，老人、妇女在树下接拿和堆放。树上的小伙脖子挎一小兜，手里拿一竹竿，竿头绑一粗铁丝做成的网兜。身边的柿子用手采摘，远处的柿子用竹竿网兜采摘。树下的老人、妇人接拿树上小伙们装满柿子的网兜，再小心地堆放成堆。每到这时候，树上树下配合密切，笑声、说话声不绝于耳，你喊着："注意接好，不要摔碎。"他叫道："旁边有个软的，小心把它网住。"树下的人接住柿子，掰一半分给大家，咬一口直甜心底。柿子让人们喜洋洋、乐呵呵。笑声、喊声、说话声传进课堂，听得我们心里直痒痒，恨不能加入其中。等铃声一响，我们便呼啦啦直奔柿林，一边帮大人忙，一边找软的柿子吃。不禁感慨连日来左等右盼采摘柿子的情景，此刻终于变成了现实。

好一幅柿子采摘图，好一幅欢天喜地的丰收景象。

分柿子更是有趣。看着堆积如小山的火红的柿子，人人脸上挂着笑容，个个期盼能多分点，真像过年杀猪分肉一样热闹。虽然队排得如一条长龙，却没有一人插队捣乱。就是平日里乱动的小孩子，此时也很听话地站在家人身旁，随着队伍一点点向前移动。而那些分到柿子的人们，或用背篓背着，或用笼子提着，但更多的是用架子车拉着，装卸动作敏捷，轻放轻拿，生怕磕碰了。

几天后，热闹非凡的柿林趋于安静，但另一种乐趣紧接着来了。没有了看护员的柿林便是我们的乐园。每天放学，我们都跑到柿林寻找采摘遗漏的柿子。按我们家乡的习俗，每棵树上的柿子不能摘完，要在顶梢上留几个给老鸦，这样才能保证来年又有一个大丰收。只要在树上发现了一两个柿子，我们便高兴地喊叫，不管柿子挂得多高，距离主干多远，我们也会敏捷地爬上树，想尽一切办法采摘下来，为此也常常冒些风险，更遭到大人们的呵斥。他们不是怕我们采摘柿子，而是担心我们从树上掉下来。

可那时的我们一点不觉得害怕，天天穿行在柿林，常常攀爬在树上，与其说寻找采摘遗漏的柿子，不如说是在寻找四角墙外的天空和无拘无束的乐趣。虽然没有了满树的柿子，但那燃烧的火红世界，又怎会从我们的脑海里消失？

那时的我们，一直期望这满树的柿子是自己家的，期望每天能吃上雪白的馍馍，期望逢年过节能有一顿肉吃，期望四季更迭时能有一件漂亮的新衣服穿，期望长大后能过上城里人的生活……因为我们知道有了期望，生活就有了盼头。

太多的期望陪伴着我度过童年的每一寸光阴。

我们的童年因期望而快乐。

慢慢地，我们长大了，农村的日子也一天天好起来了，那片古老而沧桑的柿林，也在时间的推移中被陆续砍伐，一个燃烧的世界就此从人们的视野里彻底消失了。

但我们并没有忘记那一树树燃烧的火炬，忘记那一片火红的世界。"林红柿子繁""园红柿叶稀"的画面，时时浮现在我的眼前，定格成童年最美好的回忆。

此刻，站在这棵同样古老沧桑的柿子树下，我似乎又回到了童年，若不是朋友的提醒，我真想脱鞋捋袖，直攀树顶。但最终还是摇了摇头，我早已不是当年的我了。

离开它，继续往里走，再也没有看到同样的柿子树了，眼前的景物让我提不起一点兴趣，我只好催促着同伴往回走。又路过那棵柿子树时，我情不自禁地驻足仰望，迟迟不忍离去。我好像望见了童年，望见了家乡，望见了那片火一样燃烧的世界。

童年的伙伴

在众多的童年伙伴中，让我印象最深且和我关系极好的莫过于良、熊和平了。我们都在一个村子住着，同根同祖，年龄相当，虽辈分不同，但一处玩着，直呼其名，从不以辈分相称。

记忆中，我们从小学就在同一所学校，同一个班级，我们每天走同一条道路，上学一起走，放学一起回，天天如此，月月如此，年年如此。我们在相处中一天天长大，在磨砺中一点点成熟。流年里写满了故事，哪怕是悲伤的，也值得一生去珍惜。

童年的我身体瘦弱，几个要好的伙伴中，我是极普通极平常的一个，但因为性格温和，常常是不可缺少的一个。每个活动好像没有我不行。虽然我不能起扛鼎的作用，却决定着玩耍和活动的走向，再加之我的善解人意和顾全大局，就成为了他们喜爱的对象和愿意交心的朋友。有我在，他们就感到开心、感到温暖，觉得任何人的观点都能得到公正的评判。那时候，我们天天晚上玩得不回家，不是跑到三四公里外的镇上看电影，就是聚集在一起捉迷藏。不是找人打架，就是跑到场院里对着天空数星星……总之，11点以前不回家，大人也不找，不像现在的孩子那般金贵，不能离开家长的视线。

记得有一次，一个秋天的下午，我们得知晚上镇上放电影，便早早做好了准备。放学铃一响，我们就赶紧跑回家，放下书包往镇上走。三四公里的路程，对我们来说不算远，更何况天色还早，人们还在地里干着农活，有的收割玉米，有的拾摘棉花，还有的在给地里运送肥料。我们一路欣赏着田园风光，一路追逐嬉戏，只要遇到有兴趣的地方，就要走过去看看。收过玉米棒的秸秆是最好的"甘蔗"，我们偷偷地钻进地里，寻找最甜的吃。路旁地畔的柿子树上，有摘剩下的柿子，我们就拿起石子，瞄准后一个个打下来分着吃。

在我们四人中间，良是个小胖子，干什么事都冲在最前面，有很强的组织能力和责任担当，加之辈分比我们高，当之无愧成了组长。熊不胖不瘦，但身体结实，喜欢被人宠着，这与他是家里唯一的男孩有关，我们凡事也让着他，确保他的"小皇帝"地位。平是年龄最长的一个，大我们三四岁，虽然我们都是直呼名字，但多少要尊重他一些，关键时候还得他上。只有我是唯一的被保护对象，虽然我身体瘦弱，性子温和，但我的良策由不得他们小觑。

到了镇上，太阳仍没有下山，满街的房屋、树木被落日余晖涂抹得金光闪闪，并把长长的影子投在坑洼不平的路面上。电影院的门还没有开，售票窗口关得严严实实，除了墙上贴有新更换的海报外，看不出一点放电影的迹象。

我们确实来得有点早。

我们来镇上看电影并不是第一次。我们有自己的打算。即使电影院前门敞开，售票窗口排队，也与我们无关。因为我们是从来不走正门买票的。尽管那个时候一张票一毛或五分，对于那时候的我们来说依然是不小的数目，我们也从心里觉得花钱看一场电影不值得，更何况家家都很拮

据，哪有闲钱看电影。因此，从大门口混不进去后，我们准备从电影院的高墙翻进去。虽然有些冒险，但毕竟是一个办法，而且有很多人翻墙成功了。在我的一番策划和几次观察之后，大家达成共识，每次放电影，我们必须早来，先探好路，晚上再行动。

这次也是如此。我们晃晃悠悠地来到电影院的后院墙外，仔细察看地形。这个坐南向北的露天电影院，围墙虽然是用湿土夯打而成，但足足有3米高，且东南两面墙外都是马路，根本无法攀登，只有西面墙外是一块田地，挨墙有几棵碗粗的槐树。每次放电影，总有很多人爬上那几棵槐树，坐在树杈上向里张望。但树杈毕竟有限，很难容纳更多的人，此外，树身常常被抹上屎尿，以阻止攀爬。我们侦查的时候发现，除了树身抹有屎尿外，连墙上挖的脚坑也被抹了。但这依然改变不了我们的计划，为了看一场电影，任何艰难险阻都会被我们踩在脚下。

天黑进场的时候，我们绕到后院，树杈上已爬满了人，树下也是黑压压一片。毕竟做贼心虚，一个个东张西望，四处察看，然后瞅准机会，攀墙而过。我们几个先拨开人群，到达指定位置，按事先明确的分工开始行动，平和良在下面，推着我和熊攀登。我第一，熊第二，等我俩坐上墙头，再分别用手拉他俩上来。3米多高的墙，用了不到2分钟就翻了过去。我们那时不知道害怕，更没想到后果。只是这一次，我们遇到了非常难以启齿的尴尬，那就是每个人的身上、手上不同程度地沾上了屎尿。我们开始并没有注意到，可一会儿后，一股淡淡的臭味直扑鼻孔。我马上意识到不对，抬手一闻，果然臭气熏天，赶忙用手推推他们，小声问："快闻闻手，有什么不对。"良笑着压低声音说："不用闻，我早知道。"平和熊也说："对，我们早知道。"我佯装嗔怒："早知道也不说一声。"说着，我赶紧退出人群，找个没人的地方，用地上的土擦了擦手，又进去看了起来。

那一次，看的什么电影我已经不记得了，可这难以启齿的尴尬却记忆犹新。

在三个好伙伴中，良是最讲信用、最有担当的一个。他不爱打架，却不怕打架，每遇到和邻村小伙伴们打架，他总是冲在前面，用胖乎乎的身体护着我们。有一次，我们四人听说2公里外的梁村放电影，就随着人群一起前往。11月的晚饭后天已大黑，亦有了冬的寒冷。可当我们高高兴兴地跑去后，电影却因突然停电而取消了放映，人们在一阵埋怨声中三五成群地结伴而回。只有我们仍抱着一丝希望在临时电影场地等待，相互追逐嬉戏。过程中，不知谁不小心碰了邻村一个小伙伴一下，还没等弄清怎么回事，几个大孩子马上围了上来，其中一个大孩子一把抓住熊的衣领，前后左右地推来揉去。任凭熊怎么解释碰人的不是自己，可那人就是凶狠狠地不肯松手。就在他正要举手打熊的一瞬间，良一把挡了回去，并笑嘻嘻地说："有话好好说，别动手打人，乡里乡亲的。"不知是良手上有劲，还是这温和的笑声起了作用，他竟松开了手。等到他弄明白我们只有四个人，而且都是小学生时，马上又凶狠起来："不动手可以，那就给我们道歉。"良赶紧说："好好好，我们几个商量一下，一定道歉。"说着，把我们拉到一边小声说："等会看我的手势，手势一出，就拼命往回跑。"然后，轻轻推我一下说："你就躲我身后。"说完，他走到那人跟前笑着说："好，我们道——""歉"字还未说出，手上的皮带已抽了过去，重重地打在那人脸上。这突如其来的举动别说对方始料未及，就连我们几个也没有想到，本能的反应让我们拔腿就跑。

不知跑了多长时间，跑了多远，直到觉得后面无人追来，我们才停了下来，慢慢往回走。

就这一次，我们认识了良的机智和勇敢，更佩服他的担当和重情。

从此，我们四人的关系更加密切，友谊更加深厚。

在三个好伙伴中，熊是最帅气、最活泼的一个，小学二年级的时候，他就是学校的宣传队员，经常排练节目，有《送报表》《小英雄》《智取威虎山片段》等，而且担任的都是主要角色。对此，我们几个非常高兴，感到无比自豪和骄傲，从排练到演出几乎场场不落，为的就是给他加油。等到正式演出的时候，他在台上演，我们几个在台下演，一句台词都不错，一个动作也不少。有时在私下里玩耍，我们也会时不时地把这些节目完完整整地演一遍，大人们看了交口称赞，连连点头。当时的那种快乐和幸福，真如蜜般得甜，春风般得暖。

平是我们四人中最实诚，但有时也是最气人的一个。无论好事坏事，他都起着至关重要的作用。上小学时，虽然学校不重视文化课学习，但也有个别老师经常让背诵课文，背不过的别想回家吃饭。有一次，语文老师让背诵前一天学的课文，结果有十几个同学没背下来。下课后其他同学可以回家，没背下来的同学全部被留下了。我们四人也在其中。

放学后，学校空空荡荡，只有我们十几个人坐在各自的座位上，一字一句地练着、背着，背着、练着，尽管肚子咕咕直叫，也只能忍着。忽然，有人大声说："老师也回家吃饭了。"看着渐渐消失在远处的老师的背影，我眉头一皱，计上心来，悄悄对大伙说："我们也回家吧，但必须赶老师回来前到教室。"

我的提议得到了大家的赞同，我们一窝蜂地朝家里跑去。

然而，人人都信守了诺言，就平在老师走进教室后仍不见踪影，更可气的是，他根本禁不住老师的盘问，把大家回家吃饭的事和盘托出。我因此又被罚站了一上午。但我并没有疏远他，毕竟我们是好伙伴。

还有一次，那天秋雨连绵，课间休息时，同学们无处玩耍，只好在教室里追来追去，有七八个女同学跑到隔壁一个废弃的教室里跳皮筋。我当时正好从厕所回教室，就顺手拉上了门，跟在我后面的一个同学又顺手扣上了门闩。如果到此为止，也不会有事，即使上课铃响，里面的人摇晃几下，门也会开的，可偏偏平跟在最后，他又顺手拿一截小木棍别在门闩扣上。等到老师上课走上讲台，发现有许多座位空着。一问，才知道有好多女同学被关在隔壁的空教室里。老师气得大发雷霆，课也不上了，逐个排查。结果在同学们的指认下，我们三人成了重点怀疑对象，老师罚我们站在窗外抄课文，抄不够10遍别回家。

事后的很长一段时间里，我们都把责任推在平身上，要不是他最后别木棍，根本就不会有事。可他却笑了笑说："我把的就是关键环节。"

这就是我的伙伴，我童年最要好的几个伙伴，伴我成长、给我快乐的伙伴。本想着就这样永远地玩耍下去，走过童年，走过少年，走过青年，走过中年，走完人生。可人生的道路有太多坎坷，奋斗的过程充满了艰辛。

随着年龄的增长，我们四人的命运各不相同。平被拒在高中门外，良、熊和我高考落榜。后来经过父亲的奔波我走上了工作岗位，但他们还留在老家。

起先，我和他们三人还经常保持联系，回家后不是坐在一起聊天，就是聚在一起打牌。后来，随着工作的繁忙，我回家次数的减少，慢慢地，我们之间的来往就越来越少了，甚至在我们各自的结婚之日，也没能互道一声祝福，好像童年时的友谊和感情被岁月尘封。有一次我回到家里，问起他们的情况时才知良在一次矛盾纠纷中选择了自尽，熊患病身亡。这突然的消息，如一声炸雷让我惊醒，又像一根银针扎进了我的心

中。我在一阵愕然之后陷入了沉思，任喉头哽咽，泪溢眼眶。

我儿时的好伙伴，在我不知道的时候，离我而去。每每想起，我总有一种隐隐的痛和没能亲自送送他们的悔。

后来，每次回家，我都要去平的家里看看，聊聊家常，问问情况，有时即使面对面一句话不说，也感到无比的温暖和幸福。唯有如此，我的心里才好受一些。

后来，随着年龄的增长，以及与日俱增的思乡情结，让我更加思念他们。只要一踏上家乡的土地，我们在一起玩耍的每个动作，每句有趣的话语，就会不由自主地向我涌来，浮现在我的脑海，给我快乐和幸福，让我一生一世去珍惜。

如今，平已经步入了花甲之年，岁月的沧桑在他的脸上留下了深深的烙印，但他依然没有停下负重前行的脚步。

平，好好珍重自己吧！保重身体，健康、平安每一天，幸福度晚年。

这也许是我对童年伙伴、童年时光最美好的祝福了！

第一辑 岁月留痕

曾经的学医热潮

20世纪60年代末的那场学医热潮让我刻骨铭心,也让我受益匪浅。我的很多中草药知识就是那个时候学来的。

记忆中,学医热潮席卷了整个乡村。家家都有中药袋,人人都学当医生。那时我还小,也就七八岁,不懂为什么这股热潮这么猛烈,人人对学医这么上心。母亲缝制中药袋的时候,那认真劲,好像在缝制一件做工精美的工艺品。她仔细地在一块蓝色粗布上用尺子比画着,用铅笔标记着,然后用剪刀将另一块同样颜色的粗布裁剪成一个个手掌大的小块,再按照比画的尺寸,把这些小布块等距离地缝制在上面,只在每一布块的上方留出空隙,这便是一个个盛装中草药的布兜了。再给每个布兜外面写上各种中草药的名字,挂在墙上,这就是每家每户必须有的"中药铺"了。妈妈很得意她的杰作,因为她看了好几家的"中药铺",都没有她缝制的精致和漂亮。哥哥也很自豪,不时地为他在布兜外面写的字自得。只有我不解其意,围着妈妈要答案。"这是上面的政策,让人人都成医生,个个都会看病。"看我仍疑惑地看着她,母亲笑着说:"你还小,不懂,等你长大了,自然会知道的。"

其实,我已经不小了,因为好奇和好学,让我不由自主地加入了这

股学医热潮。

我跟着大人们一起，迎着春天的第一场小雨，来到村旁的芦苇地里，挖如枝蔓一样疯长的芦苇的根，将它们洗净、晒干、切细后装进药兜里，可用于医治肺热咳嗽、胃热呕吐、尿频、尿急、尿痛等。

我跟着大人们一起挎着竹篮子，迎着春风和暖阳，在荒滩、河畔、沟渠采集一个个鲜嫩嫩的白蒿和能放飞梦想的蒲公英，然后将它们洗净、晒干，装进药兜里。白蒿可用于医治肺热咳嗽、咽喉肿痛等。蒲公英可用于医治疗疮、乳痈、肺痈、肠痈、目赤肿痛、咽痛等。

我学着妈妈的样子，把葱的根部切下来，把生姜切成片，洗干净，晒干，也装进药兜里。葱根可用于治疗风寒感冒、冻疮、痔疮等。生姜可用于治疗外感风寒及胃寒呕逆等。如果遇到鼻子不通、流清鼻涕、头痛发烧或被雨淋后身体发冷、肚子疼等，喝一碗姜汤，立马见效。

我和小伙伴借着拔猪草的机会，一起跑到山坡上，在杂草丛中仔细辨认一个个长相不同、疗效各异的中草药。有时为了确认一种草药，我们争得面红耳赤，最后只好拿回去让大人辨认。有时为了采到更多的草药，我们攀爬到陡峭的崖壁上，虽然衣服常常被撕烂，手脚常常被划破，但我们感到充实和快乐。

也是那段时间，我认识了柴胡，它有细长的秆，细长的叶，像是芦苇，但又不是芦苇。柴胡入药的主要部分是它的根，其如小小的人参，带着粗细不一的根须，对感冒发烧、风热、风寒等有很好的疗效。我又认识了艾草，它直直地如蒿草一样，植株有浓烈的香气，是温经、止血、散寒、除湿的良药；我也认识了车前草，它的根茎很短，叶子呈莲座状，平平地卧在地上，大多生长在低洼潮湿的地方，主要医治小便不通、水肿、咳嗽、皮肤溃疡等；我还认识了金银花，其幼枝呈红褐色，叶子呈黄褐色，花呈苞片叶状，初为白色，渐变成黄色，具有清热解毒、补虚疗风的功效；此外，还有龙葵，一种草本植物，最高可长到1米左右，茎秆无棱或者棱不明显，呈绿色或紫色，主治牙疼、咽喉肿痛、小便不利等。

还有很多很多草药，那时我如数家珍，现在已经叫不上名字了，它们的功效，有的是从大人的口口相传中得知，有的是通过自己的勤奋好学求得。那时的村里，家家墙上的"中药铺"都装的满满当当，有的人家有十几种，有的竟有30多种。在公共场合，只要谁提到一种草药的名字，马上就有很多人说出它的功效，谁有个头疼脑热，就有很多人建议他吃哪几种草药疗效最好。我们兄妹几个有好几次感冒发烧，都是在一碗柴胡汤下肚后好的。这些生长在我们周围极普通极平常的中草药，它们的神奇功效和药用价值，在我幼小的心灵里，留下了极其深刻的印象，以至于很长一段时间里，我的理想是长大后当一名医生。

其实，在当时的那股学医热潮中，有这种理想的人岂止我一个，在十几年后的一次同学相聚中，粗粗一算，学医的同学竟不下6人，有的已成为远近小有名气的中医大夫。而我随着时间的推移和年龄的增长，慢慢地离这个理想越来越远，走上了另一条体现自身价值的道路。

但我并没有忘记那段往事，更没有忘记家乡田间地头、满坡满沟的那些普通而平常的草药，以及它们的样子、它们的功效、它们的价值。正如一位学医的同学说的那样：我们国家人口增长速度最快，疾病治愈率最高的时候，就是学医热潮的几年。那次学医热潮奠定了农村医疗普及的基础，也让我国的医学发展走上了快速前进的道路。

学医热潮的时候，我就听大人们说，以前村里常常死人，小孩子的存活率不高，他们多半都是小小年纪因病而亡。一个简单的发烧就能要了人命，一场风寒引起的咳嗽会很快升级为肺结核，一个生命的诞生全靠老

天保佑，顺产，则母子平安，难产，则厄运降临。所有这些，细细想来，一个最主要的原因就是医学知识和医疗资源的匮乏。

学医热潮的兴起和我国医学事业的发展，让广大农村的面貌焕然一新。人人开始学医，政府重视医疗，小病自己治，大病有医院，定期有预防。记得小时候，隔一段时间，村医疗站就熬一大锅药汤让广大村民一人喝一碗，可以预防脑膜炎。学校也隔一段时间来几个医生，按班级挨个给学生打预防针，有的是预防天花的，有的是预防流行性感冒的。广大村民时时得到政府的关注，整个农村呈现出一派欣欣向荣的景象。

学医热潮已经远去，现在中国乡镇的医疗技术水平已经发展到了一个全新的高度。但是，传统的、有重大价值的中医技术并没有远去，那场学医热潮所普及的中医学知识也没有远去，它在一代代后继者的不懈努力下传承和发展，并不断取得新的成绩。

虽然我没能成为一名医生，但那场学医热潮以及中华传统医学知识的博大精深，给我留下了很深刻的印象，让我遐想，让我沉思，值得我一生去珍藏。

第一辑 岁月留痕

画画伴我成长路

  是天分也罢，巧合也罢，刚刚踏进学校大门的我爱上了画画。没有老师教，没有父母逼迫，一本连环画封面上的少年像深深地吸引了我，让我情不自禁地拿起粉笔，在自家的土墙上，认真地画了起来。

  也许是我画得太过逼真的缘故吧，我的画大大超出了父母的想象，本该对我在墙上乱涂乱画做出批评的父亲，却出乎意料地表扬了我，非但如此，还叫来了家里所有成员，当着他们的面对我大加赞赏，夸我心灵手巧，说我将来定有出息。对于家人的肯定和表扬，我像喝了蜜似的一下子甜到心底，决心从此好好将画画坚持下去。

  那个时候，连环画是学生主要的课外书籍。为了收集更多的连环画，我或买或借或交换，每次都将连环画封面上的人物画像一一画下来。为了鼓励我画画，父亲在生活非常拮据的情况下，给我买了厚厚的2令白纸和各种各样的彩色铅笔。

  当时像我这么大的孩子，正处于闲不下、坐不住的淘气阶段，别说静下来画画，就是坐下来安心看书也很难，可当时的我不知为什么，竟像上瘾似的，一坐在我家小小的四方形饭桌前，就什么都不想了，一心一意地画画。

  我对素描基础知识一窍不通，也没有老师指导，只能对着临摹对

象，从轮廓到五官、从发丝到手指、从表情到动作，一点点地临摹，画得像就是我的最终目的。有时为了把鼻子、眼睛或者一个微笑画得更像一点，我会不厌其烦地擦了画，画了擦，直到和连环画上的人物不差上下为止。为此，我不知道擦透了多少张纸，花费了多少时间，流了多少汗水，可我一点都不后悔，因为每一次的失败都是走向成功的开始。

那个时候，只要一听说哪个老师是教美术的，我便主动跑去请教，或者一听说某某懂美术，我也会认真地前去询问和探讨。比如人的头部宽度是五个眼睛的长度，发鬓到眉毛、眉毛到鼻底、鼻底到下巴的长度正好是相等的，还有画人难画手，画虎难画骨……好多基础的画画技巧我都是在那个时候学会的。记得有一次，我在画一个微笑的小学生，其他地方画得都很成功，就是在画微笑的表情上，怎么画也不像，不是表情严肃，就是毫无表情，甚至微笑被我画得像哭泣一样。但我没有气馁，一遍遍涂了改，改了涂。正在我不知如何是好时，无意中的一笔让我茅塞顿开，原来只要将嘴角的线条稍微上翘一点就好了，我像发现新大陆一样激动不已，好几天都陶醉其中。

那个时候，到处都是宣传画。公共场合的墙上处处都是歌颂"农业学大寨""人民公社"的宣传画。每每看到这样的宣传画，我都会驻足细看，并用铅笔在准备好的本子上临摹。有时一站就是两三个小时，忘记了办事和吃饭。可我并没有因此而终止这种习惯，依然视画画如生命。还有一次，我正在家里画画，忽然听说距我们家4公里的街上，有一群来自城里的学生正在写生。我急忙放下铅笔，飞快地向街上跑去。等我跑到公社大院一看，有七八个学生模样的男女青年正对着院内的几棵参天古柏写生。我挤进去仔细地看着他们，只见他们每人撑起一个画架，认真地用铅笔临摹。虽然我知道画人和画树有着本质的区别，但最终都是为了画得逼真，画得有内涵，这次实际参观让我学到了画画的坐姿和站姿，学到了运笔流程，更知道了画架这个得心应手的工具。虽然当时以我家的条件，我不可能拥有这样的画架，但它至少给了我为之奋斗的信心和决心。

那个时候，我除了上课学习文化知识外，几乎把所有的业余时间都用在了画画上。业余时间，同学们不是逛街就是到处看样板戏，有的甚至集于一处打架斗殴。只有我，把自己关在屋里，铺开画纸，认真画画。夏天，屋里热得像蒸笼一样，脸上的汗水直往下流，可我仍然一心一意地画着、擦着、描着、改着。冬天，外面天寒地冻，冷得人瑟瑟发抖，我就把小饭桌搬到热炕上，趴在饭桌上画，有时双手冻得实在受不了，就放下画笔，把手伸进被窝里暖和暖和，再接着画。

那个时候，我基本都是用一种铅笔画画，后来在老师的指点下，我知道了画画的铅笔很多种。HB型号是较硬的铅笔，可以画对象的轮廓。1B到10B型号的铅笔，是渐粗渐软渐黑的铅笔，可以根据被画对象需要，采用不同型号的铅笔。后来看到老师画画的时候，已经不再用粗软黑的B型号铅笔了，而用毛笔进行蘸墨描黑，它可以让每一幅画的线条更清晰、更有立体感。我也学着老师的样子，铅笔勾线，毛笔渲染，实现粗细有度，明暗适中。

我的卧室墙上贴满了我的作品，无论谁走进我的卧室，都会看到一个画的世界。在大人们的眼里，我的画并不是很好，有些还略显稚嫩，布局也不够合理，比例有些失调，但一想到这些画是出自一个十二三岁的孩子之手，他们无不从心里感到惊叹，夸赞之余，还有羡慕。

后来，随着年龄的增长，我的画画水平也在不断提高。有段时间，公共场合到处贴有《水浒传》中一百单八将的画像，形象逼真，这些画像就是出自有一定绘画基础的人。在学校，我很荣幸加入了画画小组。

也就是在那段时间里，我的画画水平得到了巨大的提升。每一天都是在老师的指点下进行，每一幅画老师都会手把手地教。比如一百单八将的英雄人物要浓眉大眼，棱角分明，一脸正气；反面人物要贼眉鼠眼，猥琐丑陋。而且每一张画都要涂上当时广为流行的色彩，以增加真实感和立体感。

也就是从那时起，我学会了彩色画，也爱上了彩色画。我白天在学校完成老师交给的任务，晚上在家里我又像做作业一样把《水浒传》中一百单八将一个不落地画上一遍，并张贴到我的卧室墙上，一边欣赏一边修改，直到一幅作品最终完成。

当时，毛主席的《七律·和郭沫若同志》让孙悟空一下子大受欢迎，孙悟空的宣传画遍布神州大地。老师画的一张"金猴奋起千钧棒"的宣传画让我倍加欣赏。画的是孙悟空双手举着金箍棒凌空而下，狠狠地打向几个被丑化了的人物。我默默地记住了这幅画的构图和比例，回家后专门翻开《孙悟空三打白骨精》的连环画，对着孙悟空的形象认真地画了起来，并按照老师教的着色方法，完成了一幅色彩鲜艳、豪气冲天的宣传画。

后来，彩色印制的连环画出现，我又把注意力集中在临摹里面的真人头像上。电影《闪闪红星》中的潘冬子几乎是那个年代所有青少年的偶像，他那帅气的脸蛋、活泼的性格、勇敢的举动招人喜爱，他那身穿红军装、头戴红军帽、身背长杆枪的威武形象也让人印象深刻。潘冬子的这个小红军形象，我认认真真、反反复复地画了不下10张，每一张作品贴在墙上没过几天就被同学或村里的大婶要了去，作为年画珍藏起来。这对一个十三四岁的画画爱好者来说，是多么珍贵的褒奖和鼓励呀。

再后来，科学春天的到来，让文化课的学习一下子成了每一个学生的头等大事。举国上下抓学习，各个学校搞竞赛。我们也开始上晚自习了，两天一小考，一周一大考。成绩成了衡量学生学习和老师教学水平的唯一标准。这对于一直把画画视为生命的我来说，无疑是一个沉重的打击。画画的舞台没有了，老师和同学的夸赞没有了。我只能在老师的严格要求下，投入追赶学习文化课的滚滚洪流之中。

我对画画也日益陌生，小有名气的我在时间的推移中慢慢被人们忘记。直到我考上中学，考上高中，参加工作，也再没有认真地学习画画了，但我对画画的情有独钟一直没有变。几十年来，只要看到哪个地方有人画画，我就会停下来认真地看看。只要路过画坊，我就情不自禁地走进去欣赏。在接触的朋友和同事中，凡有画画经历的，我就会倍感亲切。有时甚至经过美术学院门口，我也会不由自主地走进去转一转，看一看。

白驹过隙，40多年过去了。很多事都已经在我的记忆中慢慢淡去。但这段画画伴我成长的经历时时浮现在我的眼前，让我感慨万千，催我认真思索。我常常想，如果我的童年和少年时期，如现在的孩子们那样，有一点点爱好就被家长送到各种各样的培训班去学习，那会是一个什么样的结果？如果我当时一直坚持下去，把目标定在报考美术学院上，那会是一个什么样的结果？如果我参加工作后，仍利用业余时间把画画作为一种爱好坚持下来，并朝着业余画家的目标奋进，那又会是一个什么样的结果？

"未觉池塘春草梦，节前梧桐已秋声。"任何的如果都是慰藉渐已空虚的心灵，唯有奋勇前行才是不忘初心。

虽然那段美好的时光已经过去了很久，但它给我留下的宝贵财富永远值得我珍惜。正是它，培养了我勤奋好学的习惯，让我在几十年的学习和工作中，不畏艰险，奋勇向前。也正是它，奠定了我坚实的画画基础，让我在今后的岁月里，可重握画笔。

寻找流失的岁月

——致40年前的小学、初中、高中同学

一

没有炫耀，没有功利，没有条件，只为40年前的那份情义。

不羡功名，不求利禄，不图奢华，只为寻找曾经拥有的美好岁月。

没有刻意地择良辰吉日，却恰逢春暖花开，这偶逢的吉日，见证了40个春夏秋冬酿成的最纯真的情感。

不是在熙熙攘攘的闹市，亦不在高档豪华的酒店，就在曾上学必经的小镇上，在已变了模样的母校旁边，在一家农家饭馆，我们相聚了，曾经朝夕相处整整10年的小学、初中、高中同学相聚了。

这是自40年前分别后的第一次相聚，情重义浓。

40年的人生之路，40年的风风雨雨，40年的思念之情，40年啊，布满坎坷，写满沧桑……

二

这是一个穿越时空和记忆的时刻，是一个需要久久辨认和自我提醒的时刻，是一个慨叹"惊风飘白日，光景驰西流"的时刻，是一个"执手相看泪眼，竟无语凝噎"的时刻。

时间在这一刻仿佛停止，空气在这一刻仿佛凝固。任窗外的阳光多么灿烂，人来车往多么嘈杂，这里的世界只属于我们——26名年近花甲的老人。我们被集体定格成一幅有着复杂表情和丰富内涵的久别重逢画：一个个惊讶、怀疑、激动……

真的不敢想象呀，怎么一个个都变成了岁月的"承载者"。难道生活真如锋利的铧，在每个人的额头上垦下了如此纵深的沟壑？难道岁月真如一把带色的刷，把每个人的满头青丝不是染成雪白，就是刷得所剩无几？他们如一头负重的牛，在农村这片土地上一日不停地艰难前行，出更大的力，流更多的汗。

尽管儿女都成家立业，他们身体无疾。尽管日子不算富裕，但是心里很知足。随着农村政策越来越好，他们的日子不断变好。

这就是我可亲可爱的农民同学，勤劳、朴素、率直，不求大富大贵，只图平安健康。

三

看着他们，记忆的闸门不由得打开，诸多往事便一一浮现，我仿佛穿越时空，回到了那个激情燃烧的岁月。

我们初中的时候，学校开始狠抓教育，我们每个人都奋力拼搏，只争朝夕。简陋的教室里有我们挑灯夜战的身影，影影绰绰的空气中弥漫着扑鼻呛人的煤油灯味。严冬腊月，寒风撕扯着塑料纸糊的窗户，三伏酷暑，蚊虫叮咬着我们的身体。我们在泥泞的路上结伴而行，我们顶风冒雪共解难题。廉价粗糙的黄纸是我们最好的作业本，蜡版刻印的习题本是我们最好的复习工具。我们以与时间赛跑的精神学习，我们以饱满的精神状

态备战人生的第一次大考。

我们赢了,我们大多数人上了高中。我们来到了5公里外的乡镇中学,成了住校生,在学生食堂吃,住集体宿舍。我们第一次离开了家乡,离开了父母,独立生活。我们耐着性子排长长的队吃饭,憋着气挤睡在人挨人的大通铺上。周六下午,我们匆匆回家,背上母亲准备好的蒸馍和调好的咸菜,又匆匆回到学校开始紧张的学习。每次吃饭,我们齐聚一起,拿出各自的瓶装咸菜,相互品尝。

尽管我们付出了艰辛的努力,尽管我们大多数人连续复读了两三年,但这一次,命运之神真的抛弃了我们。我们在座的全部同学被拒在了大学的门外。

我们是幸运的,我们又是不幸的。时代给予了我们机会,我们却追赶不上时代。

四

当年的情景,又一次引起我们的深思,无数次的慨叹,被岁月剥蚀得瘦骨嶙峋。40年的疑问,至今难有满意的答案。

张ⅩⅩ,从初中到高中,每次数学竞赛都名列前茅,常常受到老师的表扬,老师甚至给他规划了未来的名校和美好的前景。可是,他在高考中却名落孙山。

陈ⅩⅩ,被同学们称之为"陈景润的本家人",头脑聪明,反应敏捷,虽然课堂上不是做小动作,就是开小差,可他理解了老师所讲的全部内容,看似不甚努力,实则每一道题都难不倒他。老师对他更是偏爱有加。就是这么个尖子生,也跌倒在高考中。

郭ⅩⅩ,全校公认的校花,男生的梦中情人,班上的学习委员,性格开朗，热情大方，勤学好问，成绩优异，不但自己刻苦努力，还常常义务帮助别人，是老师眼中的女状元，同学心中的好榜样。也无情地被高考的洪流所淹没。

薛ＸＸ，全能人才，不但作文被当作范本，数理化更是全面发展，数学学得尤其好，曾代表学校参加县上的数学竞赛，被校长视为学校的骄傲，未来的栋梁，却在高考的关键时刻惨败而归。

不忍再历数他们的名字，这种惋惜和慨叹已经伴随着我们度过了整整40年。如今，当我们再度重逢的时候，这种惋惜和慨叹又一次袭上了我的心头。

然而，过去的终将过去，现实还是现实。如今的他们，虽没有实现梦想，但他们的儿女，实现了他们的梦想，一个个展翅翱翔，鹏程万里。

五

勒住思想的缰绳，我们回到现实中来，回到此时此刻的相聚，在欢笑中一同回味，在碰杯中一同祝福。

一声乳名使我们倍感亲切，一个绰号勾起曾经的嬉笑怒骂，让我们忘却这40年的烦恼，忘却这40年的沧桑，忘却这40年的坎坷！

10年的同窗岁月，我们笑过，我们打过，我们闹过。曾记得，学校幽静的绿荫道上有我们欢快的身影，操场上有我们洪亮的喊声。还记得我们高举过的黄书包吗？还记得我们参加过的"忆苦思甜"活动吗？还记得乡间泥土的芬芳吗？青春的岁月写下了我们的精彩，这是经历，也是财富。

40年的岁月，苍老了我们的容颜，冲淡了我们的人生坎坷，却加深了我们的同窗情。今天相聚，喜悦与激情拥抱着我们每一个人。

缘分让我们今日重逢，我们真的该找点时间，经常聚聚，听听久违的声音，看看久违的面孔，重拾往日的欢笑，回味一下当年的生活，共话40年的思念与期盼，这是一件多么快乐和幸福的事。

情感是一种觉醒，记忆是一种语言。在这相聚时刻，我唯有吟诗一首，方能表达这40年的情谊。

十载同窗友情深，
一朝分别四十春。
历尽沧桑重聚首，
无语凝噎泪纷纷。
共话桑麻言不尽，
互道珍重勤叮咛。
声声祝福发心底，
事事如意皆顺心。

让我们互道一声珍重，愿我们的情谊地久天长，愿我们的晚年幸福安康。

第一辑 岁月留痕

红薯也是粮食

近日,妻子上街买菜,总买些红薯回来,问其原因,曰:"红薯有很多有益健康的营养。"我不语。但反复嘱咐吃多少买多少。

已经很多年不吃红薯了,就像很多年不吃搅团一样,我真有"谈薯色变"的感觉。

小时候,吃红薯吃怕了。但小时候,红薯却是家家不可缺少的粮食,在一年的各种主食中,它几乎占去了一大半。那时候的生产队,每年都要种大片大片的红薯。在物资匮乏、粮食紧缺的年代,产量极高的红薯不是粮食的补贴,而是最主要的粮食。

每年正月刚过,队上就选几位极有责任心的中年劳力开始干活。先从饲养室里把堆积一个冬天的动物粪便一车车拉到场院,用铁耙一点点捣碎,用铁锨一遍遍翻晒,折腾得整个场院臭气熏天,行人远远地躲开。只有我们这些不懂事的孩子,不但站在旁边观看,还时不时地走上去玩耍,踩在上面软软的、绵绵的,很舒服,逗得干活的大人们又好气又好笑,扯着嗓子大声呵斥。我们就赶紧跑出来,看他们把这些粪拉到事先挖好的一个个长方形苗圃旁。

苗圃挖在大场院旁边的一块空地上,有一个篮球场那么大,每个苗

圃就是一个长10米，宽3米，深半米的长方形土坑，这里差不多有十二三个，它们长长地排成一排。每个苗圃的四周都垒有围墙，按照农村厦房的形式搭建，等比例缩小好几倍，并在最高的厦墙底部的中间位置开一火洞，直通苗圃里面。

育苗前，先把粪铺在苗圃里，这叫垫底，每个苗圃至少要铺15厘米厚才行。然后，将选好的红薯种子一个个竖立着摆满苗圃。种子的选择也很讲究，必须是个大、体胖的红薯，否则，会影响红薯的出芽率和秋后的产量。

摆好了种子，再在上面铺一层捣碎的粪，并用喷壶齐齐地喷一遍水，做到浇湿浇透。剩下的就是给每个苗圃棚盖一层塑料薄膜，远远望去，苗圃变成了一间间整齐有序的白色厦房，同一个样子，同一个高度。给苗圃烧火加温的工作人员，也是精心挑选的技术骨干，他们一天都不能离开苗圃。他们烧火加温，不断测试温度，高了不行，低了也不行。温度高了，得赶紧停火，低了，又要开始升温。太阳出来了，要揭开薄膜，通风透气，月亮升起了，要盖好薄膜，防止受冻。如此反复20天后，红薯芽齐齐地冒了出来，紫红紫红的。

但此时并不敢大意，依然要天天观察，夜夜加温，不时地用手摸摸，用温度计测测，有时给它们喷喷水，有时让它们透透气，有时又要把它们捂得严严实实，一点气不敢透，真像伺候自己的宝贝孩子。直到4月初，红薯苗密密地长到一拃高，人们才彻底放心，脸上绽开了笑容。解开塑料薄膜，准备移栽幼苗。

此时的田里黑压压一片，男人挖坑提水，女人栽苗浇水。两人一搭档，有说有笑，三人一组合，你追我赶。时间紧张时，就连我们这些上学的孩子，也在老师的带领下，积极投入移栽红薯苗的紧张劳动中。

我们帮着大人们把红薯苗拉到地头，再分组抬水，一桶一桶地从河里抬，一瓢一瓢地给幼苗浇。太阳照得越热，我们就干得越起劲，好像稍微慢一点，那些幼苗就会渴死。我们累得满头大汗，气喘吁吁，鞋子也湿了，裤子上沾满了泥水，可是没一个人叫苦叫累。

这样的劳动持续了10天左右，红薯苗在阳光的照射下很快成长起来。几场雨过后，它们长得更加蓬勃旺盛，一个个长出了藤蔓，向四周使劲地长，待到6月麦收时节，几乎覆盖了整片土地。远远望去，像铺了一层绿色的地毯，油光闪亮。

时间很快就到了深秋，一片片翠绿色的地毯在时间的流逝中变得更加厚重、浓密时，红薯也到了该收获的时候。收红薯是全村人最高兴的一件事，也是我们这些小学生们最盼望的一件事。每到这个时候，我们下午一放学，就加入分红薯的行列。

此时红薯堆在地头像小山一样，惹人喜爱。在队长的安排下，几个小伙立马围上来，装的装，抬的抬，称的称。把红薯以家庭为单位分好，写上名字，然后，让人们装车拉回。这种丰收的场面，让整个田间地头人头攒动，笑声不绝。

接连好几天，天天挖红薯，天天分红薯，天天有红薯拉回家，院子里堆满了红薯。人们在蒸红薯、烤红薯的浓香中，过着舒心温暖的日子，同时也在积极做好储存红薯的准备。

红薯最怕冷，当温度过低时就可能被冻坏，形成硬心，蒸不熟、煮不烂，当温度过高时，又会生芽。但如果温度忽高忽低，又容易使红薯受潮，引起病菌侵害，造成腐烂。因此，如何保存红薯是人们最头疼的事，如果保存不好，这成堆成堆的红薯要不了一个冬天，就会受冻、生芽或腐烂，这损失的将是一家人大半年的口粮。

不知是谁，猛然想起了闲置已久的地道。说地道的温度不高不低，正好可以保存红薯。

"备战备荒"时，为了响应国家号召，家家挖起了地道，不是在院子，就是在屋子，有的甚至在最隐蔽的炕洞里。地道挖得很有特色，有的前屋和后屋相连，有的院子和厦房相通。每个地道都有七八米深，里面更是五花八门，有放粮食的，有放油、盐、酱、醋、熟食的，有藏人的，还有存放珍贵物件的。为了保证战争来临时可以迅速隐蔽，队上民兵连还专门组织了几次实战演练，那紧张、严肃的气氛，真如大敌来临一样，人们一个个慌乱地哭喊着躲进地道。我那时害怕极了，整天提心吊胆，担心哪一天敌人真的打进我们村。后来，随着战争的结束，这些地道就被搁置在一边，没有了实用价值。这下正好成了储存红薯的最佳场地。

储存前，人们会把一堆堆红薯晾干，经过筛选，装进篮子，用绳子吊下去，再由地道里的人一点点摆进地洞最里面。每到这个时候，我表现得最积极，第一个下去帮忙。当我和父亲或哥哥，把一个个红薯小心翼翼地摆放在地洞里的时候，心里别提有多高兴了。当我看到成堆成堆的红薯摆满了每一个地洞的时候，那种满足感真的无法用语言来形容。要知道，在那样的年代，粮食是多么珍贵，红薯能填饱肚子，哪怕吃得再腻，再不爱吃，有了它心里也是踏实的。

而那些带有伤疤的红薯，洗干净后切成片，晾晒成红薯干，也是备用食品，保存的时间会更长。当家家地道里的红薯吃完，粮食又不够吃的青黄不接的关头，取几片红薯干在水里一泡，放进锅里一蒸，可当馍吃，充饥耐饱。

那时候，红薯可真是当粮食吃，一天三顿饭，顿顿有红薯。早饭锅里蒸的是红薯，玉米糁子里煮的是红薯，好不容易等到中午吃面条，里面还是红薯，就连简单的晚饭，也是剩饭煮红薯。试想，一个月里，甚至一个冬天里，天天吃红薯，谁能受得了，谁见了红薯不头疼？有好几次我向母亲抗议：不要在糁子和面条里煮红薯，太难吃了。可母亲说，不煮红薯，就那点麦面和糁子能吃多久？我听后只能默不作声。可心里一直在想，每年地里收的麦子和玉米也不少，怎么分到咱家就那么少？

想归想，日子还得过，红薯还得天天吃。

但有一点是我们急切期盼的。那就是过年前的一个月，生产队专门支起一口大黑锅，十几个人天天忙着做红薯粉条。先把红薯片晒干碾碎磨成粉，再把红薯粉加水和成糊糊，支起大锅，盛水烧开。一人左手握一带把儿的小锅，锅底是密密的小眼，盛满红薯糊糊，对着大锅里的开水，右手半握拳头，手背朝下有节奏地击打红薯糊糊，粉条就从小锅的小眼流下来，滴在滚烫的开水里。另一人拿一双长长的筷子，把锅里的粉条捞进一个凉水盆里，然后一截一截揪断，搭在一根长木杆上晾晒。如此不停地击打粉糊，不停地添加粉糊，不停地从锅里捞拉粉条，不停地揪断晾晒，一杆杆粉条就挂满了整个院子，成了一道亮丽的风景。整个过程如同一架运转的机器，人人全神贯注，个个不敢怠慢。而此时的我们，早早放学回家，喜欢在跟前凑热闹，不为别的，只想吃点刚出锅的粉条，软软的，拿在手上，用嘴一吸，"呲溜"一声下肚，真的能爽到骨子里。尤其是每天收工时留在锅底的粉条，吃起来更是筋道，比面条都好吃。那时我就想，同样是红薯，怎么做成粉条这么好吃，切成块下在锅里就变了味呢？

我们就这样快乐地度过了近一个月，亲眼见证了红薯的别样做法，也亲自品尝了红薯的别样吃法。

后来，我慢慢长大了，出去上学了，红薯也吃得少了。

后来，土地承包到户，粮食增多了，不用为吃饭发愁，人们也就慢

慢不种红薯了。

再后来，我就一直不吃红薯了，哪怕街上的叫卖声再大，把红薯说得像人参果一样好，我也从未买过。

可是，最近一段时间，妻子频繁地买红薯吃，还鼓励我多少吃点，并说出了一大堆关于红薯营养价值极高的话，我不由得也跟着吃了起来。我开始确实吃不下去，好像胃不接受似的。可一想到红薯的诸多功效，我强行让自己每天少吃点，最起码能起到营养均衡的作用。一个星期过去了，两个星期过去了，红薯不再那么难吃了，反而有一种久违了的感觉。

现在，红薯已经成为我们家餐桌上不可缺少的日常食品，那种香甜的味道，不仅给我以嗅觉和味觉的享受，更勾起了我关于红薯的诸多回忆，让我更加深入地认识了红薯，深深地爱上了红薯。

是啊，在那个年代，红薯确实也是粮食，而且是宝贵的粮食。

第二辑 魂牵梦绕

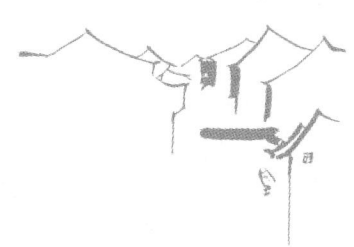

第二辑 魂牵梦绕

三　哥

一

三哥是我亲哥，大我4岁。在我们兄妹7人中，他排行老三，我排行老四。

今年过完春节，三哥就60岁了，已是花甲老人。

三哥从小就活泼可爱，长相帅气，再加上他身体健壮，很有眼色，常常是大人们夸赞的对象。尤其是爷爷对他偏爱有加。

记得我很小的时候，三哥经常跟爷爷睡。而且我发现爷爷的卧室有许多零食，比如麻花呀，米花糖呀，白馍馍呀，有时甚至还有饼干和水果糖。爷爷算是个文人，脑子里有很多故事，记性也特别好，晚上会给我们讲《杨家将》《西游记》《三国演义》等，非常精彩，听得我们如痴如醉，如临其境。所以每到晚上，我们都争着和爷爷睡，吃好吃的，听故事。无奈爷爷的炕不大，一时也睡不下三哥、弟弟和我3人，再加上弟弟时不时尿炕，害得我也跟着倒霉，只能听完故事，吃完好吃的后，回自己的屋里睡觉。而留下陪爷爷的只有三哥。

晚上这样，白天也如此。爷爷有眼疾，出门经常是右手拄着拐杖，

左手被人搀扶。三哥年龄比我们大，嘴又甜，又会照顾爷爷，爷爷很是喜欢。每次出门，三哥就成了爷爷的拐杖。那时，我和弟弟都非常羡慕三哥，也争着帮爷爷干这干那，尽量讨好爷爷。可无论怎么卖力，陪爷爷的依然是三哥，只有他不在时，才能偶尔轮到我和弟弟。

直到有一天家里宣布了一条重大消息，我们才明白了三哥深得爷爷喜爱的原因。

三哥要给我姑家当娃了。

我不知道三哥听到这个消息是什么感觉，也不知道父母是怎么想的，更不知道这件事是从什么时候开始说起的。我姑家只有3个女孩，没有男孩，三哥去没有男孩的姑家当"少爷"，这无疑是掉进了福窝窝。

我记得很清楚，那是一个大年三十的下午。天阴沉沉的，很冷，人们穿得很厚。浓浓的年味已经笼罩了村子，肉的醇香和喧天的锣鼓声让每一个人的脸上都绽放出幸福的笑容。姑父就坐在我家堂屋的小马扎上，旁边是我的三哥。最显眼的位置坐着德高望重的爷爷，围坐在爷爷周围的有父亲、大哥和二哥，母亲在烧得很热的炕上给妹妹喂奶，我在母亲身旁，双手托着下巴看着眼前的一切。父亲开导着三哥，让三哥到姑父家后要听话，要勤快，要和姊妹们相处好。大哥和二哥附和着父亲的话，答应三哥只要有时间就会去看他。爷爷捋着他那雪白的胡须一直处在一种心满意足的状态中。我在认真地听着，没说一句话，但我看得出大家都很高兴，好像三哥从此将脱离苦海，过上幸福生活，全家人也跟着增光添彩。三哥更是精神亢奋，激动难抑，他恨不能立刻站起来跟随姑父出门。只有母亲自始至终一句话没说，她静静地看着全家人有说有笑，脸上却没有一丝笑容，平静得如一泓池水。即使三哥起身跟着姑父走出了大门，她也没有去送，仍然坐在炕上看着三哥的背影消失在雾气渐浓的暮色里。但我分明看到母亲的眼里盛满泪水。

那一年，三哥12岁，我8岁。

二

那时的我，对三哥的离开根本没有多想，觉得他就是去姑家过年，去姑家走亲戚，半个小时的路程，说去就去，说回就回的。我们兄妹几个也常常去姑家玩耍，这是再正常不过的事了。我根本不知道三哥的离开将意味着他以后不再是家里的人，他的生活也将随之翻开新的一页。

虽然几个小时后就是大年三十晚上的年夜饭，也是我们兄弟几个放鞭炮的美好时刻，更是我们几个伙伴齐聚一起，通宵达旦玩牌的时候。但我总觉得少了点什么，三哥的身影时不时地在我脑海里闪现。我想不仅是我，家里的每个成员肯定都是这样，母亲从三哥走后到大年初二回来的这段时间里，脸上就没露出过一丝笑容。

除夕的这一天，对于任何一个无忧无虑的小朋友来说，都有一种时间飞速、稍纵即逝的感觉，无不盼望着时间过得慢一点，再慢一点，好多体验一会儿新年的幸福美好时光。

然而，那一年的除夕，却让我感到了前所未有的漫长和难熬。我盼望着大年初二的到来，就像盼望着一个重大节日的到来一样。因为按照农村风俗，初二，我的三哥就会回来，以走亲戚的方式回到家里。可是，就是这短短的一天多时间，却让我感觉度日如年。

初二这天，我早早地起床，准备迎接三哥的到来，我设想着各种各样见面的情景，也想好了见面后第一句要说的话。我发现，母亲的脸上露出了难得的笑容，她以麻利的动作和精湛的厨艺准备着各种各样好吃的饭菜。

  时间在一点点推移，太阳如蜗牛般慢慢爬上山坡，村子里不时传来鞭炮声。我焦急地等待着三哥的到来，几次走出家门，来到村口，朝着通往姑家的土路尽头望去，每次都失望地回来，耐心地在家等待。我不知道三哥的心情是否和我一样迫切，是否也有度日如年的感觉，如果有的话，为什么不早点回家？

  我更加坐不住了，又一次走出家门，来到村口。这次我没有再回去，而是一直朝前走，走过了一个村庄，又走过了一个村庄。我的三哥呀，你怎么还不回来，难道你真的这么沉得住气？我一边埋怨着三哥，一边继续朝前走，直到穿过第三个村庄，绕过了一个岔路口，在一个拐弯的尽头，才猛地看到了三哥。

  只见他从头到脚焕然一新。崭新的蓝色灯芯绒帽子，黑色粗布棉袄，深蓝色红卫服外套，深蓝色的裤子，再配上蓝色球鞋，使得他整个人鲜亮夺目，精神焕发。我瞬间被三哥的这身装扮惊呆了，一时不知道说什么好。难怪三哥急着要去姑家，不急着回来，这优越的条件也太让人羡慕了。和三哥相比，我简直就太不值一提了。虽然也是崭新的粗布外套，但里面的棉衣棉裤却是旧的，虽然头上的帽子看着很干净，但那是年前刚刚洗过的旧帽子。虽然也穿着崭新的粗布鞋，但里面的袜子却是二哥穿过的。为了掩饰我的窘迫，我赶紧说："我已经接你好多次了，家里人都等着你呢。"

  三哥当时说的什么，我记不清了，或者他根本就没有说话。在我的印象中，他好像对我笑了。

  三哥的到来让全家人快乐无比，也羡慕不已。母亲用最拿手的厨艺招待他，父亲用最温柔的目光看着他，哥哥们围着他问长问短，爷爷抚摸着他的头。只有我默默地思索，祈祷时间过得慢一点，再慢一点，好让三哥在家里多待些时间，让阖家团圆的幸福定格在这一刻。

但这只是我的意愿。世上的事情就是这样，一旦决定了，就很难改变。天快黑的时候，三哥走了，在家人的恋恋不舍中走了，离开了生他养他整整12年的父母，开始了他的新的生活。

三

的确，走进姑家的三哥，过上了比我们兄妹几个幸福得多的生活，他就像我姑是我爷爷唯一的掌上明珠一样，他也成了我姑和我姑父唯一的男孩子，被视若宝贝。

其实，我姑家的生活也不是很富裕，因家中仅有3个女孩，再加上我姑父的勤劳能干，日子过得比一般孩子多的家庭要宽裕些。

三哥的到来，虽然多了一张吃饭的嘴，却解决了我姑父延续香火的大难题。他宁愿让3个姑娘穿烂点、吃差点、少玩些、多干些，也要把最好的吃的、最好的穿的给三哥，把最多的爱给三哥。

因为我的三哥让他对生活充满了信心，对未来充满了希望，也让他从此挺直了腰杆做人，敞开了胸怀大笑，豁出了命干活。

这一点，我的家人看到了，我也深深地体会到了。

三哥一进入学校，立马是班里的代表。学校的宣传队里，他也成了人人夸赞的主角。在学校的篮球队里，他是活跃的主力。在仅有的几个上高中的名额中，他也占了一个⋯⋯

三哥一进入姑家的村子就成了重点培养对象。每年的社火队里，他不是装扮奶油小生，就是装扮黑脸包公。大队的干部队伍里，他是最年轻的团支部书记。一张张图文并茂的宣传展板，是他用苍劲有力的字迹写成，因为他是村里为数不多的文化人。

我们羡慕三哥，同时也为三哥高兴。

四

斗转星移，日月更替。一晃40多年过去了，三哥已经是一个60岁的老人。

这40多年来，发生了很多很多的变化，社会的，家庭的，个人的。

高考恢复后，上大学不再由贫下中农推荐。包产到户的实施，让勤劳的农民走上了致富之路。"三农"政策的实施，让农村摘掉了贫困的帽子。整个中华大地如春风化雨，到处是一派欣欣向荣、蒸蒸日上的新气象。

我家也发生了很大变化。我们有了3间大瓦房，从此不再住在拥挤的房屋，不再挤一个大炕睡。我们兄妹几个相继成家立业，有了自己的幸福生活。我们感受到了温暖的阳光，我们珍惜这美好的生活。

父亲第一次被选举为生产队队长，弟弟第一次参军入伍。这是我们的机遇，为的是争这口气，更重要的是这份荣誉。而后，大哥成了大队的副主任，二哥接替了父亲的队长职务，我也顺利地考上了高中。

三哥在本就优越的环境中健康成长、幸福生活。在改革的洪流席卷中华大地的时候，他也曾雄心壮志地在地里刨金挖银。无奈三哥所在的村子地处高原，土地贫瘠，严重缺水。不要说灌溉困难，就连吃水也非常不易。在我的记忆中，三哥经常利用空余时间召集五六个人一起，从70多米深的井里用辘轳绞水。后来虽然钻了机井解决了吃水问题，但贫瘠荒凉的土地只能靠天吃饭。雨水足则收成好，干旱少雨就会饿肚子。当我们兄妹几个无论是种粮食还是种植经济作物发了家致了富的时候，三哥却依然在贫瘠的高原上艰难地耕耘。

为了让地里出产得多一点，他起早贪黑地把日头从东山背到西山。

把一车车猪粪拉到地里，又把一车车干净的土拉回猪圈，周而复始，年复一年。为了地里的庄稼不被旱死，他担着水桶，顶着烈日，一趟趟往返于水库与田地之间，用他那微薄的力量，做着收效甚微的努力。为了能把日子过得好一点，他恨不能把仅有的贫瘠土地上的每一把黄土都当财神爷供奉，为它施肥，为它松土，为它挥汗如雨，为它劳筋损骨。可是，几十年过去了，和我们兄妹相比，他付出的最多，收获的却最少。若不是他年轻时学过一门油漆手艺，可利用农闲时间走乡串户给人做活，贴补家用，真不知道一家老小6口人的日子将怎么维持。

世间事就是这样的难以预料，三哥走进姑家的那天，全家人都为他高兴，我们兄妹几个更是对他羡慕不已，就连村里人也说他去了个好去处。他也确实过了一段衣食无忧、人人羡慕的幸福生活。可是，随着社会的变迁，时代的发展，他的生活没有变得更好，反而把日子过得紧紧巴巴。当初的他，多像一头健壮活泼的牛犊，有着踏平坎坷成大道的雄心壮志，可如今的他，又多像一头古道西风下的瘦马，没有了雄心壮志，但依然要负重前行。

五

真是屋漏偏遇连阴雨。如果说我三哥的日子就这样紧巴巴地往前过着，再不出什么波折，那也算是一种"平安是福"的正常生活了。可老天偏偏不让他这样。就在他刚刚跨进60岁门槛的时候，一场灾难降临了。

记得是7月5日早上，又开始一天劳动的三哥突然感到身体不适。头晕目眩，天旋地转，后背疼痛，呼吸困难。和他一起干活的大儿子知道他爸有高血压，后背疼痛已经不止一次，可每次犯病他都以为是劳累过度，一般休息一会又可以继续干活。可这次，我侄子发现他爸已休息近20分

钟，仍不见好转，马上意识到问题的严重，急忙送我三哥到30公里外的县城医院。在经过医生的诊断后，医院发出了"病人病情危险，我院无法救治"的通知，让我侄子尽快送三哥去市医院。于是，我侄子顾不得细想，又立马开车送我三哥到市医院。在经过2个多小时的抽血、化验、拍片、会诊后，三哥被确诊为心脏主动脉夹层。这是心脏病中最严重的一种，听医生说，一旦血管破裂，生命将随时终止，唯有手术救治，才有希望，可市医院不具备手术条件，让我们赶紧往省城医院转。

听到如此严重的病情，面对又一次转院，从未经过这种事情的侄子，慌乱中不知如何是好。他急忙将情况告诉家里人，随后又叫另外几个侄子前来帮忙，在市医院救护车的护送下，他们向近300公里外的省城医院呼啸而去。

我是在下午快3点钟的时候得到消息的。电话是侄子打给我的，说得很严重，让我尽快和几家大医院联系，看哪家医院能救治此病。

虽然我在省城工作近20年，但对医院的事知之甚少。我只好问相熟的朋友，看医院有没有熟人。当我费尽心思确定了西安医科大学附属医院（现在的西安交通大学医学院第一附属医院）可以救治这种病后，立刻赶往医院。

医生检查后，肯定了市医院的诊断，三哥患的确实为心脏主动脉夹层，而且心脏血管随时都有破裂的危险，必须马上手术。但手术成功率只有50%，更重要的是必须一次付清手术费15万元，否则，医院不予手术。

面对医生的这一连串要求，我们几个在场的家属都蒙了。我们没有想到三哥的病情这么严重，没有想到三哥的手术成功率只有50%，没有想到三哥的心脏血管随时都会破裂，生命终止，更没有想到三哥的手术费一次要缴15万元。这么多钱，别说我的侄子没有准备，就是我也不可能把这么多钱揣在兜里，随时以备急用。

看着三哥的大儿子慌乱地流泪，看着几个妹妹、侄子不知所措，看着楼道上的三哥清醒地和我们说话，痛苦地等待救治，我的心都要碎了。我诚恳地请求医生先手术，我们马上凑钱。可任凭我们怎样恳求，医生说："这是医院规定，钱不到位，没法手术。"而且医生一再提醒："如果家是农村，确实困难，可以放弃手术，这种病非常严重，弄不好会人财两空。"此时的我，恨不能给医生跪下，恳求他马上手术。又恨不能上前狠狠地揍他一顿，逼他马上手术。可是，我不能。我必须镇定，必须以最快的速度凑齐那救三哥命的15万元。

我打通了我最要好的朋友的电话，说明了三哥的病情，让他以最快的速度给我送来15万元。同时，又一次恳求医生进行术前准备。

虽然朋友在赶往医院的时候是乘着出租车来的，所用时间也只有不足1个小时，可我却感觉是那样漫长。我不止一次跑到医院门口去迎接，怕他走错了门，耽搁了时间。当我看到他的时候，又恨不能从他手中接过那几张银行卡，亲自塞到医生的手里。但我还是强装镇定地履行了交款手续，耐心等待着医生的救治。

三哥被推进手术室的时候，是下午6点左右。

这是一场生与死的考验。手术室外的我们心都在空中悬着，每个人都在经历着一种痛苦的等待。时间是如此的漫长，又是如此的短暂。每一次医生的喊话，都让我们的心缩成一团，我们怕提前喊话，因为那是不祥的预兆，可我们又多想让医生喊话，报一声平安。

我们在煎熬中等待，我们在等待中煎熬。

终于，三哥出来了，平安地被推出了手术室。

我们像卸下了千斤重担，我们像越过了万水千山，我们如释重负。

但三哥依然没有脱离危险,可我们不再像手术前那么紧张,我们坚信三哥不会有事。吉人自有天相,好人终有好报。我们默念着这些话,希望上天能保佑三哥平安。

一月有余的住院治疗期平安度过了,三哥闯过了一道道难关,医生都感叹这真是一个奇迹。是啊,这是上天对我们的恩赐,是医护人员全力抢救的奇迹,是现代医疗技术发展进步的结果。

三哥出院了,一场生死搏斗终于结束了。一切好像又恢复了平静,但对三哥及三哥的家人来说,似乎更大的难关在等着他。虽然在住院期间,三哥得到了众多亲朋好友、爱心人士的捐助,但这只能解燃眉之急,艰难的日子还在后头。他已经完全丧失了劳动能力,后期的调理又需要大量资金,好在他有懂事听话的儿子,有我们每一个人的关心,有我们这个大家庭作为坚强后盾。

忽然间,我想起了《诗经》里的一句诗:"凡今之人,莫如兄弟。"

是的,三哥是我的兄弟。他有难,我得帮,他有苦,我得扛,我们之间,没有金钱与利益,没有高低与贵贱,只有真挚的情义。

愿三哥早日康复。

第二辑　魂牵梦绕

弟弟的毛笔字

一

弟弟的毛笔字在村里小有名气，这早已不是什么新鲜事，可偏偏昨日收拾书房，发现了他早年用毛笔写给我的一封信，不由得仔细欣赏起来，诸多往事也一起涌上心头。

20世纪80年代初，初中毕业的弟弟直接报名去了部队。当时，正是对越自卫反击战最激烈的时候，很多人劝父亲不要让孩子去，这批兵就是开往昆明的，距前线老山很近，肯定会有危险的。父亲不假思索地说："前些年4个儿子都错过了机会，现在政策变了，正好赶上了，想去就让他去吧。要说危险，又不是他一个人。"

父亲说这话的时候，我们几个都在旁边明显地感到，他是用一种看似平和、实则坚决的口气说的，整个人流露着掩饰不住的光荣和骄傲。

其实，我们家的每一个人又何尝不是有着和父亲同样的心情。在成分论的年代，像我们这样的家庭，不要说当兵，就连当个生产队队长的资格都没有。几个哥哥，就这样错过了一次次上学、招工、当兵的机会。

在童年和少年时期，我非常羡慕那些被推荐上大学或者招工出去的大哥哥和大姐姐们，尤其对当兵的年轻人，达到了近乎仰慕和崇敬的程

度。每次不管谁探亲回村，我都要跟在身后，寸步不离。我羡慕那身草绿色的军装，羡慕身着军装时那英姿飒爽的精气神。幻想着他们要是我哥哥，也同样神气和威武。我渴望着有朝一日，也能报名参军，穿上军装回家探亲。

然而，我清楚这些对我们兄弟几个来说就是一种奢望。

弟弟的当兵，让这些幻想终于变成了现实，这不能不让我们感到一种久违了的释放和难以抑制的激动，甚至因这种释放和激动，我们完全忽略了弟弟的个人安危。

就这样，弟弟在全家人及亲戚朋友们的一片欢送声中，戴着大红花，踏上了开往昆明军区的列车。

那一天，弟弟流泪了，在和我们分开的一刹那。

那一天，父亲流泪了，在独自待着的时候。

二

收到弟弟的第一封信，是在全家人急切期盼的半个月后。

就在大家为弟弟的平安到达长长舒一口气后，开始争先恐后看他那张身着军装、英姿飒爽的半身照片，我却把注意力集中在了足足有5页的信纸上。散发着墨香味的毛笔字，虽非蝇头小楷，却运笔自如，洒脱自然。我一时惊呆了，和弟弟相处这么多年，没见他练过毛笔字呀，怎么一下子写得这么好，难道在我外出教学的两年中，他竟学起了毛笔字，收效如此明显！

见我惊讶、疑虑，父亲告诉我，这两年弟弟确实在练习毛笔字，也许是天赋吧，也没人教，只跟着字帖练，天天晚上练到深夜，一直坚持着。

不知怎的，当时的我猛然间对弟弟有一种刮目相看的感觉。没想到在他的人生旅途中，竟有着如此美好的追求，并为此而不断地勤奋努力。这让我想起了高尔基的一句话：一个人追求的目标越高，他的才力就发展得越快，对社会就越有益。

也许是弟弟的这一追求激励了我，我和他的书信往来逐渐频繁。本来我也想如弟弟那样，用毛笔写信，可试了几次，终不成形。私下苦练了一阵，收效甚微，便只好放弃。但对他的每次来信，我都要反复阅读，仔细品味，除了细看内容外，更多的是欣赏他的毛笔字。

也正是从这些书信中，我知道了他凭着一手好毛笔字很快调到了团部，担任了文书工作。部队的文书案卷由他书写呈送，机关的板报宣传，由他策划书写，各种活动的横幅标语，由他挥毫泼墨。部队给了他发挥专长的舞台，也给了他不断学习，不断提高的机会。

也正是从这些书信中，我知道了虽然他没有直接参战，但也跟着部队上了前线，为连队放电影、做宣传、出简报，为战士们鼓劲加油，用一种特殊的方式参加了一场场激烈的战斗。阵地的隆隆炮声，老山的火光冲天，战友们的冲锋呐喊，磨炼着他的意志，坚定着他的信心。他亲眼看到战友们有的负伤，有的牺牲，但他从来没有胆怯过、退却过，就像他给我的一封信中写的那样："我们随时做好了冲上前线的准备，也随时做好了牺牲的准备。"

我在一次次为他捏把汗的同时，也一次次祈祷上天保佑他，保佑他平安无事，保佑他凯旋。

也正是从这些书信中，我知道了弟弟向组织递交了入党申请书，然后成了组织上重点培养的对象，很快成了一名光荣的中国共产党员。当他把这个消息告诉我的时候，我激动了好长一段时间。他是我们家第一个当

兵的人，又是我们家第一个入党的人，这种光荣和骄傲，真的是一般人无法体会到的。

我在向弟弟表示祝贺的同时，和家人一起对着昆明，对着老山，对着家乡的西南方向，久久地凝望，深深地祝福，默默地祈祷。

三

部队的生活很快就过去了，弟弟的毛笔字也随着战火的淬炼变得更加苍劲有力。他带着军人的优秀品格回到了家乡。回来后，弟弟先是被分配到一家县级企业上班，后来企业倒闭，他又被聘到县电影院工作，慢慢地，电影院也倒闭了，他只好回家务农。但不管怎样，他对毛笔字的爱和执着没有改变，依然苦学不止，挥毫不断。

记得在他结婚的时候，家里的大小喜字、长短对联全是他亲自书写。院子中间摆一张方桌，弟弟裁好大红纸张，在前后左右一堆人的围观下，挥毫书写，用笔有力，行云流水，一气呵成，看得围观者人人惊呼，个个夸赞。"不愧在外当了几年兵，练了一手好字，看来以后咱们村的对联就要你写了。"当时的我，真为弟弟的这一长足进步倍感欣喜，细细品味着每一个字的笔墨横姿。虽然我对书法不是很懂，但看到他的字，总有一种"力透从容浓淡里，馨香俊逸骨风中"的感觉，叫人观之不够。

自此，弟弟成了村里的忙人，凡有红白喜事、公共活动、横幅、对联都有他的参与，板报宣传、墙头标语都由他来完成。

每年的腊月二十刚过，他就在镇上的街道支起桌子，为大家书写春联。虽然挣不了几个钱，但他乐意这样，一来为春节前的热闹集市增加气氛，二来也让自己的书法才艺得到展示。街道两旁十几家墨宝献艺者，只有他的桌前常常围满了人。尽管累得腰酸腿疼，但他始终面带微笑，挥毫不止。就这样，一直坚持到大年三十的前一天，才急忙收拾桌凳。回到村里，他又开始张罗着为乡亲们写春联。

他认为，既然有这门手艺被大家需要，就要更好地服务于乡亲，这才是最终目标。这不仅是一种情感所在，也是一种责任担当。

只有自己的毛笔字以春联的方式贴满各家各户的门框时，他才真正地体会到了一种无法言说的自豪和幸福，就像当年报名参军、离开家乡时的心情一样，血液涌动，激情燃烧。

如今，弟弟已是年过半百的人了，但是，他对书法的爱好和执着一如从前，丝毫未减，依然把它作为饭后工余的必修课。对此，我曾鼓励他参加省市乃至全国的书法大赛，他只是笑笑说："我这水平哪能参赛呀，也就是个爱好，放松放松、解解闷罢了。"

也许是自谦，也许他说的没错，练习书法，只是一种爱好和放松解闷的方式。就像每年的农闲时节，人们三五成群地聊天打麻将，他却独坐桌前，摊纸挥毫，沉浸在书法世界里，这种爱好，是何等的文雅。劳累之时，人们长吁短叹以排忧解困，他却手持字帖，仔细揣摩，沉浸在书法的奥妙之中。

而正是这种爱好，让他养成了对事的豁达大度，对人的宽厚仁爱，对名利的淡然处之。他在村里有着极好的人缘，日子过得红红火火，妻贤子孝人人夸赞。

写到这里，我忽然想起一句话："淡泊以明志，宁静而致远。"把它用在弟弟对书法的爱好上以及对生活的态度上，我想再合适不过了吧！

愿弟弟的毛笔字写得越来越好。

我家的四合院

一

我家的老院子是正儿八经的四合院。老院子坐北向南，正面临街而建的4间大瓦房，是整个村子的一大亮点。一溜的四方青砖铺在椽与椽之间当毡子，代替了很多家庭使用的廉价劈柴，再配以清一色的松木柱子、大梁、直椽、檐板、花格子大窗以及大门，让整座房子显得高大气派，与众不同。尤其是用四方青砖铺就的地面、用上等木板搭成的二层楼阁，更给人一种规格高档，时髦新潮的感觉。

也许是由于条件的限制，院子正门不在正中。穿过正门，便是左右两边的3间厦房，没有什么特别，和村子里所有人家的厦房一样。厦房中间是不足2米宽的房门，左右各安一扇四方形的小方格窗子，也有在房内搭就楼阁的，但大部分只搭了一间，用最简易的泥草搭成，只有我家的厦房左右两间都搭了楼阁，而且全是用上好的木板搭成。

再往里走是4间高大的正房，比前面的4间大瓦房房高出了许多。用的照样是上等的松木，二层楼阁也是木板搭成的，只是柱子和房梁更粗，椽子更加笔直，前后跨度更大。门窗虽不是很大，但也用的是上等的松木，只是较大瓦房的门窗，正房的门窗就显得小巧精致。

这里是我家的中枢，一个家庭的"司令部"。所有的重大活动都在这里进行。这里有灶房，有连通灶房的热炕，这里是父母居住的地方，是我们兄弟姐妹出生的温床。

走出后门，便是后院。一道厚厚的墙把后院围得严严实实，阻隔了和外面的联系。

这就是我家的老院子，一个标准的四合院，一个我儿时的幸福乐园。

二

这个四合院住着两户人家。一户是我家，一户是我叔家。准确地说，一户是我爷家，一户是我二爷家。

至于我二爷什么时候和我们分的家，我不知道。从我记事起，院里就住着我们两家。而且早就听父亲和哥哥们说，除了院子东面的3间厦房是我二爷盖的外，前后2座正房都是我爷爷盖的。也许是我爷爷过得殷实的缘故吧，在我爷和二爷分家的时候，就把前后2座正房靠东边的一间都给了他。这样，完整的四合院就被分成东西两家，东边的四分之一归二爷家，西边的四分之三归我家。

同进一家门，同住一个院，却是两家人。

我爷除了我父亲外，还有我姑，我姑排行老大，我父亲是老二；我二爷有3个孩子，除了我大叔外，还有大姑和二叔。但大姑和二叔都有智力障碍。从我记事起，我们家就已经有9口人，二爷家5口人。

就是在这样有着十四五口人的四合院里，我们生活了很长一段时间，也发生了很多有趣的事。

在这里，我看见母亲和二婆一窝一窝地养着小鸡，也看见一窝一窝

的小鸡跟在老母鸡的身后，散布在四合院的各个角落，看似混乱，实则清楚。母鸡守护着自己的小鸡，小鸡紧跟在母鸡的周围。真是一幅"母鸡喈喈领七雏，且行且逐鸣相呼"的农家母鸡育子图。

在这里，我和村里的小伙伴们，常常聚在一起捉迷藏、骑竹马、跳皮筋、踢毽子，嬉笑追逐，无拘无束。

在这里，我和村里的男孩子们，拿着哥哥们自制的弹弓，瞄着四合院瓦楞上的鸟雀，或者爬到后院高高的墙上，对着草丛中的野兔一次次射出强劲的小石子，即使一次也没有击中目标，但我们仍感到无比的刺激和快乐。

在这里，有着太多太多的童年乐趣，让我道不尽，说不完。

三

盖这四合院的时候，村子里还没有一辆架子车，进出门全是小巧实用的独轮手推车。直到架子车慢慢时兴，家家都为有一辆新潮省力的架子车而自豪时，我家却遇到了从前门到后院无法通行的困难。由于我家临街正门是紧靠最东一间房子，又直直对着二爷家的东厦房墙，且内正门距厦房墙不足2米，拉着架子车进去可以，可要从屋里出来，如果不懂得点技巧，就不是那么容易了。很长一段时间里，我们往后院猪圈拉土，或从后院往出去拉粪，用的仍然是独轮手推车，架子车倒成了一个摆设，无用武之地了。

忽然有一天，大哥竟很自如地拉着架子车出出进进了，高兴得全家人一齐围观上来，听大哥说出其中的奥秘。原来架子车进来时要拉着进，但出去时，就要调转车头，扶着车辕推着出，否则，就别想出去。

解决了架子车进出院子的问题，至此，不管是我家还是二叔家，只要是给后院拉土拉粪的活，架子车全派上了用场。只是进出门的这一技巧，只有我们两家人知道，外人是一概不知的。因此，也就闹出了很多笑话。那时候，架子车常常是相互借用的。有一次，一个叔家的哥哥来借架子车，当时，家里人都在后院忙着，忘了告诉他架子车进出的技巧。他怎么试也拐不过那个弯，要不是父亲急忙赶来告诉他技巧，他就是本事再大，也休想把车子拉出大门。

这样的事情在后来的日子里还时时发生，以至于村里人一提起来我家借架子车，我都有一种莫名的担心。

其实，父亲和哥哥们早就商量过，要将后院的墙打通，装个后门，这样拉土垫圈、起圈出粪的活就可以在后院进行了，可以不用走正屋、穿前院、调车头了。那个时候，养猪攒粪是创收挣工分的重要来源，有的家庭一养就是好几头，三天两头给猪圈拉土。我家也不例外，不但养过肥猪，还养过下小崽的大母猪，常常是十几头小猪崽跟在大母猪后面撒欢地跑，可劲地拉屎撒尿，这就使得我家后院拉土垫圈的次数比别家多，起圈出粪的频次也比别家多。

然而，给墙挖洞装门容易，要把土从城墙外拉进后院就很难了。因为墙外是很深很宽的城壕沟，沟里长满了茂密的芦苇，除了严寒的冬季外，其余时间城壕里全是水，秋夏雨水较多的时候，水快漫到了墙根，即使开了门，也无法通到大路上。要用架子车把土拉到后院，谈何容易。考察了一阵之后，父亲和哥哥们只挖出了一个洞，没有修涌到墙外的小路。架子车依然是从前院进，从前院出。

四

也许是四合院里居住着两户人家的缘故吧！也许是东西2座厦房相距

太近的缘故吧！也许是我家的孩子一点点增多，一点点长大的缘故吧！在我10岁的时候，我们家又相继增添了大妹和小妹。从此，四合院就更加热闹了。

早上，收工回来的两家人，各自端一盆洗脸水摆放在院子中间，边说边洗脸，而后，又各自端来饭菜品尝。晚上，吃完饭的两家人，各自搬出小板凳，坐在院子中间，长时间地拉着家常，特别是夏天的晚上，大家拿出炕席，铺在不是很宽的院子里，长长地躺成一溜，摇着蒲扇，看着天上的星星，听着后院城壕沟里的蛙鸣，说着村里村外的闲话。那个时候，我觉得我们是多么幸福的两家人，又是多么不可分割的两家人。

我清楚地记得，我2个妹妹出生的时候，二爷一晚上睡不着，一遍又一遍地喊大叔起来看看，看有什么需要帮忙的。虽然我当时纳闷：我家的事，二爷怎么这么操心。但还是觉得很感动，也隐隐觉得我们就是一家人。

我也清楚地记得，大叔在一次干活中不小心触到了电源，当场被电击倒后不省人事，不仅吓坏了二爷一家，就连我们全家也跟着跑前跑后。我爷更是忧心忡忡，坐立不安，陪着医生守着我大叔，并一个劲地喊他的名字，直到族里的老人们都急火火地赶来，一起叫醒了大叔，大家才长长地舒了一口气。这时我才发现，不大的四合院里已经被挤得水泄不通。

我还清楚地记得，一次公社电影院里放电影，二叔由于没有钱买票而被挡在了门外，并且被检票员严厉训斥和推搡。当时，恰巧被二哥看见，他不依不饶，准备组织几个伙伴要收拾检票员。后来是被村里几个大人劝阻。

我们两家只要发生什么大事或发生任何损害一方利益的事情，都会牵动着每个人的神经，我们会针对性地制定一定的措施。

然而，长时间生活在一个院子，不可能不产生矛盾，也不可能不发生冲突。

那是在大叔结婚后的第三年，我爷去世后的第二年。我们那地方，吃水要从井里挑，那时候家里都很穷，水桶基本上都是每家一个，担水的时候相互借用。我们两家更是如此，从我记事起一直这样。然而，那一年，我大哥刚担了一趟水，二叔就喊着也要担水。大哥知道二叔是在找事，就没有理他，继续担着水桶往外走。二叔就说了一句至今我都不知道的粗话，立马激怒了大哥，于是，两人就吵了起来。后来不知道谁先动的手，当我从外面跑进来时，大哥的额头已经在流血，二叔也坐在院子中间抱着头直哼哼，四邻五舍的人都被惊动了。有的急忙拉住还在一个劲往二叔跟前扑的大哥，有的跑到二叔跟前查看是否受伤，有的四处寻找村里的赤脚医生，也有的在一旁看热闹。最暴跳如雷的是二爷，他不管我大哥的额头鲜血直流，也不看二叔是否受伤，而是一个劲地大喊大叫，以最粗鲁的话语骂我大哥，还连带着我的父亲一起骂。顺便提一下，父亲不是我爷的亲生儿子，是从小抱养来的，这也许就是二爷敢不分青红皂白指责、谩骂我父亲和我大哥的最直接原因。

然而，二爷的指责和谩骂并没有起到好的作用，反而遭到了同族中另一位二爷的严厉训斥。这让刚刚还气势汹汹的二爷一下子像霜打的茄子，蔫蔫的，只顾唉声叹气了。

从此，我们两家有很长一段时间没有了来往，吃饭不在一块，乘凉不在一块，聊天不在一块，好像陌生人一样，虽进进出出同一个院子，却如同路人。

这件事在我的心里烙下了深深的印记，让我更清楚地界定了我们两家的关系：同是一条根，却是两家人，相处应有制，和睦度人生。

即使后来我们两家恢复了往来，但总有阴影笼罩在院子的上空，若有若无，时隐时现。

五

其实，在我们家的四合院里，最让我同情的是二爷的二儿子，即我的二叔。他比我大7岁，却一直喜欢和我玩耍。二婆一共生了3个孩子，其中有个姑和二叔，都有严重的智力障碍，除了会说话以外，别的什么都不会。当然，还会做一些最基本的粗活。母亲说这话的时候，我就问："大叔怎么没有智力障碍，而且还很聪明。"母亲就说："那是个例外。"村子里不管大人小孩，常常拿二叔和姑寻开心，但这只能背着二爷和大叔，有时候也必须背着我们家人，否则，我们是不答应的。他们是我的亲人，是一个四合院长大的。尤其是二爷，视他们如掌上明珠，不允许任何人看不起他们。记得有一次，我和村里一大群孩子出去拔猪草，二叔也在其中，可下午回到家里，我们都收获了满满一篮子猪草，只有二叔的篮子是空的。二爷生气地问我怎么回事，我就一五一十地说了，有几个大一点的孩子抢了二叔的猪草。二爷一听这话，扭头就跑到街道上扯着嗓子大骂起来。听着二爷不提名不道姓的谩骂，我真后悔告诉了他真相，弄得我好像告密的叛徒一样，有好一阵子没脸和那几个大孩子说话。他们自此再也不敢招惹我二叔了，知道二叔有个厉害的老爸。

然而，尽管二叔连简单的数字都不会认，但随着年龄的增长，也成了家里的一个好劳力。此后的几年里，二爷家一直比我家过得好，很大程度上因为二叔。他在二爷的带领下，天不亮就起来给生产队拉粪，或者把一车车干净的土拉到饲养室。他虽然不能干一些技术性的活，但只要是用架子车干的活，二叔都干得不错。每年冬季的平整土地会战，二爷家都是队里的先进。每到分红时，我们家不但分不到钱，还要倒贴100多元。二爷家就不一样了，年年是全村的第一，二爷拿着分来的一沓子钱，翻来覆去地数，眼睛眯成了缝，嘴角咧到了耳后根。过年时我们兄妹几个只能穿半新不旧的衣服，二爷家的两个叔和姑，穿着崭新的衣服，叫人既羡慕又嫉妒。

每到这个时候，我就盼望着快点长大，也像二叔那样，做最苦最累的活，挣最多的工分，穿崭新的衣服。

六

光阴荏苒，时间如梭。随着我们这些孩子慢慢长大，大人们也一个个老去。先是二爷的去世，再是我母亲的突然病故，让这个四合院里的人着实悲伤了好一阵子。我母亲的突然病故，对我们来说好像整个天塌下来了，四合院里没有了往日的嘘寒问暖，没有了往日的热热闹闹。有的只是从来没有过的安静。直到我大叔家的孩子慢慢长大，我大哥和二哥相继成家，这种安静的日子才得以改变。

随之改变的还有四合院的格局。大叔家搬了出去，东厦房被拆了，要不是我父亲和大叔交涉协商，前后正房靠东的一间也会被拆得七零八落。在我父亲心里，他是多么想留住这标准的四合院！可是，树大了要分杈，孩子大了要分家，父亲竭力想留住四合院的梦想最终破灭。先是大哥搬了出去，拆掉了西厦房，后来是二哥搬了出去，拆掉了临街正房。至此，一个标准的四合院没有了，只剩下一个空荡荡的大院子和后面的4间大正房，四合院里的一个个平常而普通的故事就此终结。

然而，这样的大院子并没有维持多长时间也就发生了变化。成家后的弟弟不但拆掉了后面的4间大正房，而且和所有的邻居一样，推倒了

墙，填平了城壕沟，盖起了时下流行的红砖砌瓷大瓦房，以及高大宽敞的琉璃瓦头门楼，最后又专门盖了2间用来做厨房的东厦房。屋里的装修设施，也完全按照城里人的标准设计，洗澡间、卫生间、会客厅一样不少，洗衣机、电冰箱、煤气灶样样俱全。只要是城里人有的，家里都有，只要是城里人享受到的，家里人也开始享受。就连沿用了几十年的架子车，也早已被拖拉机所替代。

四合院没有了，但却有了比四合院更让人惊叹的翻天覆地的变化，有了让人更快乐的生活。如今，四合院的生活早已成为过去，发生在四合院里的故事早已尘封在记忆的深处。每次回到家里，看着早已铺成水泥地面的大院子，我除了默默地回想和追忆，就只有一声接一声的慨叹。

二婆早已作古，大叔刚刚去世，姑姑也离开了人世，儿孙满堂的大哥和二哥已不再意气风发，他们先后迈进了花甲老人的行列，和我年迈的老父亲一样，尽情享受着幸福美满的晚年生活。那么二叔呢？他去哪里了？自从二爷去世，他也跟着成了自由人，去了什么地方，干什么去了，谁也不知道。

他留给我们的是一个谜，一个让我时时揪心的谜。

每每这个时候，我就不由得想起唐朝诗人张若虚的诗句："人生代代无穷已，江月年年望相似。不知江月待何人，但见长江送流水。"

这就是我家的四合院和发生在四合院里的故事。它让我回味，更让我深思。

第二辑 魂牵梦绕

打麦场

一

生长在农村的人，对打麦场是非常熟悉的。

在我的记忆里，打麦场就像是一个古老的舞台，时间再变，舞台没变，变化的是舞台上的演员和道具。

人常说："冷收麦子热收秋。"小满刚过，再过10天就是芒种，芒种一到，就开始收麦了。

小满前后，便是收拾、整理打麦场的时间。逢一场雨，人们就可套上牛、驴、骡、马，拉上犁具，将村边刚刚收割过油菜或大麦的地齐齐地犁一遍，然后，再换上耙和磨，耙碎大的土块，磨平坑洼不平的场。

打麦场的最后一道工序最为重要，就是用碌碡一圈一圈地碾轧，一点一点地修整。但碾轧还要把握土质的软硬，如果土质太硬，碾轧的场表面不会瓷实，这时候就需要均匀地泼一层水，待软硬适中，再进行碾轧。如果土质太软，要么晾晒一会，要么从烧炕洞里掏些柴灰撒在上面，方可碾轧。

碾轧往往要进行好几遍才可以，若遇到下雨天，每下一场雨就得碾轧一次，直到收麦进场的那一刻。

我们最爱在新碾轧的场上追逐打闹。5月的天气，下午放学后太阳还老高老高。我们成群结队地来到麦场，脱掉鞋，光着脚，尽情撒欢儿，无拘无束。一会儿打车轮子，一会儿摆长蛇阵，一会儿跳"火车跑到韶山村"，一会唱"我爱北京天安门"。夕阳把我们的影子拉得很长很长，我们踩在潮湿的场上，就像踩在厚厚的棉花上一样，柔软又舒适。玩耍，使我们忘记了日落西山，忘记了回家吃饭。

二

"三夏"大忙的钟声刚刚敲响，平整、光亮、瓷实的打麦场就迎来了它最繁忙的时刻。一辆辆装满麦捆的架子车回到打麦场，人们卸下麦捆又齐齐地将它们放着晾晒，晚上又风风火火地将这些麦捆整整齐齐地摞成麦垛。

每到这个时候，我们这些贪玩的小孩就在晾晒的麦捆间来回穿梭，一起玩藏猫猫、逮老鼠、夺阵地、垒碉堡等。月亮高高地挂在天空，把整个麦场照得如同白昼。麦垛越来越高，我们玩耍的地盘却越来越小，直到听到大人们的几声叱喝，我们才搬起麦捆，积极地将功补过。每人抱着麦捆向麦垛前跑，对于抱不动的麦捆，则两人一组拽着向前拉，直到大人们用铁叉挑起麦捆扔上了麦垛，我们感到无比的光荣和自豪。当我抬头看到父亲站在麦垛上动作麻利地摞麦垛时，我更是骄傲地对同伴们说："快看，我大在麦垛上。"

摞麦垛是个技术活，摞不好，下雨时雨水就会淋到麦垛里，麦穗就会发霉、生芽，麦子就要受损。因此，队里摞麦垛的都是有经验的把式人。

我父亲就是摞麦垛的把式人。

但"三夏"大忙才刚刚开始。人们"春争日，夏争时"，随时准备应对各种突如其来的挑战。

乌云压顶、电闪雷鸣、暴雨将至的打麦场，会上演最惊心动魄的激战。

吃饭的放下饭碗，洗脸的顾不得擦干脸上的水，躺着的猛地坐起，抽烟的掐灭烟星，拔腿就跑，直冲麦场，个个身先士卒，人人争先恐后，就连我们这些最贪玩的小孩，此时也以雨为令，龙口夺食，奋勇当先。

这真应了祖辈那句话："三夏时节忙无穷，季候何曾惜妪翁。"

三

"三夏"大忙时，人人都是战士，处处皆为战场。麦地里，镰刀如飞，挥汗如雨。道路上，车来车往，满载而归。麦场中，金黄簇拥，麦垛高耸。

布谷鸟的催叫，加快着"三夏"的节奏。一部分劳力继续割麦、拉麦，另一部分劳力则套上牛、驴、骡、马，开始犁地播种。妇女和孩子一大早便来到打麦场，一字排开，从麦垛处抱来麦捆，解开后，均匀摊在场上，暴晒至下午三四点，由队里的青壮劳力套上牛、驴、骡、马，拉碌碡碾轧。

他们头戴草帽，左手握缰绳，右手持鞭，左胳肢窝下还夹有一长把罩笼。他们扯着缰绳让牲口均匀转圈，扬起鞭子，却始终不忍落下，长把罩笼，则用来随时接着牲口的粪便。日头火一样炙烤着大地，烤得每个人的脸上、身上都是汗水，汗衫湿透了，紧贴在背上，拉着碌碡的牲口也好像不堪重负，没精打采，气喘吁吁。几轮碾轧之后，便开始翻场。不分男女，不用工具，一字排开，人们弯下腰用手翻转麦子，让没碾轧到的麦穗暴露在太阳之下。

此时太阳很毒,但越是这样,麦穗干得越快,再次碾轧时,时间就越短。

收麦最热闹的景象要数抖场摞垛了。在落日余晖的照射下,整个打麦场像披上一层丝绸缎面,金光闪闪。人们齐刷刷地站成一行,手持木杈,挑麦抖场,有说有笑,欢乐无比。待麦粒抖净后,将麦秸用木杈择成一摞,然后两人一组,又上麦秸,摞成草垛。

同时,人们用木耙把木杈没挑净的麦秸一下两下地搂出来,让它和麦粒麦糠分离。之后,用木推推拢麦子、麦糠,或把木耙翻过来,木耙爪朝上,用横档推拢麦子、麦糠,用扫帚不间断地清扫,直到麦堆拢成一条直线。

四

麦糠成堆后,下一个重要程序便是扬场。

扬场往往在日落西山,晚风吹来时进行。

扬场既是力气活,又是技术活,一般选把式人来完成。

扬场的手工工具是木杈、木锨、木耙和扫帚,必备条件是风。当风吹来时,三四个有力气的男把式,头戴草帽,手拿木锨,顺着风向一锨锨地铲起麦子向空中抛去,在风的作用下,麦糠和麦粒分离。另有一人头戴草帽,手拿扫帚在麦堆上反复清扫,给扬场者当下手,这样能比较干净地把麦糠和麦粒分开。如此反复地扬两三遍,干净的麦粒就分离出来了。

但这只是第一轮扬场的场面,待到所有麦子被碾打、扬场,成堆成堆的麦粒收进仓库之后,第二轮的摊场、碾场和扬场便随之而来。

这时,地里的秋作物已播种完毕,龙口夺食的繁忙景象也告一段落,人们怀着丰收的喜悦,不慌不忙地进入又一轮的麦场劳动。

每天清晨，人们将摞在场边如长龙似的麦垛拆开，再用麦钩把这些麦秸拉到场中间均匀摊开，待到整个场摊满后，早上的活就算干完了。

吃过早饭，上工铃响，由队长分工，大家或到玉米地里除草，或到棉花地里整枝，或抽水浇地，或打药防虫。麦场这时候交由太阳暴晒。

午饭过后，这些麦秸已暴晒干，人们便赶紧拉上碌碡继续碾轧。

这次碾轧后的麦秸，薄而光，柔而软，新如苇席，不要说牲口爱吃，就连干活的人们，也沉浸在一种醉人的清香之中。这一次摞垛是最重要的技术活，不能出一点差错，否则，生产队里的四十几头牲口一年可就要忍饥挨饿。上垛的人必须是把式人，必须全神贯注，高度集中，不停地把握麦垛的平衡，修正麦垛的造型。还要专门让一人拿根长竹竿，围着麦垛不停地敲打，把不需要的部分敲下来，把形状敲出来，麦垛开始慢慢增高。我父亲是麦垛上的指挥者和操作者。

待到麦秸摞完，麦场里便堆起了如山的两堆麦糠。虽然糠多粒少，但依然要经过扬场这道工序，依然要费很大的劲，需要很多人熬大半夜才能得到金黄干净的麦粒。

五

新麦子归仓后，人们的心才算踏实了。就像爬山的人到了山顶，游泳的人已达彼岸。

这时候，人们等待的就是分麦子，晒麦了。

这时候便轮到年轻小伙子们上场了。他们将仓库里的新麦子装进半人高的口袋，一手捏住上口，一手扶住口袋的底部，一弯腰，一弓背，一用劲，满满的一口袋麦子，"呼"地被扛上了肩。他们跑到麦场将之倒在早已打扫干净的场上，由老人们用木掀、推把均匀铺开。待到整个麦场晒

满了麦子,小伙子们便停止了忙碌,坐在一旁喘着粗气,流着热汗,有说有笑,好不快乐。

在农村,每个小伙都要有扛口袋的能耐,否则,会被人讥笑为"麻秆身,水柳腰,只会晚上搂老婆"的无用之辈。为此,每到生产队晒粮食,尤其是晒麦子的时候,扛麦比赛就成了必不可少的活动。

我对获得第一名的小伙子既佩服又羡慕,盼望着自己早日长大成为最有劲的那一个。

分麦子是队里的大事,也是最高兴的事。尤其是收成好的年份,人们都可以多分一点。那个年代,小麦可是金贵的细粮。

一个夏季要分好几次麦子,有按工分分的,有按人口分的。每次分麦的时候,我都跟在父亲、哥哥的后面,亲眼看看分给我家的麦子。每次我都希望按人口分,因为我家在人口上占优势。

对分到的麦子,大家都不急着拉回去,而是在麦场晾晒好。黄灿灿的麦子晒在麦场上,太阳一照,如碎金般闪亮,抓一把,醉人,尝一颗,脆香。那心里如喝了蜜般甜,那脸上的笑,如桃花般灿烂。家家妇女都带着孩子到麦场,坐在阴凉处,或陪孩子玩耍,或做针线活,还不时地用晒耙搅搅麦子,做做蒸白面馍馍的美梦。

傍晚收麦子的时候,麦场里最热闹。村里的男女老少都出来推拢自家的麦子,有说有笑,凉风一吹,惬意舒畅。这种热闹的情景一直持续到夜深。因为,拢起的麦堆,不管是队里的还是私家的,晚上都是不收的。因此,从那一刻起,麦场里人流不断,笑声不绝。人人都在自家的麦堆旁铺上席子,躺在上面谈天说地。

每到这个时候,我便躺在父亲身边听他讲有趣的故事,数天上密密麻麻的星星,偶尔的蛐蛐鸣叫,间或的一声狗吠,都给这凉爽的夏夜增添了无穷乐趣。

六

随着年龄的增长，时代的进步，打麦场也在发生着变化。

起先是拖拉机的增多，让运麦捆和碾轧场变得更加容易。人们把主要精力集中在白天的收割上，只要一块地里的麦子收割完毕，拖拉机便会连夜运回。只要摊在麦场上的麦子一暴晒好，拖拉机就会及时赶到，拉起一个更大更粗的碌碡疯狂地转圈碾轧，用不了半个小时，满麦场的麦子便被碾轧完毕，其速度之快令人咋舌。

扬场就更不用说了，每个生产队都装有电风扇，只要将麦子推拢成堆，便可及时组织人员进行扬场。风扇吹出的风如狮吼虎啸，威猛激烈，麦糠随风吹走，麦粒堆积如金珠。

后来，随着打麦机的普及，彻底加快了农业现代化的步伐。只要把割好的麦捆运到场里，组织四五个人，明确分工，便可在短时间内将麦子脱粒干净。

再后来，联合收割机不仅取代了高强度的繁重体力劳动，而且大大提高了劳动效率，缩短了劳动时间，真正实现了农业现代化。人们可以不动镰刀、不用牲口，不用扬场，甚至可以不出家门，就可以用这现代化的机器将麦粒归仓。

社会在发展，时代在前进，"三夏"大忙的时间在缩短，打麦场的故事在变迁。我不禁赋词一首："昔日三夏忙无穷，如今人人悠闲中。瞬间金珠堆满仓，任你布谷日夜鸣。"

家乡的婚俗

常言说:"三里不同音,十里不同俗。"这话一点不假。别的不说,就婚俗而言,各地都有其独特的地方。

说媒

说媒,顾名思义,就是为两个年轻人牵线搭桥,极力促成一段姻缘。从我记事时起,就常遇见说媒的事,也常遇见说媒的人。他们或男或女,年龄基本在40岁以上,他们在男女两家不停地跑,把双方的情况说清楚,一般会夸大双方的优点,其目的就是千方百计想把这桩婚事说成。因此,人们习惯称说媒的人为"媒人"。

媒人有男有女,大都是些能说会道的人。他们往往四处打听,多方留意,只要谁家孩子到了谈婚论嫁的年龄,就会很热情地前去说媒。他们会先征得孩子父母的同意,如果双方父母拒绝,这事就不说了。如果两家父母都满意,他们就来回跑,非得说成这桩婚事不可。

那个时候,谈婚论嫁的年龄都很小,大约十五六岁。他们从小受封建传统礼教的影响,思想守旧,婚事不敢自己做主,尤其是女孩,更不敢违背父母意愿,即使一百个不愿意,也只能委曲求全。

虽然现在提倡婚姻自由，但在农村，人们对"父母之命，媒妁之言"依然十分重视。因此，说媒就成了一件很光彩和积德行善的事。只要俊男美女一过20岁没找到对象，媒人可真如救世主一样，三天两头有人前来求拜，不是给儿子求媳妇，就是给闺女找婆家。但在我们那里，登门求媒的往往是男孩家长。他们态度之诚恳，言辞之亲切，礼物之贵重，无不让说媒者心暖暖、意绵绵，恨不得立马找遍四邻八村，让身边有情人配对成双。

但也有一些失去原则的说媒人，为了促成一桩婚事，硬是将芝麻大的优点说成西瓜大，将西瓜大的缺点，说成是优中之优，好像过了这个村就没这个店，机会难得，人更难得。最后虽然说成了一桩婚事，但往往不得长久。不是中途变卦，就是婚后酿成悲剧，最后落了个"亲家变仇家，家家怨媒人"的结局。

走丈人

走丈人，就是当男女双方确定恋爱关系后，每年的正月初二，男方要带着厚重的礼物去丈人家走亲戚。

这对每一个有对象的年轻小伙子来说，是非常值得期盼和高兴的事。

那时候，如果一年内没有特殊情况，两个已经订婚的年轻人是不能见面的，只有正月初二走丈人时才有机会见面。因此，从大年三十开始，小伙的心就开始怦怦直跳，筹划着初二走丈人时穿什么衣服，几点出发，和心爱的人见面后第一句话说什么。有的甚至激动得好几个晚上睡不着觉，只等着这一天早早到来。

而作为姑娘家，心里也有说不出的激动，虽然嘴上不说，可心里何尝不盼着这一天快点到来。正是年少时，哪个男子不痴情，哪个女子不怀

春。一年三百六十五天，哪一天不思念心上人？多少个清晨和傍晚，姑娘们独自走出村口，"连天衰草，望断归来路"。多少个深夜，她们独坐房中，"孤灯不明思欲绝，卷帷望月空长叹"。多少次她们对天祈祷，"只愿君心似我心，定不负相思意"。所有这些，只能暗藏心底，不可表现出来，还要装作不在乎。背地里却悄悄做双鞋垫，绣块鸳鸯手绢，或者织件毛衣，做双新鞋，只等初二见面时悄悄交给他。

因此，两人的心情完全一样，越是临近初二，两颗火热的心就越是"怦怦"直跳，同时觉得时间很漫长。直到男孩踏进丈人家门，四目相对的那一刻，两人便"唰"地满脸通红，透露出内心的甜蜜和激动。

往往此时，家里人很是知趣，找个借口出门，把时间和空间留给他们。于是，在不大的屋里，两个长时间没见过面的年轻人，掩饰不住激动的心情，羞羞答答地说些话。这段时间里，多半都是男孩说，女孩答，有一句没一句，比如"你一年都干什么呀？""咱俩什么时候结婚？"回答也非常简短，女孩声音很轻，像涓涓流水，温柔而轻缓。"急什么，还小呢"的回答，像清风拂面，既舒服又受用，听不出一点拒绝的口气。最后女孩拿出珍藏已久的礼物，羞答答递给男孩，并让他试试，男孩沉浸在幸福之中，只恨时间过得太快。

吃饭的时候，便是一家人最热闹的时候，男女老少争相问话。有些问题与其说是体贴关心，不如说是审查提问。几个回合下来，男孩实在招架不住，脸冒汗，头发晕，恨时间走得太慢，盼闲杂人等赶紧离开，怨心上人不出面解围。

然而，这是规矩，不能打破。独处的时间已经过去，要见面，只有等来年了。

要人

要人就是向女方家提出要结婚的意思。一般是在当年走丈人时两人先说好，征得女孩及其家人同意，待到半年后的六七月份，托媒人前去说和。媒人去的目的有两个，一是到女方家去要人，再次征得家长同意。二是征求家长意见，看需要男方家准备些什么，实际就是起个中间人的作用。因为有些话双方家长不好说，由媒人提出，大家都不失面子。这个阶段媒人往往要来回跑好几趟。女方家提出的条件要一一落实，比如新房装修，要准备6床崭新的厚棉被，要有600块出嫁钱，要有"二十八腿"，即大立柜、小立柜、高低柜、梳妆台、椅子等，要有最新潮流的"三转一响"，即自行车、缝纫机、手表、收音机。只有满足女方家提出的所有条件，要人才能成功。

但也有不顺利的时候，如果男方家条件较差，要答应女方家提出的一些条件就非常困难，只能反复托媒人前去说和，让其降低标准，比如出嫁钱能不能少点，被子能不能少点，"二十八腿"能不能降到"十六腿"，"三转一响"能不能换成"两转一响"。如果这些条件提的合理，媒人一定会去说，不要说两三次，就是五六次，也不厌其烦，欣然前往，并一定会说服女方家长。反之，如果这些条件提的不合理，媒人是不会自讨没趣的。

但无论怎样，对男方家来说，把媳妇娶进门是最重要的事，只是裤腰带要勒得更紧一些。他们向亲戚朋友四处借钱，早早动手装新房、缝新被、做家具，即使欠上一屁股债，心里也高兴。

出嫁

  出嫁是婚俗中的一件大事。我们那里把出嫁叫"起发女子"。在结婚的前一天，女方家要请客收礼，虽没有男方家迎亲那么隆重，但也是女方家至关重要的环节。

  女方根据亲戚远近，要提前下请柬通知，尤其是舅家、姑家、姨家、伯家和叔家，下请柬时要按照事先列好的清单，一个个通知他们准备礼物，如大红被面、大红毛毯、大红门帘以及脸盆、镜子、梳妆匣等。亲戚就会按照需求，提前购买好，等到出嫁这一天，亲自送上门。

  和新娘关系密切的朋友也会送一些当时流行的风景画、收音机或者很好看很时尚的穿衣镜、化妆粉等。至于一般亲戚和村里人，按当时的行情随礼贺喜就行。

  女方家待客吃席这一天，男方家是一定要来人的，而且来的必须是德高望重的长辈，同时带一个年轻后生，扛着"衣架"一同前往。这个"衣架"就是和扁担一样长短的直木衣架，做工讲究，雕花精细，能放能扛，移动方便，其作用就是把女方家所有的床上陪嫁物品搭在上面。因此，从男方家踏进大门的那一刻起，女方家就专门安排一位长者陪着。好烟好茶招待，吃酒安排上席，陪人不离左右。

  待到酒席接近尾声，主人家会给第二天送女的人每人发一条精美的手帕，表示对送女者的感谢和尊重。送女者大都是直系亲戚，也有一些和新娘关系密切的朋友，人数在30左右，既显示嫁女的重要，又给人以强大的气势。送女者都是事先商量好的，周密而细致，不敢有半点马虎，如果不小心漏掉了哪个人，落下埋怨不说，也会遭人记恨。

  送女者从接到手帕时起，就非常重视这份美差。不管男女长幼，早早回家准备新衣，没理发的赶紧上街理发，好几天没刮胡子的也早早地烧盆热水洗脸、刮脸。几个早已等不及的本家媳妇，更是把准备好的新衣服，穿了又脱，生怕搭配得不合适遭人笑话。

其实，大家聚焦目光最多的还是待嫁女子。人们都想看看她是什么表情，揣测她是什么心理。但无论怎么看，怎么揣测，这姑娘没有任何反常举动，依然是平常的衣服，正常的言语，和平常一样忙里忙外，好像跟没事人一样，好像这么大的喜事跟她无关。然而，谁又能知道，当酒席散尽，一人独处时，其对闺阁生活的依恋，对父母养育之恩的感激，才会真实流露，此时会情不自禁地泪洒衣襟。

迎亲

对男方家来说，迎亲就是婚礼的开始，是人丁兴旺的大喜事。

这一天，人人喜上眉梢，个个欢声笑语。

这一天，房前屋后，喜气洋洋。大红对联门上贴，大红喜字处处有，彩棚恢宏大气，酒桌整整齐齐。

这一天，迎亲的人必须是本家年轻的小伙子，不超过10人，他们天不亮就起床，穿上崭新的衣服，套上崭新的花轿车，在一个长辈的带领下，朝着新娘家的方向直奔而去。

这一天，新郎早早地起床，换好了新衣服，房前屋后走个不停，心里美滋滋、甜丝丝，但就是不能随迎亲人前去，只能在家等着，这也是规矩。

早已备好了酒菜的女方家，只等迎亲的人一进屋，赶忙将他们请到酒桌上，端上几盘凉菜，再给每人端上一碗热气腾腾的臊子面。

吃饭时必须按规矩吃，不能坏规矩。菜只能吃几口，面只能吃一

碗，不能多吃，免的遭人笑话。

等碟碗端下去后，女方家会给每人一条精美的手帕，这是对迎亲人的感谢。我小时候迎过亲，不为别的，就图那方方正正的手帕。

迎亲前，分工也很明确，谁负责往车上搬衣架，谁负责拿脸盆，谁负责拿镜子和镜框，谁负责拿梳妆盒等。总之，不能落下东西，更不能损坏东西。等所有的陪嫁品装上了车，便可启程出发。

在迎亲中，执鞭驾辕的人是最体面的。花轿车是用当时最为流行的胶轮车改装而成，上面搭一个苇棚，车厢铺了一床被褥，大红绸缎盖顶。驾辕人必须是已婚男子，而且是生有儿子的男子，图的是吉利，寓意主人家子嗣兴旺，后继有人。

新娘子出嫁的时候必须哭嫁，我当时很不明白，结婚是大喜事，为啥"起发"的女子要哭呢，而且哭得那么伤心，倒像是一件很痛苦的事。回家后问母亲才知道，哭嫁是一种古老的婚俗，表达新娘对闺门生活的不舍和对父母恩情的感念。直到上了花轿车，哭嫁才可终止。

在迎亲的路上，如果碰到十字路口或另一家迎亲的人，要在路上抛些硬币，至于什么讲究，我至今也不明白。

在家等候的另一班人马，早已备好了鞭炮。只要迎亲的人走进村口，就立刻鞭炮齐鸣，震天动地，吸引着一个个大姑娘、小媳妇，赶忙放下手中的活，跑出家门，观看到来的新娘子。

这是一件热闹的喜事。只见迎亲的人，像被检阅的部队一样，手里拿着各种各样的陪嫁品，跟在载着新娘子的花轿车后面，很气派地走过街道，走到主人家的门前，在一阵阵的鞭炮声中新娘子下轿。按照礼节，有两人迎亲，须是本家长辈媳妇，而且是生有男孩的漂亮媳妇。一人迎新娘，一人迎送女的人。待进屋坐定后，男方家便赶忙端上来一碗鸡蛋面，让新郎和新娘同时吃完。

与此同时，屋外的衣架旁边早已围上来很多大姑娘小媳妇，她们站在陪嫁品面前，有的夸赞，有的羡慕，有的赶忙摘下来揣在怀里，这叫"藏喜"，等到客人走后，便用手帕交换。

至此，迎亲宣告结束，只等婚礼开始。

送女

送女是女方家的事，也是一件非常重要的事。

待新娘子哭哭啼啼被娘家人搀着出了门，坐上花轿车后，送女的人也做好了出门的准备。

送女有一点是非常讲究的，就是在近30个送女者中不包含新娘子的父母，他们是不能前往的，所有活动都由新娘子的哥哥或弟弟来完成。送女者一般是走路去的，而且在迎亲者走后才能动身，得走在迎亲者的后面。

我们那里结婚大都在冬季，天气非常寒冷。送女者起得又很早，往往还没走到男方家村口，就已经冷得直打哆嗦。好在男方家早已准备了七八个蜂窝煤火炉，迎接在村口，并摆上十几条长凳，只等送女者一到，一群人赶紧迎上来让座，请他们烤火，给他们递香烟，斟小酒，一阵寒暄之后，便招呼着进村。又有十几个年轻人赶紧上前，提着火炉，搬着凳子一同前往，径直走到主人家摆好的酒席处。此时，便有几个长者安排他们吃早饭。座位严格按照辈分高低排列，每一张桌子的上位安排一个男方长辈就坐，这样依次安排完所有的酒桌，服务人员便端上凉菜和有地方特色的臊子面，执事者赶忙招呼大家吃饭。

我们那里的臊子面是非常讲究的，碗不大，盛的面也不多，最多两

筷头，但汤很多，"油、煎、旺"是其特色，吃饭的人只需吃面和菜，不必喝汤。因此，一顿饭下来，每个人至少要吃八九碗，否则别想吃饱。更何况这只是早饭，等到下顿饭的时候，已是日头将落。因此，这顿饭必须吃饱，否则，很难坚持到下午。如此一来，服务者就端个不停，一趟接一趟，趟趟不空手。他们知道这是在招待女方家的人，一点不敢怠慢，吃得好坏，直接关系主人家声誉。

半小时后，早饭吃完，还是那几个长者分别将送女的人安排到几个本家休息。安顿好女方家的人，才开始轮到本家帮忙的人吃早饭。

婚礼

聘请的司仪会在上午10点整举行婚礼仪式。三下礼炮响后，全村人基本到齐，围在主人家门前，等着看"拜天地"。

时间一到，司仪便开口讲话，几句简单的开场白赢得了人们一阵掌声，新郎新娘已站在台前，新郎父母也并排坐在准备好的凳子上。按照司仪的统一指挥，一拜天地，二拜高堂，夫妻对拜。三拜结束，婚礼仪式也就结束了。但人们并不马上离开，在夫妻对拜时，会来很多调皮的小伙子，按住新人的头，押着他们一下下的夫妻对拜，弯腰不到九十度不行，两人的头没挨在一起不行，新娘子没笑脸也不行。

这时候人们会发出一阵阵开心的笑声，并仔细打量含羞带笑的新娘子。她五官端正，俊眼秀眉，乌黑短发扎成小辫，上身是自缝棉袄，外罩是时尚散花洋布衣，下身穿自缝棉裤，外罩是时尚深色洋布裤，脖子上围一块大红毛头巾，显得身材苗条，体格风韵。再打量沉浸在幸福之中的新郎官。只见他英俊潇洒，身材健壮，新衣新裤虽为自缝，却非常得体。两人站在一起，真是天造一双，地配一对，不由得让人心生羡慕，面露微笑，鼓掌不断，喊声不绝。直至仪式结束，大家方移身离去，等吃酒席。

吃酒席也非常有讲究，第一轮是亲戚朋友，第二轮是远近村民，第三轮是本家帮忙之人。但无论是哪一轮酒席，新郎新娘都要随一长辈前来敬酒。此时的新娘已另换新衣，光彩照人。近距离接触，又引起人们一阵阵称赞。之后是男方父母及新郎的兄弟们给大家敬酒。三轮喜酒吃完，已近午后3点多钟，略做修整，便准备女方家人的酒席。

这是最关键的一轮酒席。对男方家来说，招待得好不好，礼数到位不到位，全看女方家的人满意不满意。因此，男方家会竭尽全力服务，菜碟子要满，菜质量要好，菜数量要多，人常说的"七碟子八大碗"在这个时候全要上齐，真有一种"厨内精心调五味，堂前聚首款至亲"的氛围。

这中间还有一道程序不可小觑，那就是中午12点多男方家要特意安排人给女方家的人"打尖"。就是给安排在本家休息的女方家的人端些菜、馍、汤，让他们简单地吃一点，免得间隔时间太长，有失礼节。其实，是否"打尖"无关紧要，女方家的人打牌正在兴头上，谁还有心思吃饭。但这是规矩，不能破坏。

下午4点多，女方家的人被请上酒席，在一番精心的招待之下，一个个酒足饭饱，等待最后一道程序的开始，那就是谢媒。

谢媒是男方家拿出事先准备好的礼物，一般是一双高档的布鞋，当着男女双方代表的面，亲手交给媒人，并说些"千里姻缘一线牵，媒人辛苦腿不闲，今日终成百年好，你的恩情大似天"之类感谢的话，以表心意。

至此，一场婚礼宣告结束。媒人也完成了他的光荣使命。

闹洞房

闹洞房是一件非常有趣的事。

我们那里是结婚前三天,夜夜闹洞房。尤其是第一天晚上,闹洞房最是热闹。大都是些没结婚的小伙子,不是平辈就是晚辈,不是让新人喝交杯酒,就是将一只苹果吊在空中让新人咬着吃,只要嘴与嘴碰在一起,就会引起阵阵笑声。也有几个小伙子,将新人面对面绑住站直,让他们相互亲嘴,如果不亲,就有人拿一根针在新郎屁股上扎,新郎赶紧撅屁股向前,更会引起人们哄然大笑。如此这般,直闹得新郎新娘腰酸腿疼、筋疲力尽,方才慢慢散去。

但这并不算完,整个晚上都会有人不时地在窗外偷听,看有没有重大新闻,好在第二天进行宣传。哪怕是一丁点的风吹草动,也会被添油加醋、夸大其词地到处宣传。闹洞房图的就是喜庆和热闹,新娘即使心里不高兴,也只能面红耳赤,含羞不语。

回门

回门是在结婚后的第二天,新郎新娘要带着厚礼回娘家,我们那里叫回门。回门的时候新人还必须由一位本家直系的长辈领着。这也是一件非常有趣的事。

娘家人会早早地在家等候。这是新郎最幸福的一天,他会得到超高规格的待遇。不但有小姨子围着他问长问短,小弟弟也会缠着他不离左右。还有村里的一些小姑娘,会在窗台外面朝里张望,有的也会挤在门口,你推我揉地进来看一眼。这个时候新郎会从包里掏出早已准备好的水果糖分给她们。那些帮厨的小媳妇也会有事没事地走进房子,说些无关紧要的话。有人说："你可要好好待我妹子，她是我们村有名的大美人，你要是敢欺负她，我们一定不会放过你。"也有人说："今天可要多吃点，都是嫂子亲手做的拿手好菜。"新郎听后满脸通红，只好一个劲回答：是是是，好好好。

新娘今天是最自由、最清闲的人。从进门后，她就有说不完的话，跟在母亲身后寸步不离，但也不时用眼瞅瞅房内的新郎，看有人为难他没有，如果有，她会及时跑过去解围，也会帮着新郎给小孩子们发喜糖。但也有嫂子们看不惯的，打趣她："哟，怎么这么护着他呢，这才刚结婚一天，就这么心疼他，真是女大不中留。"羞的新娘一个劲辩解："说什么呢，嫂子，人家毕竟是客人嘛！""好好好，人家是客人，嫂子今天好好招待他。"

这些嫂子们围在一起一个劲地夸新郎新娘："咱妹子有福呀，找了这么个俊小伙，谁见谁都爱，将来小两口的日子肯定越过越红火。"新娘父亲听后心里美滋滋，新娘的母亲笑开了花。

下午5点多，是娘家人盛情款待客人的时候。一阵寒暄之后，男方的长者坐主位，娘家的长者坐副主位。新郎是主角，也是今天的贵客，按规矩被安排在男方长者的左侧。剩下的座位，按娘家人辈分高低依次排列。

菜一碟碟地往上端，酒一杯杯地斟。但新郎每夹一口菜，每吃一口馍，都要小心翼翼，不大口吃，也不多吃，尤其是对斟满的酒，他也是象征性地喝一点。端上来的汤，他更是小心着喝，如果太咸，他会偷偷地喝一点放在一边。他知道这些嫂子们，今天专门是针对他的，说不定在哪碟菜或哪碗汤里放一把盐，让你难以下咽。但不管怎样，他必须很机智地应付下来，既不失体面，也不让人笑话。风风光光地回门，高高兴兴地回家，让自己的婚礼自始至终喜庆、风光。

这就是我家乡的婚俗，传统而富有特色。但细细回顾，这一传统而富有地方特色的婚俗，也在随着时代的变迁而变化，随着社会的进步而发展。

就说媒而言，两个人恋爱，已经脱离了媒人。同事之间一个电话便可表白，同学之间一个微信即可约会，同城有约一个信息便可相见，网上聊天几次接触即可相知。说媒已嫌麻烦，媒人已是多余，自由恋爱已成时尚。

男女双方也不再是每年初二"走丈人"时才能见面，只要愿意，可天天"走丈人"，帮丈人家干活，和对象手拉手，进进出出，甜甜蜜蜜。

就"要人"而言也没有那么烦琐，结不结婚年轻人说了算，什么时候结婚，通知家长就行。"三转一响""二十八腿"，自己有本事自己买，不给家里添负担。条件自己定，聘礼看着给，两人过日子，幸福在自己手里。

就出嫁而言，哪还有哭嫁一说，喜事就得喜办，出门高高兴兴，进门欢欢喜喜。陪嫁都是实用品，也不是非得几床被子，几身新衣，够用就行。

就迎亲而言，也没有花轿车之说，全部是汽车迎娶。新郎西装革履，新娘一身婚纱，迎亲时新郎一同前往，抱着新娘上车，伴着新娘回家。

婚礼大都在镇上置办酒席，聘请婚庆公司主持婚礼。男女双方的亲戚朋友一同参加，一同接受儿女跪拜，一同见证美好时刻。

闹洞房也不再那么粗野，也向文明靠近，热热闹闹开玩笑，欢欢喜喜闹洞房，点到为止，绝不过分。

如今的家乡婚俗，既不失地域特色，又是现代文明与传统特色的完美结合。参加这样的婚礼，会给人一种既时尚又文明，既温馨又甜蜜，既快乐又激动的感觉。

如果有时间，请你一定来我的家乡看看，看看这独具特色的婚俗吧！

家乡的丧事

一

丧事在农村是一件非常重要的大事，有时比婚事重要得多。

记忆中几乎每隔几个月就有丧事，虽然没有规律，但也像吃饭睡觉一样平常。

二

人常说："三里不同音，十里不同俗。"农村的丧事也是如此。在我们村，丧事的规矩之多、程序之繁、场面之大，方圆百里内无村可比。尤其是老人的丧事，那可是惊动四邻八村的大事。

从老人咽气的那一刻起，主人家便开始哭丧。村里的族人便陆续前来，先帮着卸一扇门板，将老人仰放在上面，再用两根草绳分别拦腰束住胳膊和腿。这样做是为了保证逝者的胳膊和腿不再垂吊。用草绳也是有讲究的，听老人说，人死了一切都得回归土地，只要不是土地里生长的东西都无法让逝者魂归大地。之后，再给老人脸上盖一手帕，让其回归土地，再不看天。

做完这些，孝子孝眷们跪下烧纸、号哭，昭告人们逝者灵魂升天，肉体入地。

接着由本家一德高望重的老人叫来孝子们，商量请阴阳先生的事，并专门指派族内一名干练、有办事能力的中年男士任主管，全面负责丧事的工作。

三

农村的阴阳先生是备受人们尊敬的，谁见了都要问好，谁见了都会羡慕。阴阳先生来了，大家忙搬凳子，倒水沏茶，围上来观看，一个个脸上的神情随着阴阳先生那神秘的询问和认真的掐算而变得庄重和严肃，直到他用漂亮的毛笔字，把逝者去世时辰和下葬时日以讣告的形式写在一张白纸上时，人们才深深地出一口气，赶紧把讣告贴在墙上，开始着手准备下一件事情。

在我们那里，人去世后，到底要放几天才下葬，以及入殓的吉日时辰，要在阴阳先生的掐算下才能确定。比如逝者生辰和去世时辰、去世时大拇指尖是放在其他几个指头的什么位置等，这些都是计算黄道吉日的重要依据。入殓时间一般是第二天午饭后，下葬时间是第七天午饭后。但也有家庭条件殷实的，想办个风风光光的丧事，下葬时间就延长一些，10天或14天。但基本上都是7天，也有个别家庭条件差的，或者亲戚少的，3天就下葬了。

但不管怎样，逝者下葬这一天必须是黄道吉日。

四

报丧是一件非常重要的事，必须先从重要的亲戚开始，并告知其入殓仪式的具体时间。比如，舅家、姑家是第一个要报的，必须由有威望的

本家人报丧，如果舅和姑有好几个，每家每户都要去报，不能只报一家。这些亲戚是一定要参加入殓仪式的，必须一一告知。如果逝者的儿孙家大业大，儿孙满堂，亲戚远近不一，报丧的人就要分好几组，分别骑自行车或摩托车去。如果祖籍不在本地，兄弟姐妹遍布各处，报丧就只能通过电话了。家乡的人祖祖辈辈生活在这片土地上，外迁人员几乎没有，报丧往往一上午就结束了。但值得一提的是，在列好报丧名单之后，要让逝者老伴过目，如果逝者的老伴不识字，则由本家主管一一念给他听，看有没有遗漏的亲戚。如果逝者的老伴早已去世，就由长子过目，一定要做到面面俱到，万无一失。因为遗漏了任何一家，都会引起不必要的麻烦。

五

老人去世后，前来吊唁的人便渐渐增多，都是乡里乡亲。有年老的爷爷，弯着腰弓着背来到家里，看看炕上躺着已穿好老衣的逝者，哀叹几句，便退出屋来到院里，和帮忙的人说几句话，哀叹着走出院子。有年老的奶奶，拄着拐杖，颤颤巍巍地来，看着炕上的逝者，禁不住放声哭一阵，向众人说逝者生前人特别好，很热心助人，叹他怎么就这么不声不响地离开了，然后劝慰亡者家属"不要太伤心，殁了也是享福"，然后便抹着眼泪离开了。此外，有年轻的本家媳妇风风火火地系着围裙，拿着刀子、盆子之类的灶上用具，来到主人家帮忙摘菜、烧水、做饭。有本家的年轻人急急忙忙拿着各自的工具赶来帮忙盘锅灶。还有本家的老婆婆集中在一间大屋子里，或坐在炕上，或站在地下，一边计算，一边忙着扯孝布。这是件很有讲究的事，孝布需按照关系的亲疏远近来扯。儿女、侄子侄女、外甥外甥女辈的，做最重的长孝衫，还有孝帽。远一点的侄子侄女辈和外甥外甥女辈的，也是孝衫和孝帽，但相对要短一些。孙子辈的除了直系内外孙子孙女是孝衫、孝帽外，其余出了五服的本家晚辈只有孝帽，没有孝衫。而对于非本家的人，不分长幼和远近，一律是白布条，在下葬那一天系在左胳膊上。

六

忙活的人不仅仅是这些，还有两拨人是最忙碌的。一拨是挖土打墓的人，一拨是上街采购的人。

第一拨人往往是集体指派，过去是队上安排，按工分计算，现在是村组指派，算义务劳动。因为家家都会遇到丧事，谁家也离不开挖土打墓。

打墓的人从第一天开始就按时到墓地。墓地在村子最偏远的地方，打墓这几天，打墓的人顿顿要在主人家吃饭，顿顿要有肉有酒，每人每天一包香烟。打墓的进度不能太快，但也不能太慢，必须按时推进，要在下葬的前一天刚好完工。我对打墓比较熟悉，因为在学生时代，有一年暑假，村里一位40岁出头的嫂子去世了，队长就派了我和几个叔伯去打墓。也是那一次，我知道了如何打墓。先挖一个比棺材四周多出几尺的长方形大坑，当大坑挖到2米深的时候，再朝着背靠坡地的一面挖一个洞穴，就是墓穴了，墓穴要能宽松地放进棺材才行。墓穴的朝向、角度也是按照阴阳先生的要求去挖。听老人说，墓地的风水很重要，关系到后辈子孙的兴旺发达。

上街采购的人往往是两三个人一同去。由主管写好清单，他们带着现金，或拉架子车，或开拖拉机，满满当当地把所需要的东西拉回来。蒸馍基本上都是用自己家磨的麦子，至于大肉，则是买一头大肥猪宰杀。

几乎与报丧和采购同时进行的，是请村里的先生写挽联。先生在村

里一般不多,年龄大都在40岁以上。先生未来之前,主人家会准备好笔墨纸砚,支好桌子。有的只需支好桌子,先生来时会带上自己的笔墨砚和一本厚厚的挽联大全。

写挽联的纸必须是白纸,在写之前,先生会按照主人家的实际情况,在众多诸如"灵魂驾鹤去,正气乘风来""良操美德千秋在,高节亮风万古存""一生俭朴留典范,半世勤劳传嘉风""流水夕阳千古恨,凄风苦雨百年愁"的挽联中挑选几副让主人看,如果主人不满意,就再挑选几副,直到满意为止。

挽联写好贴好后,主人家悲痛、庄严、肃穆的气氛瞬间浓郁了,人们走路说话都是轻步轻语,一脸凝重。

七

第二天下午3点多便开始举行入殓仪式。这之前,该来的亲戚都来了,尤其是逝者的舅家人、外甥外甥女等。如果逝者是一位老妪,来的娘家人可不单是直系亲属,几乎不出五服的后辈代表都要来。

入殓是严格按照阴阳先生掐算的时间进行的,多一分钟不行,少一分钟也不行。入殓由本家主管指挥,先放好寿棺,再打开寿棺盖,将白纱布包好的如枕头大小的草木灰齐齐地在寿棺里摆一圈,再放好红色的寿枕。做好这一切后,主管指挥着,让几个本家晚辈到炕上去抬逝者。这往往需要四五个人,分前后左右去抬,用力要平稳,走路要一致,轻轻地起,平平地放。待到放好逝者,扶正头部和手脚,用柴灰包填满所有的空隙后,再让长孝子最后把关,看是否还有不妥之处。如果满意,就用手揭去逝者脸上的手帕,和众人一起将棺盖盖上封死。

整个过程,孝子孝眷们有的在号哭,有的在抽泣,有的在帮忙,有的注视不语，直到棺盖封好，哭声停止，人们散去，入殓仪式才算结束。

在我们那里，还有一种特殊情况，就是入殓以后的"出殃"。按照老一辈子的说法，殃是逝者闷的最后一口活气，是人的精魂所在，这道气透过尸身散发出去就会化为阴风，称之为阴魂。出殃时家人必须回避。

但是，什么时候出殃，是根据阴阳先生掐算来定。有的逝者出殃，有的逝者不出殃。出殃时，家人要给灵柩四周撒些草木灰，关上房门，躲到院外。待到出殃一过，再打开房门，查看地上的印痕，便知逝者来世为何种动物。

我从来没遇到过出殃，虽然常常听说，但不知是真是假。

八

本家的人这几天基本上停火停灶，全都来丧事上吃饭。

在我们那里，丧事是最费钱的。只要人没下葬，家里就别想清闲，人来人往不绝，烟酒吃喝不断，晚上彻夜打牌，中间还要加餐，这叫轰丧。有时一晚上支好几张牌桌，热闹得犹如集贸市场。虽然感到有些吵闹，但主人家是打心眼里高兴，饭做得更加精致，肉菜碟子一个接一个往上端，以表示对来者的感谢。

这样一直持续到逝者下葬的头一天早上，聘请的大厨带着几个小厨来后，又着手第二天迎宾待客的事。

这是整个丧事中的又一件大事。丧事办得气派不气派，给人吃得好不好，关键看主人家请的大厨厨艺精不精。好名声往往是体现在吃上的。一般说，主人家在丧事上都是尽其所能，把一切权利交给大厨。大厨详细地列好清单，交给主人家过目后再转交主管，由主管派人前去采购。

这是最后一次采购，也是最重要的一次采购，也是几个人一起去，

一件不落地采购回来。大厨就开始进行严格的分工，同时也将帮忙的本家女人们分配得井井有条。干练的就帮大厨，心细的做细活，有劲的揉面蒸馍，力小的抱柴烧火，剩下的就挤在一起，洗碗洗碟，扫地打杂。帮忙不在乎人多人少，只要能来，主人家就高兴。

九

也就是从这一天开始，丧事慢慢进入高潮。除了后厨忙前忙后外，乐队也在下午四五点全部到位。乐队一般由七八个人组成，他们的乐器主要以唢呐、笙、笛子、二胡、大鼓和铜锣等传统乐器为主，也有一些西洋乐器，如长号、电子琴、萨克斯等。主管一般会赶紧安排他们吃饭。因为晚饭后，他们会一直吹奏到深夜。

如果家庭条件好的主人家，还会请戏班子唱一台大戏，从前一天晚上一直唱到第二天中午。戏台就搭在主人家不远的空地上，请的戏班子一般在本地有一定的知名度。唱戏是最热闹的事，天不黑全村人就都搬着小板凳坐好了，只等着演员们开唱。

吃完饭的乐器班子已经各就各位。一段传统的、悲伤的、悼念亡灵的音乐开始了，主要以唢呐、大鼓和铜锣为主，乐声凄凄切切，低沉悲壮，勾得围观的人们鼻子酸酸，心里痛痛。

天将黑时，孝子孝孙们身穿孝衣，头戴孝帽，站成一排，准备请祖。请祖就是到祖坟上去请已故祖先之灵。由本家长者引领，孝子孝孙紧跟，此时的孝子孝孙必须是穿白戴孝，孝衣越粗越好，越丑越好。布边要毛糙，领口袖口也要毛糙，前襟扣子要用两条白布条缝制，腰间还要勒一根草绳，脚上的孝鞋是布鞋，鞋帮得缝一层白布。头上的孝帽必须从后面围在前面并系好，两条长长的白布条要从脸上吊下来，遮住两只眼睛和大部分脸面。"丑孝"就是这个意思。

孝子孝孙们手里还必须拄一根刚砍下的2米长的孝柳棍，孝柳棍上还要缠螺旋状的白纸条。走的顺序也要讲规矩，老大排第一，老二排第二，依次向后排开。老大双手端一木盘，盘内放着烧纸、香、蜡以及各种供品。请祖时要有乐队送迎，走时送至村口，回来时在村口相迎。

请祖后，天已大黑，乐队人员稍做休整，便开始尽情演奏传统的、现代的，悲伤的、欢乐的，低沉的、高亢的当时流行的歌曲。每个人都擅长好几种乐器，放下唢呐吹笛子，放下笛子拉二胡，乐器与乐器配合，一会儿如大江滔滔奔流，一会儿似小溪潺潺流淌，直听得人如幻如梦，如痴如醉。更让人佩服的是其中的一两个年轻女子，五官端正，秀发披肩，仪态大方，手法灵活，颦笑有度。高潮处，她们和男士一道随着流行音乐的节拍吼了起来，粗犷豪放。这哪是人们记忆中的丧乐演奏，简直就是一场盛大的音乐晚会，它吸引了全村人跑来观看，就连早已坐在戏台底下的老婆婆老爷爷们，也经不住诱惑，纷纷前来围观。

音乐依然或高亢或低沉地在演奏。这时，唢呐手突然多了起来，有用鼻子吹奏的，有一人吹奏三个唢呐的，有背着腰对天吹奏的，有站在凳子上像耍杂技一样弯腰屈腿吹奏的。有一个竟在唢呐杆上固定一个"山"字形支架，每个"山"尖装一个如煤油灯样的东西，油灯点亮，唢呐声响，似号角齐鸣。高潮处，三股火焰突然喷出，状如火球，亮如白昼，吓得前排观众后退几步。低潮时，三盏油灯恢复平静，灯苗如豆，人们又上前几步，敛声屏气。不一会，吹奏者又喷出一股火焰，观众们又后退几步，如此反复多次，引得围观者一声声大呼小叫，呐喊助威。听老人们说，这是丧乐世家的拿手绝活，一般人是玩不了的。

十

　　唢呐演奏后，化好妆、穿好戏服的演员们也在一阵阵锣鼓声中登台了。

　　第一个折子戏是《祭灵》。这是一段传统的秦腔折子戏，也是最悲痛、最动听的一段。说的是三国时期，关羽、张飞死后，刘备领兵复仇，在黄罗宝帐祭奠关羽、张飞。该戏唱词情真意切，唱曲低沉凄婉，表达了刘备对关羽和张飞的悲痛之情，流露出刘备、关羽、张飞三人的兄弟情深。《祭灵》是丧事必唱的曲目，并且在唱的过程中，孝子孝媳也要长跪戏台右侧。如果有好几个孝子，只选长子长媳。唱到最悲痛的时候，台上演员会把两块大红绸缎分别披挂在孝子孝媳肩上，这是对逝者儿女最高的褒奖。此时，台下会响起一阵热烈的掌声，表示父老乡亲对这种褒奖的认可。

　　《祭灵》唱完，正戏开始。都是些人们喜爱的经典戏曲，如《吊孝》《周人回府》《三堂认母》《三娘教子》等，唱戏的时间不长，但扣人心弦。任凭丧乐吹奏得震天动地，戏台底下却是鸦雀无声。一个个戏迷已沉浸在传统戏曲优美的唱调之中。

十一

　　司仪是整个丧事的主角和总导演，是一个非常重要的角色，往往请的是方圆几十里内知礼数、懂套路、能说会道的专职人员。司仪晚上主要负责的便是祭奠亡灵。

　　所有孝子孝眷在司仪的引领下，跪在设有逝者遗像的供桌前，边烧纸边在丧乐声中富有感情地朗读早已写好的祭文。先是介绍逝者的归天时辰和孝子孝孙的基本情况以及逝者归天享福的话,而后,引领孝子孝眷们向亡灵三叩首三鞠躬。接着就是引领直系孝子到后屋放着逝者棺柩的灵堂前,一字跪开。由一主事者从"食罗"里取出一件祭品,递给最小的一个孝子,由他双手举到头顶,向前传给下一个孝子,直到最后一个孝子完成同样的动作。最后一个孝子把供品递给站在一旁的另一个主事者,由主事者接过供品放在灵桌上。

这是一个非常严肃、庄重、烦琐的程序。直到所有的供品一件件从"食罗"里取出祭完,祭奠亡灵才算结束。

十二

烧夜纸就是夜里给亡灵烧纸。这是丧事中一件很热闹的事,四邻八村的亲戚朋友几乎都来,每人手里拿烧纸,或三五人一组,或七八人一组,列队穿过乐声高亢的门口,来到灵堂跪下,由主事者引领烧纸、跪拜、起身、作揖,再回到早已在院落或街道中间摆好的酒桌上,开始吃席。

晚上的酒席很简单,炒几个菜,只要坐满一桌,即可开席,大家草草地吃完,喝几口小酒,便可退出,站在一旁说话,等待最后的分工。

烧夜纸除了本村的村民外,还有四邻八村的亲戚朋友。人常说,来的都是客。不管是亲戚还是外村朋友,丧事主管都要安排人热情接待。直到所有亲戚朋友吃完了席,被送至村口,第二天的分工议事才开始。

这时,村里的大小干部、主管分管、执事帮忙的人全部到齐,分配工作按层次进行。村里干部安排第二天下葬的有关事宜,比如哪些人坐台收礼记账,哪些人接待宾客,哪些人抬灵柩,哪些人挑花圈,哪些人留在家里拆灵棚。主管把分管、分配照看酒席的人员,一一按叫人、安席、销

号等程序交代清楚。

等这一切安排妥当，执事帮忙的便可退出。他们中有回家的，有站在台下看戏的，有组织人打牌的，有帮着后厨打扫卫生的，有站在一旁看丧乐表演的。

这时的丧乐表演挪到了后屋的灵堂前，由直系亲属出钱请演。演奏者根据出钱的多少确定时间长短。只要有人请演，丧乐就吹个不停。但不管演奏的时间长短，孝子孝眷们必须长跪灵堂两边，以表示对请演亲戚的尊敬和感谢。这样一直要持续到夜里一两点。直到演奏停止，丧乐队退去，女眷和孝孙们方可退出，但孝子们不能退，要一直守灵到第二天天亮。

十三

第二天是丧事的最后一天，也是最关键的一天。

天刚亮，本家的、村里帮忙的人纷纷来到主人家吃饭。早饭一般都是具有地方特色的臊子面。由几个本家小伙将几大盆煮好的韭叶宽面条端出来放在桌子上，再端出几盆调好的汤，大家便拿起碗筷自己捞面浇汤吃。

这个时候，万万不可忽视了聘请的艺人们。几个主管执事的要招呼司仪、唱戏的演员和丧乐队人员吃饭，并要让司仪坐在主位，要有专门的端菜、端汤者在一旁伺候。直到他们吃饱喝足，方可离席散去。

所有的人吃过饭，便各就各位，开始忙碌了。

唱戏的开始化妆，丧乐队开始调音润嗓，收礼记账的开始准备纸和笔，看席口的开始收拾桌子上的杂物，迎接亲戚的站在一旁等候。小伙子准备迎抬"食罗"、纸幡等，年轻媳妇则准备迎搀哭丧的女眷。当专门的联络员发现有亲戚抬着"食罗"、挑着金斗已站在了村口等着迎接，就赶紧跑来告诉司仪，由司仪示意丧乐队带路，他带着几个孝子孝孙前去迎接。他们不能走得太快，孝子孝孙们须低着头，孝帽的头巾得长长地吊在胸前。等到了"食罗"跟前，由司仪指挥，命孝子孝孙们行大礼，三跪三起三作揖后，由两个小伙赶紧上前抬起"食罗"，随着丧乐队缓缓往回走。

这个环节基本上要持续两三个小时，一般是根据主人家亲戚的多少来定。外甥多的人家，迎接就更烦琐，几乎每个外甥都要打纸，就是订购一套纸幡，每套纸幡有二十几挂单纸幡，每挂单纸幡三米多长，状如纸筒从上面垂下，用长竹竿挑起。有的除了纸幡外，还须订购一套纸糊的各类神仙，惟妙惟肖，栩栩如生。这样迎接下来，往往一套纸幡需要半个小时。别说孝子孝孙们累得腰酸腿疼，就是那些丧乐队的成员也是口干舌燥，汗流浃背。

当然，也有不让迎接的，就是那些手里只挑一对金斗的远房亲戚。他们可直接走进屋里上炷香，烧几张纸，行跪拜礼，之后便在主管执事的招呼下，坐在一边，等待吃席。

十四

上午11点左右，是后厨和酒席口最忙的时候。

这时，远近亲戚基本到齐，村里人随礼也已经完毕。街道两旁摆满了花圈、纸幡和金斗，墙上、空中挂着各种挽联，唱戏接近尾声，丧乐队也可以暂时松口气，酒席口的执事们赶紧招呼入席的亲戚朋友。第一轮吃席的是远近亲戚或者主人家的朋友。因此，酒桌的数量也是根据人数的多少来定，基本上维持在15—20桌。待到第一轮结束，第二轮是村里的

人，第三轮是本家帮忙的人。三到四轮之后，酒席基本结束。

期间还有一个重要的环节，那就是孝子孝孙要答谢每一轮吃酒席的人。当一轮酒席接近尾声时，由司仪领着孝子孝孙来到席口，对着酒席上的客人大声通报，表达对大家到来的感谢，并引导孝子孝孙们三跪三拜三作揖。

其实此时，吃酒席的人尤其是村里的妇女、娃娃们，哪有工夫听这些，她们只顾夹菜、吃菜，把最好吃的夹给孙子或儿子，把剩下的饭菜赶紧打包放在手边。这已经成为一种习惯，主人家也乐意这样。

十五

起丧，往往在酒席结束后一个小时进行，也就是下午3点以前开始。这也是阴阳先生掐指计算的良辰。

先是由村干部指派一名年轻人，背着一面大鼓，对着几个主要街道"隆隆隆"擂上一遍，告诉在家略微休憩的人们起丧时辰已到。鼓声就是号令。人们纷纷出门来到主人家门前。

司仪开始主持。这是丧事中的最后高潮，也是司仪尽情展示才华的关键时刻。人们看的是他的表演，听的是他的口才。只见司仪命所有的孝子孝眷，按照辈分高低，亲疏远近，一排排跪在逝者遗像的供桌前面。他站在供桌后，环顾一下四周，摆手示意丧乐队停奏。

他先是从兜里掏出几张早已写好的逝者生平简历，用他那浑厚而又悲壮的声音，一字一字地念着。他念得抑扬顿挫、舒缓有度，悲痛时声音颤抖，褒奖处声音高亢，叹息声夹杂其中，其对逝者一生的勤劳善良，以及儿女床前的尽孝，说得细致周详，让跪拜的孝子孝眷悲痛欲绝，哭声一片。这是最精彩的一段表演，也是最感动人的地方。一般这个时候，四周

144

除了哭泣声外，几乎没有任何的嘈杂和喧哗。

之后，随着一声长长的"起——灵"。十几个年轻小伙跑步到后屋，按照分工，抬起灵堂里的灵柩走出院门，来到街道。还未站定，孝子孝眷一起围了上来，扶着灵柩开始大哭。帮忙的人各执其事，挑花圈的挑花圈，抬灵柩的抬灵柩，拿供品的拿供品，扶孝眷的扶孝眷，人人忙活，个个不闲。司仪急忙领着头顶孝盆的长孝子随灵柩前行，其他孝子孝眷紧随其后。等走到村子口，只听"啪"的一声，长孝子将孝盆摔下，我们称这为"摔孝盆"。只有长孝子才能担当此任，如果长孝子英年早逝，由次子完成。

十六

下葬是丧事的最后一个环节。当灵柩被一帮年轻人抬到墓地以后，本家的长者要下到墓穴里看看，倒些酒，再撒些白石灰以防潮湿。然后让青壮年用大绳拦腰绑住灵柩，抬至事先放好的横杠上，再由一人指挥，慢慢将棺柩放至墓坑，一点点推进墓穴。

墓穴一般是砖块砌成的半圆形窑洞。这在20世纪80年代就已流行，不再是过去那种原始的土窑洞。90年代后，墓穴又流行贴光滑的瓷片。

灵柩放好之后，长孝子也要下到墓穴里看看，看灵柩是否放正，是否平稳。做完这些，旁边的匠人赶紧用水泥砖块封住墓口。然后，再由众人将墓坑填土。填土的人很多，几乎围满了墓坑四周，他们挥舞着铁锹，争先恐后。不到10分钟，一个前高后低的椭圆形墓包渐已形成。这个过程，孝子孝眷有的号哭，有的观看，有的默默流泪。直到柳孝棍插好，墓包形成，司仪一声"停"，哭声才停止。

司仪让人将所有的花圈堆在坟头焚烧，并不停地将馍、水果、水酒

一点点扔进大火。此时，整个墓地又是一片少有的安静，人们注视着花圈的焚烧，并随着焚烧的灰烬一点点把目光投向天空。

一个老人就这样离开了人世。

一个亡灵就这样升向了天空。

至此，一场庄重、严肃的丧礼仪式就宣告结束了。

十七

这就是我家乡的丧葬习俗，一种有着浓郁地方特色，且让我印象非常深刻的丧葬习俗。尽管它随着社会的发展、时代的变迁也发生了变化。比如报丧全部实现了现代化，挨家报信不是骑摩托车就是开汽车，再远的亲人，一个电话，即可通知到本人。一个电话便可送货上门，随叫随到，绝不误事。聘请大厨全部实现了锅碗瓢盆、桌子板凳、酒席搭棚、端菜的一条龙服务，只要聘请大厨，必是全套服务。灵棚搭设有专门的机构带着材料帮你搭好。有专门的冰棺送上门来放尸体。发丧抬棺有专门的灵柩运送车，只要将灵柩放好，便可开车运送。就连挖土打墓，也有专门的挖掘机。现在，用钢筋水泥模具浇筑而成的整体化墓穴已经开始使用。所有这些都是时代发展的结果。

但是，即便这样，传统的丧事程序一点都没有少，庄重、严肃的丧事气氛一分也没有减。有时我想，当城市的火葬已成为一种人人遵守的行为时，农村这种愈演愈烈的厚葬之风是不是有悖时代的潮流？当祖先留给我们的土地越来越少时，农村的这种厚葬之风是不是一种对土地的极大的浪费？

回答是肯定的。因为我明显看到家乡的坟地已经拥挤不堪，如此下去，又怎能容纳更多逝者的亡灵？随着社会的进步、时代的发展、人们的觉醒，火葬之风一定会吹到农村，吹到我家乡那片富饶的土地上，并成为人们自觉遵守的行为。

　　我急切地期待着，期待着这一天早日到来。

一段抹不去的伤痛

随着年龄的增长，我回老家的次数越来越多了。

老家环境面貌的不断改善，农民幸福指数的不断提高，老人们各种福利待遇的充分保障，让我一次次地感叹：今天的农民是中国几千年来最幸福的农民。

我从小生在农村，长在农村。农村的一山一水、一草一木，我如数家珍。农民日起而作、日落而息，求老天保佑、向土地讨生活的艰难岁月，我亲身经历过。我曾在低矮潮湿的土坯房里挨过一个个寒冷的冬天，我曾在泥泞的道路上拉着架子车艰难地行走，我曾在生产队的工地上挥汗如雨，我曾抡起镢头没日没夜地在自家地里拼命挖刨，为的是把祖祖辈辈的贫穷连根铲除，我曾为盖几间属于自己的砖瓦房而跟在父亲的身后辛勤劳作，一点点积攒财富，我曾为了一分钱的利益敢和同根同祖的长辈争得面红耳赤，我曾在人穷志短的艰苦岁月忘记了礼义廉耻，我曾在苦苦挣扎的绝望中想尽一切办法寻找机会离开这贫穷的农村……

最后，我跳出了农门，离开了我认为永远也不可能摘掉贫穷帽子的农村。我也确实过上了比农村不知道优越多少倍的城市生活。我在村民的羡慕中一次次炫耀，在村民们艰苦劳作时过着悠闲自得的日子。但我并没有忘记农村，忘记和我一起生活过的父老乡亲。虽然我不经常回家，但村里发生的一切时不时地传到我耳边，让我的心永远和家乡一起跳动。尤其是两个悲剧的发生，深深地刺痛了我，也刺痛了每一个村民的心，成了我至今仍无法抹去的一段伤痛……

那是20世纪90年代的中后期，农村的改革正处在异常艰难的时刻。一方面，粮食价格偏低，农民一年的收入连成本都无法收回。另一方面，物价上涨。不但农药、化肥等农用品价格直线飙升，就连最普通的日用品价格也是一个劲地上涨，幸好农民吃的菜和粮都出自地里，不需要花钱，不然日子还真不好过。大家谁都不敢生病，更不敢生大病，村里的两个悲剧的发生就是因为疾病。

劳娃哥，一个比我大20岁的同族大哥，一个命运多舛、几乎没享过一天福的苦命人。在他近40岁的时候，唯一的儿子不幸夭折，他饱尝了中年丧子的巨大悲痛，好长一段时间都处在绝望之中，好在上天庇佑，3年后，他又喜得一子，才重获生活的信心，也让他把全部精力用在为家庭创造财富的繁重体力劳动中。他起早贪黑，没日没夜地在土地上摸爬滚打，就是为了让庄稼长得好一点，收成多一点。他四处打工，干最累的活，挣最苦的钱，他省吃俭用，用从牙缝里抠出的钱翻盖新房。然而，就在他即将把孩子养大成人，准备做更多的事，给家里创造更多财富的时候，生活的重担压垮了他。他得了胃癌，住进了医院，要用拼命挣来的血汗钱挽救自己的生命。

他又一次陷入了痛苦的绝望之中。

几个月后，他坚决出院。他舍不得自己的血汗钱，他不想让未成年的儿子负债累累，不想让和他同样苦命的妻子愁苦地生活。他一边叫来了同村的几个木匠，用廉价的木材打制寿棺，一边用传统的中药艰难维持生

命。他有说有笑，泰然自若，完全不像一个病人，他依然在地里干活，像一盏油灯，燃烧最后的光亮。直到寿棺做好，直到病魔折磨得他不能再下地干活，他才笑着和村里人说话，悄悄准备着自己的后事，悄悄和这个世界告别。

第二天清晨，当妻子发现他不在身边的时候，赶忙到处寻找，结果在做好的寿棺里，他静静地躺着，已没有了呼吸，身上穿着崭新的寿衣，旁边放着装有老鼠药的纸包。他用一种最极端的方式结束了自己的生命。

我们居住的地方是一个有悠久历史的村庄，也是一个讲究诗书礼仪的村庄，我们祖祖辈辈生活在这里，虽然没有出过大官重臣，但文人墨客还有不少。忠信、孝道、礼、义、廉、耻一直是我们村庄每一个子孙必须遵守的做人准则。而劳娃哥的死，无疑给我们村蒙上了一层阴影，让每一个人失去了往日的自信和自尊。

无独有偶，2年后的一个冬季，同样的悲剧又一次在村子里发生。

俊英伯，一个被病痛折磨得整天呻吟不止的老人，一个对生活绝望的老人，为了摆脱痛苦，也用同样的方式结束了自己的生命。

他没有患不治之症，也没有住院治疗，他儿孙满堂、衣食无忧。也许看看医生、吃几服中药，或打几天吊瓶，吃点营养品，就完全可以康复。可他没有，他知道儿女们都很忙碌，又认为自己已经到了油尽灯枯的时候，看病是一种浪费，他觉得自己活着的每一天都是对儿女最大的负担。于是他选择了离开。

究竟是怎么了？求生是人的本能，即使在一个人生命的最后时刻，谁不渴望生的曙光的照耀。

可这两位长者，在病痛折磨的时候，在昂贵的治疗费困扰着他们的时候，却毫不犹豫地选择了死。难道怕穷就怕到了如此不要命的地步？穷真如洪水猛兽瞬间可以剥夺人的生命？

当我听到这些事的时候，我真的震惊了，我无法形容当时的心情。我只能默默祈祷，祈祷我们村子的村民早点好起来、富起来，早日摆脱这可怕的贫穷。我也只能在每次回家后，看到谁卧床不起、生病住院，或谁家有红白喜事，便主动去看望，表达我的心意，送去我的温暖。

整个社会都在发展，农村也在政策不断完善的探索中艰难前行。先是市场经济的不断刺激，给农村带来了前所未有的机遇。种植粮食已不再是村民们唯一的选择。瓜果蔬菜等经济作物纷纷走进了田间地头。尽管目前还处于摸索的阶段，但种植这些经济作物一年的收入远高于种植粮食的收入，尤其是在政府部门的引导和农业专家的指导下，我们村方圆百十里已经成为猕猴桃栽植的实验基地。经过几年的实验，证明这种水果很适宜关中南段的水质土壤，我们这里几乎成了猕猴桃的世界，家家不闲，人人忙碌，相互指导，共创效益。同时，外出打工的年轻人越来越多，开始是几个人出去探路，等找到了活，扎下了根，再回来叫人，不出几年，村里的年轻人几乎都在外面拼出了自己的一片天地，而且大部分都是拖儿带女，常年定居。家里的地留给了老人，城里家里共创收，人人奔走致富路。更可喜的是农村免除了农业税，老年人有了养老金。

农民翻身了，农村发生了翻天覆地的变化，泥土路变成了水泥路，土坯房换成了砖瓦房，架子车换成了拖拉机，自行车换成了摩托车。水渠通到了地头，开关由自己控制，防虫不用人，全由机器喷，做饭不用柴火，不是用电就是用煤气。农村医疗保险更解决了农民看病贵的问题，医药费报销率高达百分之六七十。在过去想都不敢想的好事，现在全变成了现实。

这是亘古未有的好政策。更令人振奋的是，当历史的车轮进入新时

代，中华民族的伟大复兴梦成为每一个中国人的梦想的时候，党的富民政策再一次惠及农村。

现在，当我回到家乡，简直不敢相信自己的眼睛，新农村的蓝图正在变成现实。村子统一规划，房子统一标准，门前绿树成荫，街道整洁干净，村村通上了天然气，家家新盖了洗澡间，文化广场如亮丽的名片，健身器材似耀眼的明珠。闲暇之余，女人们可以在广场上跳舞唱歌，男人们可以在广场上打球健身，而村里的老年活动场所，不但是老人们谈天说地的乐园，也是老人们安度晚年的家园，只要你提前报饭，就像在家里一样可以吃上可口的饭菜。与此同时，只要谁家发生了变故，遇到了困难，政府的困难慰问金就会及时送到手里。以前家家都穷，谁见了贫困资金都积极申请，谁都想拿到这份救命钱。现在完全不一样了，大部分人的日子都好了，这份钱该给谁大伙心里都很清楚，从不为此争吵，真正实现了公平公正救济。以前脏乱差是农村的大难题，垃圾乱堆乱放，脏水四处横流，只要有点空地，堆放的不是柴火，就是土堆。现在走进村子，看不见任何垃圾，取而代之的是每隔50米的垃圾箱，柴火有柴火的堆放处，脏水有统一的下水道，人人自觉维护。每一次回村，我都啧啧称叹，心生诸多感慨。

这就是那个贫穷了几千年的村庄，这就是那个我想方设法离开了的村庄，这就是那个发生过悲剧的村庄。

如果我的祖辈们能活到现在，看到如今的村子有着如此翻天覆地的变化，他们会做何感想？他们一定会劝导村里的每一个人让他们好好珍惜今天的日子，好好拥护今天的政府和这个伟大的党。如果当年的我没有离开村庄，又会是什么样的境况？我想我一定会和村里的大多数人一样，靠双手发家致富，靠政策奔向小康，用智慧实现梦想。如果那两位身患大病的乡亲能活到现在，看到村里的面貌焕然一新，家里的境况蒸蒸日上，儿女孝顺，衣食无忧，他们还会走上那条不归路吗？绝对不会，他们一定会倍加珍惜自己的生命，尽情享受幸福的晚年生活。

春秋时期著名的政治家管仲曾说过一句话："仓廪实而知礼节，衣食足而知荣辱。"今日的农村，不但早已过上了"仓廪实""衣食足"的幸福生活，而且正在和全国人民一起为实现中华民族伟大复兴的中国梦而努力奋斗。文明、和谐、美丽的新农村正在党的政策扶持下，在每一个村民勤劳双手的绘就下，一点点变成现实。

尽管那段抹不去的伤痛时不时地啃噬着我的心，也敲打着每一个村民的心，那就让我们永远记住这沉痛的教训，努力创造财富，倍加珍爱生命，多多孝敬老人，让每一个长者都有一个"老有所养、老有所依、老有所乐"的幸福晚年生活，让我们的村庄真正成为新时代下人民富裕、民风淳朴、景色秀美的新农村。

母亲是我最好的老师

母亲是我最好的老师。

从我记事起,母亲就喜欢讲故事,讲很多很多好听的故事。只要天一黑,躺在炕上,母亲就开始给我和弟弟妹妹讲故事。我不知道大字不识的母亲,肚子里怎么有那么多讲不完的故事,听得我们脑海里天天都是故事,天天盼着天黑了母亲讲故事。那时候,为了听故事,我们兄妹几个表现得非常乖巧,不能掐猫逗狗,不能好吃懒做,不能没有规矩,不能没有爱心。故事让我们变得团结友爱,懂事勤快,也给我们幼小的心灵注入了文学的基因。只要一听到好的故事,我就不由得想把它记下来,讲给别人听。

有时我想,这些和弟弟妹妹同睡一个炕上听来的故事,怎么现在回想起来,还是那么清晰和完整。是母亲让我早早地爱上了故事,爱上了文学,母亲真的是我最好的老师。

刚刚走进学校,我就发现自己有着很强的记忆力,学过的课文能很快记住,就连后来大哥讲的《西游记》里的精彩片段,我也能完整不缺地讲给同学听。非但如此,数数也成了我的强项。有一年秋季,家里分了一大堆玉米棒,一家人边听大哥讲故事,边剥玉米缨,然后将玉米拧成一把，再将这一把一把的玉米，螺旋地搭在一根直立的木柱上，形成足有一搂粗的玉米柱，金黄金黄的，如闪光的黄金，又如身披铠甲的勇士，威武雄壮。每到这个时候，母亲就让我数数，看一柱玉米能搭多少把。我十分认真，搭一把，心里就默记一个数字，直到木柱搭满，正确的数字就出来了。每每这个时候，母亲就夸我一顿，说我将来一定有出息。从此，我成了家里的账房先生，只要是算数的事，都由我来，我也从未出过一次差错。正是母亲的这种不断鼓励和表扬，让我渐渐喜欢上了算数，并不断加强练习，这练就了我的好记性。要知道，我刚刚走进学校的时候，最多也就7岁。

我的童年，正是物资极其匮乏的年代，村里每天都有好几个甚至十几个讨饭的乞丐。但不管是谁，不管每天来几个，母亲都要舀上半勺子粗面给他们。虽然不是白面，每次也不多，但母亲没有让来的人空着手出门。渐渐地，我也养成了这种习惯。有时一天要来五六个人，仔细一算，给他们的粗面能做全家人的一顿饭呢。有一次，家里仅有的一点玉米面都给他们了，玉米糁子也只够晚上做饭，我就说："妈，他们再来，就不给东西了吧，咱都不够吃了。"母亲笑着说："那晚上就去你老妈家借些玉米糁子，他们也不容易，怎么能让人家空着手走。人要心地善良，将来才有好报。"母亲的话深深地打动了我，让我从小就怀有一颗善良的心。多少年了，无论走到了那里，只要遇见沿街乞讨的人，我就从心底生出一种怜悯，情不自禁地会给他们一点钱。每这样做一次，我心里就一阵阵的暖，整个人都踏实了很多。直到现在，依然如此。而这些都是母亲从小教我的，用行动感染我的。母亲真的是我最好的老师。

还有很多很多的知识，很多很多的做人准则，都来自母亲的精心教导。

如今，母亲已离开我们好多年了，但她讲给我的很多故事，教给我的很多知识，留给我的很多宝贵精神财富，依然激励着我，教我怎样做人，怎样做事。让我心存善良心，永远知感恩。

母亲，你永远是我最好的老师。

第二辑 魂牵梦绕

那年那场雨

下雨是再正常不过的事，可是连续下60多天就不是一件很正常的事。在我的印象中，就遇见过这么一场雨，至今回想起来，仍记忆犹新。

1983年的秋天，和往年任何一个秋天一样，人们在七八月份的艳阳高照下，锄禾苗，忙灌溉，用汗水换取甘甜，靠勤劳收获希望。谁也不会想到，想雨盼雨地忙到9月，终于迎来了一场迟到的秋雨，可雨却淅淅沥沥地下个不停。起先，人们并没有感到它的危险，而是怀着感激的心情走出家门，来到田间地头，对着油光发亮、长势旺盛的农作物，笑得像一朵朵盛开的秋菊。然而，这种心情并没有持续多久，当吃饱喝足的农作物已不再需要雨水的时候，天公却像止不住的漏斗一样下个不停，人们的心情也随着雨水的增多渐渐阴沉。可是，雨依然下个不停，河水猛涨，水井溢满，山体滑坡，房塌屋漏，道路泥水成汤。

这下，人们坐不住了。房屋倒塌暂且不说，眼看将近10月，农作物都已成熟，如果雨停不下来，怎么秋收？又怎么能按时秋播？人们焦急了，在焦急中呼天喊地，在焦急中坐立不安，在焦急中望着天空盼太阳。

那时，我已经21岁了，正是在家种地的年龄，连绵无绝期的秋雨，让我和所有村民的心情一样。但谁也没有办法，在大自然面前，我们渺小

得如一粒尘埃，只能适应，不能改变。在等待放晴的希望一次次破灭之后，适应是唯一的选择。

人们商量着如何把成熟的庄稼收回来，在收割完庄稼的空地上播下种。往年，这个时候，人人拉着架子车，把成熟的玉米、高粱、大豆一趟趟地往回拉，摊在场院，晒干脱粒。再把挖倒的秸秆捆成捆，抱出地头。然后，或套上牲口，或用拖拉机，犁好地，播下种。可是，今年别说架子车上不了路，进不了地，就是徒步走在路上，也是泥水没膝，步履艰难。再加上我们居住在渭河滩边，地势低，水位浅，稍一下雨，就积水成潭，即使一遍遍挖渠引水，地里也是松软如泥，脚踩上面，一步一个深坑，一脚一个水窝，很难顺利地秋收和秋播。

但成熟的庄稼不能不收，该播的种子不能不播，时间不等人，怎么办？只有肩扛人背，先把成熟的庄稼收回来。

像是一道无声的命令，或是一种自觉的行动。人们纷纷收拾好背篓和农具，在阴雨略微停止的间隙，来到地里，或掰玉米，或收大豆，或刹掉高粱头，然后再一趟趟往回背。淋雨后的玉米棒、高粱头和大豆秧异常沉重，人们只能量力而行。

那时候，地里、路上到处是忙碌的人群，不管男女老少，一个个赤脚上阵，艰难地行走在泥泞的道路上。人们没有地方晾晒粮食，只能把它们背回家，倒在屋檐下，晾在房间里。有的家庭专门腾出一间烧热的土炕，揭去苇席，把湿湿的玉米或高粱晾在上面，保证粮食不发霉。

那时候，家家房里屋外，只要有空闲的地方都堆满了收回来的粮食，人们像呵护孩子一样，天天看着它们，夜夜守护着它们，及时地翻腾晾晒，即便没有阳光，也要通风。

与此同时，人们还要把剩下的秸秆挖倒，一捆捆地抱到地头。湿漉漉的秸秆，就像一捆捆沉重的铁条，每抱一捆，累得人直喘粗气。但为了赶时间播种，只好咬着牙、冒着雨坚持着。

在这个牲口和拖拉机都无法进入田地的阴雨天气，怎么播种成了难题，人们交流着、思索着、讨论着破解难题的办法。

就在大家走投无路的时候，不知谁，抑或是政府部门的主意。既然不能犁地播种，那就用耙子刨种。很快，一种相间4厘米宽、且有2个爪子的铁耙子应运而生，大小村庄的铁匠铺日夜忙碌，精锻细敲。一时间，铁耙子铺天盖地地出现，人人一把，成为当时最得力的播种工具。

起先人们并不放心这种办法，总觉得不大靠谱，这可是关系到人们的吃饭大事，种子种下去出不来怎么办？再说了，祖祖辈辈种庄稼，哪有这样播种的！可事到如今，又能怎么办呢？只好赌一把了，总比什么都不种好！再加上政府部门的宣传和肯定，人们只能大干起来。

先挖出一条条水渠，排出地里的积水，保证土地不被水泡，再将需要播种的麦种均匀地撒在地里，每人拿一把铁耙，倒退着从地头开始耙刨，将表面的土层刨软，把所有的麦粒盖住，就算是把种子播进了地里。由于收割后的土地没有经过犁铧深翻，表面垄沟凸显，秸根裸露，耙刨起来非常吃力，再加上人工耙刨终究没有机器快，所以，种好一亩地，一家人得用大半天时间。好在当时土地分给各家各户没有几年，劳动者的积极性异常高，几乎是人人出动，个个帮忙，就连小学中学也放了假，全力支援秋播会战。一家四五口人，一字排开，齐刷刷地向后耙刨。一个村三四百人，一起涌进地里，黑压压一片，有说有笑，好一幅乡村秋播图。

那一年的雨，持续下了60多天。那一年的秋播，是在人海战的艰难耙刨中一点点完成，没有耽搁一天，也没有少种一亩。那一年的麦子，人们本以为不会有好长势，没想到苗出的格外齐整，长势格外好，收成格外

喜人。

　　我参与其中，见证着所发生的点点滴滴。

　　我常常想，土地对于农村，对于世世代代的农民来说，就是命根子，就是希望和未来。当灾难降临的时候，当生命受到危胁的时候，我们的农民兄弟，我们的父老乡亲，所迸发出来的聪明才智，所显示出来的勤劳勇敢，所磨炼出来的顽强生命力，是任何一种力量都无法相比的。

　　正如现代著名诗人艾青曾在他的《我爱这土地》中写的那样："为什么我的眼里常含泪水？因为我对这土地爱得深沉。"是的，这是他的心声，也是千千万万劳动人民的心声！我们都对这土地爱得深沉。

　　那年的那场雨，让我对农村、对农民、对土地有了更深切的认识和更深沉的爱。

第二辑 魂牵梦绕

马 场

在老家，只要一提起马场，年龄大一点的人没有不知道的。我对它更是了如指掌。我学生时代的许多乐趣都来自马场。

马场的全名是陕西省宝鸡市柳林滩种马场。因距我老家很近，只有1公里路程，我们便习惯叫它马场。

在老家方圆25公里的地方，马场是唯一一个市级单位，里面的职工虽然靠种地养马为业，但总归是公家人，再加上生活条件好，文化活动丰富，成为我们这些农村孩子最羡慕的工作单位。

那时，我们是马场的常客，有事没事都要去转转。下午一放学，我们便会成群结队地提着篮子拔猪草。马场周围全是地，夏天是麦子，秋天是玉米，不管什么时候去，都能满载而归。其实，这只是一个原因，最主要的是我们能在马场里到处转转，看看职工怎么喂马、放马、驯马、给马体检、给马配种，其中驯马的场景非常壮观。一名驯马师站在偌大的驯马场中间，手持马鞭，在空中一挥，"啪"的一声脆响，四五十匹没拴缰绳的马便迅速绕着马场奔跑。顿时，马蹄声声，尘土飞扬，其壮观景象常常让我们情绪激昂，热血沸腾，有时会让我们忘记了正事，最后只好借着夕阳的余晖，草草拔满猪草回家。

慢慢地，我们知道了马场就是培育优良马种的地方，主要是为了满足农业生产和运输的需要。他们以蒙古马为母马，引入外种，采取先轻后重再轻的方式杂交，培育成一种步伐轻快、体格庞大、外形结构好，能适应当地自然条件的关中马。虽然当时不知道这种马培育后都去了哪里，但总能看到有运送的马车进出。

其实，这些并不是我们关心的重点。我们只羡慕他们的作息时间和三天两头的娱乐活动。他们完全是城里人的生活方式，每周有固定的时间看电影，有职工文体活动，有时还有电影周活动。这对于那个年代文化生活极其单调的人们来说是极其奢侈的，但同时，马场给予我们的这种精神的享受，是我们的幸运。试想，当我们隔三差五地拿着小凳子，成群结队地走向马场，看一个个新电影的时候，别的村子的伙伴们只能无聊地闲转。虽然是露天电影，也有偶然停电的时候，可工作人员会以最快的速度接通发电机，保证电影的正常放映，即使偶然遇到放映了一部，另一部胶片还未送来的情况，也不会耽搁很长时间，场里的汽车来回奔跑，很快就会接着放映。不敢说我们看遍了当时放映的所有电影，但至少就同一部电影来说，也要比别的村子的伙伴们多看好几遍。

这是我们最值得炫耀的话题。但马场给予我们的不仅仅是这些。

每年的麦收时节，我们可以跟在大型联合收割机后面，看大片大片的麦子随着联合机的收割而变成一袋一袋干净的麦粒，当时的激动心情不亚于观看一部精彩的电影。而麦地收割之后，就是我们大显身手的时候。我们会拉着架子车，在已经收拾完麦糠麦秸的地里，拿起镰刀，把剩下的麦秸割倒，装车拉回。

每年的暑假期间，我们天天背着背篓或拉着架子车，不是在马场周围的河滩，就是在成片成片的玉米地里，不是拔猪草，就是割牛草。当时的村子周围，大河小河无数，旱田水田混杂，草木茂盛。每到酷暑时节，各种杂草铆足劲地长，一天不割，就长一大截。暑假正是割草的好时候，天越热，我们割得越起劲。即使热得满头大汗，衣服全湿，也一次不落。马场对于我们来说还有一个好处，晒干的草随时拉到马场都能卖个好价钱。只要你足够勤快，一个暑假光割草卖的钱就能抵得上一头大肥猪的价钱，这对于我们来说，是一笔非常可观的收入！

每年的春节，尤其是大年初一这天，马场是人们必去的地方，不但我们小孩去，大人们也去。人人穿着新衣服，或一家人一组，或几家人一起，边走边聊，边聊边看，聊一年的收成，看地里麦子的长势。聊过年时蒸了几锅馍、买了几斤肉、有几家亲戚要走，看马场的房子、马厩里的种马。就连平日里未曾来过的家属小区、食堂，此时也要随便转转，里外看看。整个马场，不到上午10点，就已经聚集了从四面八方来的人。认识的问候几句，不认识的含笑点头，那些比我们小一点的孩子，追逐嬉戏，叽叽喳喳，比谁的衣服新，谁的头巾艳，谁的压岁钱多，热闹得如集贸市场一样。一年中只有今天，人们是最放松的，可以无聊地闲转，自由地说笑。

马场的那些孩子和我们在同一个学校，我羡慕他们的着装，他们一律是城市孩子的打扮，衣服没有补丁，都是很洋气的红卫服和塑料底鞋，有的甚至穿的确良衣服和网球鞋。我羡慕他们说的全是标准的普通话，即使夹杂着乡音，也非常好听，完全不像我们说的方言那么土。我羡慕他们朗读课文跟广播员一样富有感情。我更羡慕他们的生活，可以顿顿吃白面馍馍、白米饭、宽窄面条也是常有的，而且顿顿吃肉，不像我们，吃一顿白面当过年，只有过年才吃肉。因此，我们中的好多农村同学，都用高粱团团或玉米面馍馍换他们的白面馍馍。

如今，这个马场早已不在，取而代之的是现代化管理的奶牛场，其规模之大，技术之先进，效益之高，都远远超过了原来的马场。可这个奶牛场却很少有人去光顾，也很少有人去关注，除了村里几个人在场子打工外，它跟我们一点关系都没有，甚至说起它的时候，人们仍习惯叫它马场。

是的，马场这个名字，已经深深地刻在了这片土地上，刻在了人们的心中。马场留给我们的印象太深太深！马场留下的故事太多太多！

教师，人生中亮丽的名片

一

1985年的春节，对我来说，确实是一段非常难忘的日子。它消除我2年多来苦苦求索对前途命运的担忧，让我对未来生活无比憧憬，心情无比激动，我甚至觉得那一个短短的春节漫长得像几年甚至十几年。

因为，学校收假之日便是我教师生涯的开始之时。

我被聘请为小学代课教师。我觉得生活是如此美好，春节是如此快乐，乡村是如此美丽，美好的春天在向我招手致意。我期盼着这一天的到来。

二

那是一个年味渐行渐远、天气阴沉欲雨、人们纷纷走出家门忙着春耕的早饭后，母亲早早为我准备好了行李，即一床被褥、一套牙具、一个脸盆。

由于东西太多，我推着自行车走到学校。两三公里的路程，我走了1个多小时，而且越是快到学校，我的心便跳得越快。一想到自己将要成为一名人民教师，将开启人生新的篇章，我就激动得血液直冲脑门，扶着车

把的双手不由自主地抖动起来。

我所任教的学校位于距我们村3公里的魏村，虽然不属于本村，但互有来往。

新的改革体系打破了过去的任教模式，有了交叉任教、异地任教。校长由上级任命，教师由校长选拔。也许正是这种教学体制的改革，才有了我新生活的开始。

我们学校共有8名教师，当我推着车子走进学校大门的时候，其余的教师也陆续到了。有的是同村的，有的是同龄的，有的本就是我小学时候的老师。但不管是谁，教龄都比我长，都是我的良师益友和学习的榜样。

当我放下行李，走进办公室，看着摆放好的课桌和床，还有用砖头垒成的脸盆架，虽很简陋，但我已很知足。这是属于我自己的独立办公室。

出于新鲜和好奇，我走出办公室，全方位打量这所即将陪伴我度过教师生涯的学校。坐北向南的10间红砖红瓦的小厦房，直直地横在学校大门的对面，一条通道正好从我的办公室旁边直接通向大门。通道的西边是操场，有3个篮球场那么大。操场的西北角是一块曾经种过蔬菜的空地，紧挨着办公室西头的第一间是厨房。通道的东边是4排坐北向南的教室，每排有6间大瓦房，每3间隔出一个教室。一排排教室的东侧是一条水渠，清清的河水欢唱着由南向北从校园穿过。

试想，当你每天来到水渠边，看着哗哗流淌的河水，听着学生们或早读、或在教室里唱歌、或踊跃地回答问题、或嬉戏玩耍，你会是一种什么样的感觉？你是否会感到这四角墙内的世界和大自然如此亲近，是否会感到劳累了一天的大脑被这哗哗的流水声冲洗得清醒。

这是怎样惬意的校园生活！

三

作为一名高考落榜者，我虽不敢说能完全胜任初中课程的教学工作，但对小学任何一个年级的教学工作，我是完全可以胜任的。在分班的时候，校长让我承担了二年级的全部课程，这大大出乎我的意料。这样的安排，在我看来有些"大炮打蚊子""鲁班盖茅厕"，完全是大材小用。

尽管我欣然答应了这样的安排，但校长依然察觉到了我的情绪。散会后，他来到我的办公室，和我进行了长时间的交谈。

"我知道你对这样的安排有意见，也知道你高考落榜并非学习不好。以你的才学教中学一点问题没有，可教学是凭经验的。你刚进校门，一点经验没有。教学水平和一个人所掌握的知识在某些方面并非成正比，比如陈景润是数学天才，可他在教学中照样是一个外行。希望你正确对待学校的安排，认真备课，你的第一节课我要听。"

我们谈了近1个小时，尽管我一口一个没意见，坚决服从安排，可校长看穿了我的心思，句句说到了我的痛处，让我浑身冒汗，无地自容。还从来没有人如此挫伤我的锐气。

校长让我认真备课。"薄薄的语文和数学课本，就这些内容，有这个必要吗？一节课闭着眼睛我都能全部教完。"我一遍又一遍地问自己，在草草地准备之后，我开始了我的第一节授课。

我不知道我是怎样结束了短短的40分钟，也不知道我的学生们是否听懂了我的授课，更不知道坐在后面听课的校长是什么样的心情，我只知道我讲得很吃力，讲完后我大汗淋漓，口干舌燥。学生们如听天书一般，很迷惑，他们瞪大眼睛看着我。我知道我的第一节课讲得失败透顶。

这一次，校长没有批评我，也没有给我过多的刺激，只是笑着

说:"怎么样,小学生不好教吧!记住,不能用你的理解水平来要求孩子,教学方法是最重要的。"

此时的他像一个慈祥的长者,给我讲解教好小学生的方式方法,讲他自己第一天进校门所遇到的难题和困惑,讲他一步步从稚嫩走向成熟的艰难历程,讲他历次获得教学能手时的惊喜和激动。他讲得特别认真,像是在给学生上课,又像是沉浸在过往中。我被他苦口婆心的讲解打动了,被他洒满辛勤汗水和坎坷不平的奋斗历程感动了,没有了之前的自大和傲慢,有的只是自愧不如和虚心接受。

至此,我开始认真分析学校的师资状况。全校共有学生500余名,除了一年级一个班外,其余各年级都是两个班。就二年级的学生来说,我任教的二班,学生们的学习水平参差不齐,年龄也相差各异,学习好的几名学生一直比较稳定,中等生和差生占大多数,还有几名学生因学习太差而留级。因此,授课时必须要照顾大多数学生的理解能力,循序渐进,整体把握。

为了上好每一节课,我不仅求教他人,认真备课,还和班里的每一名学生进行谈心,详细了解他们的所想、所思和所需,尽可能用最浅显的语言和最形象的比喻让学生理解所学内容。为了更形象更直观地教好生字,有着一定绘画基础的我,把黄鹂、斑鸠、喜鹊、大雁、老虎、狮子、金钱豹、猴子、乌龟、青蛙等画在黑板上,让学生很快地掌握了它们对应的字。为了讲好《刘胡兰》这篇课文,我把刘胡兰面对国民党反动派的铡刀时那种视死如归、大义凛然的形象画在黑板上,让学生们始终处在一种庄严、肃穆、悲愤的气氛之中,让他们更快更准确地理解课文的中心思想。为了教好数学应用题中的"谁比谁多""谁是谁的几倍"问题,我利用课余时间,把学生们带到校园旁边的树林里,对着一排排的树木,让学生们自编应用题，然后再自己解答。

渐渐地，我的课堂有了生机，我的授课方式被学生们接受，也被校长和老师们肯定，学生们的学习成绩普遍得到了提高。我也越来越进入状态，对未来充满信心，仿佛有一座闪亮的灯塔在前方为我指引航程。

四

然而，前进的路上总是铺满荆棘，充满坎坷。本以为我的教学方法，我的刻苦钻研，我的全身心投入会结出累累硕果，没想到期中考试中，我们班依然是最后一名。这让我陷入了深深的沉思，问题到底出在哪里？我茶饭不思，彻夜难眠。我主动找校长谈心，积极向我曾经的老师们请教。他们认为小学生理解能力差，一种类型的题要让他们反复做、反复练，真正做到"温故而知新"才行。

这一次，我不仅把同类型的题举一反三地讲给学生，还跑遍了本乡范围内的所有小学，以虔诚的态度听兄弟学校老师的授课，从中学习他们的长处，弥补自己的不足。又和兄弟学校交换考试试卷，从而掌握更多的题型，不断拓展学生们的知识面。同时，我和学生们打成一片，看到谁头发长了，我主动从家里拿来理发工具，为他们修剪头发。看到谁衣服穿戴不整齐，我及时提醒，并帮他整理好。很快，学生们对我有了一种亲近感，上课积极发言，遇到问题主动请教，就连同学之间的矛盾也及时让我化解了。有的学生甚至连村里发生的奇闻逸事也与我一同分享。我与他们的关系，已经远远超出了师生关系，更多的是知心朋友。

在这种融洽、团结的氛围中，我们接到了教改区小学数学竞赛的通知。校长把这个任务布置给每一位老师，并提出了严格要求，让每个年级、每个班都高度重视、积极行动，为学校争光。

说实话，对一个刚刚进入教师队伍中的我来说，所经历的每一件事都是挑战，是考验，更是机遇。我必须紧紧抓住，一刻也不能放松。

在经过反复的摸底考试和综合考虑，我筛选出8名学生进行重点培养。我采取一帮一结对子的形式，让每名尖子生帮一名差生，每次考试只要成绩提高，双方都可将此作为期末"三好学生"的评比条件。如此一来，不管是尖子生还是差生，都表现出了难得的积极性，尖子生带差生，部分带全员，整体推进，相互提高。

那段时间，我表现出了"不破楼兰誓不还"的决心和信心，一有空余时间就重点培养，不是给他们讲解，就是改卷子，不是给他们归纳总结，就是帮他们寻找规律。

那段时间，我以"如切如磋，如琢如磨"的劲头勤讲多学，牺牲了饭后散步的时间，帮学生认真分析，仔细琢磨。很快，我不但掌握了数学考题的重点和难点，更掌握了每名学生的缺点和弱项。性格急躁、做题潦草的学生，我就让他们反复做一种类型题，直到不出差错为止；反应缓慢、理解能力差的学生，我就给他们归纳出做题口诀，使其在遇到同类型题时，以口诀解题法快速做出判断。在实践中我发现，同一类型的题，我今天讲了，学生们听懂了，都能很快做出正确答案，可是没过几天，同类型的题，甚至是同一道题，他们也是错误百出，方法全忘。对此，在经过详细分析之后，我觉得对这么小的学生来说，不是让他们做的题越古怪、越奇特，就越能掌握所学的内容，而是要让他们反复做一些基本的类型题，甚至是同一份试卷，这样才能牢记于心，融会贯通。

果然，在不断地摸索和实践中，那8名学生不但掌握了各种类型题的解题方法，还在应用题的判断上既快速又准确。果然，在教改区众多学校的近百名学生的竞赛中，我们班参赛的8名学生，无一人落选，前三名全被我们收入囊中。我们班取得了全教改区第一名的好成绩。

一下子，我成了上级领导关注的对象，成了全乡老师学习的榜样，更成了学生家长夸赞的老师。我感到所有的付出都是值得的。"千淘万漉虽辛苦，吹尽黄沙始到金"。多么可爱的学生，多么美好的教学生涯。

五

那时的班主任除了教好语文和数学这两门课程外，美术、音乐、体育包括课外活动也是由班主任负责。非但如此，那时的我还很年轻，精力充沛，便主动承担了四五年级的体育、音乐和美术课程的教学工作。我每天都有使不完的劲，这节课下了，又上那节课，精神饱满，活力四射。对乐谱不是很懂的我，购买了专门书籍，主动跑到几十公里外的县城请教音乐老师。跟着收音机里的"每周一歌"抄歌词，学唱歌，然后教给学生。在此期间，也有很多老师建议我无须费那么大的劲，学生只要有歌唱就行，老歌新歌无所谓。体育课也是一样，让孩子们玩好就行。对此，我只是笑笑。认真上好每一节课是我的责任，更是我做人的准则。音乐课上，我不但教学生们识乐谱、抄歌词，还让他们每节课前、每次放学练习唱歌。体育课，前半节课我让他们从最基本的左右转、走正步、跑步练起，后半节课会教他们乒乓球的接发球，篮球的带球上篮等。由于我自幼喜爱美术，并且有一定的基础，所以每节美术课我都带着学生们一点点学起。为了激发他们的学习兴趣，我给每个学生画过素描画像，并作为礼物送给他们，虽然不是那么逼真，学生们却如珍宝似的加以收藏。课外活动，我领着学生们，端着一盆盆清水浇灌校园里的小树。一年四季，从不间断，这不但培养了他们从小热爱劳动的积极性，更让他们感受到一种集体的温暖。

但是，我并非无原则地和学生们打成一片，在纪律的要求上，在课堂的秩序上，在作业的完成上，我从不含糊，从不得过且过。对于课堂上调皮捣蛋的学生，我会让他站在讲台前面，直到认错为止。对于背诵不出课文的，我会让他每天下午晚走半个小时，直到能流利背诵为止。对于考试成绩排在最后3名的，我会让他们把相同的考试题反复做5遍，直到理解弄懂为止。对于考试作弊者，我会让他们认真反思，在全班同学面前做检查，直到承认错误为止。在我教过的学生中，有的学生被我罚站过，有的学生被我批评过。但是，他们依然对我不离不弃，依然在课堂上踊跃发言，依然在下课后围着我求解难题，依然在上学或放学的路上主动向我问好，依然不管遇到什么委屈，都十分愿意跟我诉说。

那年年度会议上教导主任说："自张老师加入咱们队伍这一年来，学生们的课外活动丰富多彩不说，单就从每个班每次唱的一曲曲新歌看，整个学校都呈现出一种新的气象。"

在短暂的几个学期中，我每次都被评为全乡的优秀教师，班级考试成绩也排在全校前三名。

六

在第二年的9月份，全乡老师又一次被打乱分配，我也在恋恋不舍中离开了陪伴我度过一年半教学生活的学生们，走进了另一所学校。这次学校让我担任四年级语文教师及班主任，并承担五年级的生物课和几个班级的音乐课和美术课的教学工作。虽然这是校长及校委会对我的信任和肯定，但对我来说，无疑是一种新的考验和挑战。我必须继续保持旺盛的工作热情，更加努力上好每一节课，全身心地爱护每一个学生。为了做到这点，我几乎熟读每一篇课文，虚心请教经验丰富的老师，从遣词造句到段落大意，再到中心思想和写作特点，我都要弄通弄懂。四年级的语文教学还真不是那么简单。对一个教师来说，教学水平的高低不是自己说了算，而是体现在学生的成绩上。正是基于这点，我把主要精力用在教学方法上。四年级学生的理解能力远远超过二年级的学生，因此，在教学上不能生搬硬套，必须让这些学生在课堂上活跃起来。记得有一次我在讲唐代诗人王维的《鹿柴》，按我事先的预习要求，必须在讲解前由学生来背诵。在众多积极举手的学生中，我很高兴地点了一个男生，只见他不但流利地背诵了那四句诗："空山不见人，但闻人语响。返景入深林，复照青苔上。"更让我印象深刻的是他对"柴"的读音进行了强调。他说："鹿柴"的"柴"在这里不读"chái"，而是读"zhài"。当时，我的心"咯噔"一下。说实话，如果不是这位学生的及时提醒，我还真没留意这个字的读音，是他救我于尴尬之中，尽管我表现得若无其事，但这让我永远铭记于心，时时刻刻提醒着我、激励着我。

我虽是学生们的老师，可在这件事上，他才是我的老师。

然而，正当我鼓足干劲乘风破浪、砥砺前行时，现实又一次悄无声息地改变了我的命运。我在一种复杂的矛盾心理中离开了我所热爱的教师岗位。

那是1986年12月初的一个下午，我正在操场上带学生们进行广播体操的排练，父亲找到了学校，站在操场边看着我。他没有喊我，是我无意中回头看见了他。我叫停了排练，走到了他跟前，他拉我走到一边，说出了让我去铁路单位上班的事。

我当时真的是既激动又矛盾，成为一名铁路工人是我梦寐以求的事。但这消息来得太突然，让我有点猝不及防，而且父亲说两天后我必须到单位报到。我想过城里人的生活，但我也热爱我的教师岗位。

我很为难地将这一消息告诉了校长，尽管我看出了他不高兴，但他还是向我表示了祝贺。我也很淡定地将这一消息告诉了同事，他们个个露出惊喜和羡慕的神情，也依依不舍。我最不愿意告诉的就是我的学生，我怕影响到他们的情绪，伤了他们的心。我把他们叫回教室，给他们上了我教师生涯中的最后一节语文课。我悄悄地收拾行李，悄悄地和老师们告别，悄悄地在夜幕降临的时候离开学校。不想惊动任何人。

然而，就在我悄无声息地准备离开学校的时候，一个学生和他妈妈走进了我的办公室，紧接着又有几个学生和家长走了进来。他们是从班主任那里得到的消息，都是前来送行的。尽管我说才办手续，手续办完我会回来看望大家的，但他们还是来了。几个家长说，虽然很舍不得你走，但一想到你是奔着城里的好工作去的，也替你高兴。

看着一个个我曾多次家访过的家长，听着他们如此温暖的话语，再看看我那些活泼可爱的学生们，一股暖流瞬间涌遍全身，我真舍不得离开他们，我喉咙哽咽。

感谢你们，我可爱的学生们，谢谢你们，热情的家长们。

我走了，在学生和家长们的依依惜别中离开了学校，离开了我热爱的教师岗位。

七

从此，我开始了一种新的生活，开启了作为铁路职工的新篇章。

33年来，我从一名对铁路行业一窍不通的学徒工做起，一步一个脚印地努力，不但圆了我的大学梦，更让我在困难和挫折面前经受住了考验，成长为一名理想信念坚定的共产党员，一名光荣的党的宣传干部和领导干部。所有的成绩固然与我个人的努力分不开，但最主要的是这短暂的教学生涯，改变了我的人生态度，坚定了我的理想信念，奠定了我为目标而奋斗的坚实基础。

第二辑　魂牵梦绕

同学们，我想你们了

周日收拾书房，无意间发现以前写的一本日记。它夹在书架上的一摞书中间，天蓝色的塑料封皮，因岁月的侵蚀已经褪色。我不由得拿在手上，随便翻了起来。里面的纸张除了边沿呈茶褐色外，其余处均是洁白的。细看日记内容全是当年任教期间的人和事。

30多年了，当时的好多日记本皆因搬家丢失，没想到，这本还在。也许这是唯一的一本了。

一页页翻看，一阵阵惊喜。我仿佛发现了一件珍宝，把头埋在这一页页温暖的文字里，心里立时升腾起一种无法言说的激动。

日记有40多页，记录着班里40多名学生的详细资料，包括他们的相貌特征和性格特点。清晰熟悉的钢笔字迹，描绘着一张张活泼可爱的笑脸，叙述着一件件尘封已久的往事。

杨永红，一个懂事听话的男生，班里的文体委员。在众多同学中，他年龄稍长一岁，个子稍高。他性格外向，活泼开朗，最喜欢上课发言，下课擦黑板。每次体育课，他都站在前面组织列队，无论什么项目，他都积极参与，篮球、排球、乒乓球、跳绳、跳高、踢毽子，他样样都会，虽然不精，但总能活跃气氛，带动大家的积极性。有他在，体育课就非常精彩，同学们玩得异常开心。但他并非只喜欢文体活动，学习成绩也是十分优异的。我任教的第一年，教改区举办数学竞赛，他就是最有实力的选手之一，曾两次获得全区第二名，备受学生和老师喜爱。

王瑞，一个小巧玲珑的女生。小眼睛、小鼻梁、小嘴巴、小脸蛋，再加上不长不短的两根小辫，合身得体的上衣裤子，显得精巧别致，干净利索。她的最大特点就是爱笑，尤其是受表扬时笑得眼睛眯成一条缝，整个人可爱得如画在皮球上的芭比娃娃。她的学习成绩虽没有排在前面，却一直坐在最前一排。她脑子灵活，反应敏捷，她的字和她的人一样，小小的。她家就住在学校隔壁，每次参加集体劳动，她总是第一个跑回家拿来得心应手的工具。她虽不是劳动委员，但集体意识和大局观念是全班最强的一个，常常因此而受到表扬。

杨红艳，一个胖嘟嘟、大大咧咧的女生。她十分爱笑，爱说话。和同学玩耍，数她话多，叽叽喳喳，还伴着开心的笑。当你想弄清她因什么而笑得那么开心时，她猛然不笑了，也不说话了，给人一种哭笑不得的感觉。她上课发言抢答最积极，若答对了，笑得灿烂如一朵桃花，若答错了，舌头一吐，默不作声。她的字写得松松垮垮，小小的方框格子，一个字就占得满满当当，一道简单的算数题，她做完能占大半页。为此，我曾说过她好几次，虽有所改变，但变化不大。

杨红刚，杨红艳的哥哥，两人长得很像，他也是胖乎乎的，但他明显比妹妹杨红艳稳重得多，也懂事得多。他不爱说话，也不爱笑，完全是另一种性格。他听课很认真，从不开小差，发言很积极，很少出差错，字迹也很工整，横竖撇捺从不连笔，和妹妹相比，真是一个天上，一个地下。为此，我让他好好教教妹妹，他总是说："教了，她学不会。"有一次，我把他们二人同时叫到讲台上，当着大伙的面听写汉字。结果，他写

得既工整又正确，而妹妹杨红艳不但占满了自己的那块地方，还把好几个字写到了哥哥这边，歪歪斜斜，又大又难看，惹得全班同学一阵大笑，她则吐吐舌头，不好意思地低下了头。

　　杨吉良，一个懂事听话的男生。不长不短的头发把他那张白白净净的瓜子脸衬得很有朝气。他学习不是很好，但也不坏，属于那种一努力就见效果的学生。

　　有时候世界真小，小到一转身，就会碰到你不想碰到的人和事。我和杨吉良大姐，刚刚结束了一段不到半年的恋爱。本以为从此不会再有任何交集，可谁能想到，就在这个时候，我被聘为代理教师，而且来的偏偏是她们村的学校，更巧的是，我所带的班里就有她的弟弟杨吉良。那段时间，我真的很别扭。因为在见到杨吉良的那一刻，我们都愣住了，我去过他们家，和他见过面，他叫我哥，我也逗他玩过，我们彼此熟悉。可是，那一刻，我们谁都没有说话，像陌生人似的擦肩而过。

　　也许是他回去后把这一消息告诉了他的家人，也许是他的家人给他交代了什么，第二天上课后，他改变了对我的态度，上课积极发言，下课主动问好，放学后还要专门跑过来向我道别。天天如此，从不间断。我也很热情地和他打招呼，对他的学习特别关照。只是以前的事谁都不说，好像从未发生过似的。

　　杨红娟，一个内秀外美的女生。高高的个头，圆圆的脸蛋，乌黑的头发，棱角分明的五官，一看就是个聪明伶俐的孩子。她的字写得很工整，说话声音甜甜的，尤其是朗诵课文时，更显其声音之特点。也正是如此，每天早读都由她来领读课文。她也非常认真，不管老师在与不在，都履行着自己的责任，敢说敢管，同学们都服她。在班里，她威信最高。

　　杨德江，一个走路风风火火的男生……

魏民生，一个上课不爱发言的男生……

魏文霞，一个胆小怕事，动不动就哭鼻子的女生……

……

就是这一个个可爱的学生，几乎占满了我的日记。

就是这如生命般珍贵的文字，牵动着我的心。

我认真地翻着、看着、思着、想着……多么想把这40多名学生的点点滴滴都记住，把他们的天真烂漫，他们的美好童年，分享给每一个我认识和不认识的人，让他们和我一同重温那段最美好的青春时光。

岁月如梭，时光荏苒，那些学生如今已步入中年，我也即将进入退休的行列。

他们的现在，我不得而知。我对他们的记忆，只能定格在那些时光里。

但我真的想知道，现在的他们是否一切都好。

思念，因日记而起，一旦打开，便无尽蔓延，并迅速生成一句话："同学们，我想你们了。"

一记耳光

女儿当了老师，有一天晚饭时我们说起了老师敢不敢打学生的事。

女儿说："现在的学生，别说打，你稍微碰一下，准有家长找上门，校长也找你谈话。所以，学生就是再调皮捣蛋，我们也不敢动手。"

我说："必要的严厉管教应该有吧。"

"严厉管教可以，但不能动手，这是红线，不可触碰。"女儿说得很坚决，让我一时语塞。不由自主地想起了一段往事。

20世纪80年代初，我也曾当过几年代理老师。先是二年级的班主任，后是四年级的班主任。但不管是哪个年级，班主任是最辛苦的，虽然我每天的课程安排得很满，但我一点也不觉得累，反而感到很充实、很快乐。

记得有一次，我教的四年级二班在卫生大扫除评比中，因清扫后的垃圾没有及时清理被评为最后一名，而且被校长在全校师生大会上点名批评。这对我来说，无疑是一件丢脸的事。任教期间，我处处争优，也处处走在了全校各个班级的前面，没想到却在这次卫生评比中，犯了如此错误。

大会结束后，我立刻追查这件事的来龙去脉。

当我了解得知，是由于一名学生不听从劳动委员的分配而酿成此错时，我狠狠地批评了劳动委员，并将那名学生叫到办公室。当时我强压着胸中的怒火问他原因，他一言不发，最后逼问下说了一句："他分配得不公平，我就是不听。"没等他说完，我一记响亮的耳光"啪"地抽了过去，他那稚嫩的脸上顿时出现了清晰的印痕。他怔怔地看着我，眼眶盛满了委屈的泪水。我还气汹汹地问："所以你就愿意给全班同学的脸上抹黑？就可以不管不顾地回家了？你还有没有集体观念，有没有大局意识，有没有为全班争光的觉悟？"一连串的质问，让本来就泪眼蒙眬的他，顿时泪流满面，泣不成声，一个劲地承认错误："我错了，老师，下次一定改。"他的坦诚认错，让我气消大半的同时，一时竟不知如何是好，开始暗恨起自己的鲁莽。

　　作为一名老师，我应处事不惊，遇事不慌，怎么能在遇到事后这么不冷静，不反思自己在管理上有没有错，反而把责任全推给学生。学生还小不懂事，那为人师表的我，又比他们好到哪里去了！

　　这个学生平日里不爱说话，课堂上也不爱发言，但听课很认真，有自己的观点。对此，同学们私下里都说他爱出风头，可我并没有觉得他不对，反而还表扬了他。因为正是他这种"爱出风头"，爱发表观点，无意中救我于困境，避免了一次教学失误。

　　记得那次我教他们学习唐代著名诗人王维的《鹿柴》。当我把这首诗工工整整地写在黑板上，让同学背诵时，正好叫到他，他读的时候对"鹿柴（zhài）"的发音进行了强调。他念得特别重。我一下子愣住了，也猛地醒悟了。幸亏有他及时提醒，要不然，我非念错不可。如此一想，脸开始发烧，额头也出了热汗，但我依然强装镇静，全身心地投入讲解中。

就是这么一个无意中救我于尴尬的学生，被我狠狠地抽了一记耳光。我真后悔自己的鲁莽和不冷静。那一记耳光，也像狠狠地抽在了我的脸上，那五道红红的指印，深深地刻在了我的心上，让我满脸通红。我多么想恭恭敬敬地道一声："对不起，老师错了。"

可是，我没有这么做。我当时抹不开面子，也放不下架子。只淡淡地说一句："擦干眼泪，回教室去吧，以后注意。"

我本想在以后的教学中，通过学习来提高自身的素养，通过经历来磨炼自己的意志，通过感悟来完善自己的人格，通过爱心来赢得学生的赞誉，把对教育事业的热爱全部化为行动，教好每一个学生，让他们茁壮成长。

可就在这时，我接到了父亲的电话，让准备准备，前去铁路单位报到。说实在的，当时对于农转非户口，没有人不看重。虽然教师这个职业我非常喜欢，也非常愿意和学生们在一起，但对于一个农村代理老师来说，今后的路怎么走，前途到底在哪里，我不得而知。所以，在反反复复的权衡之后，我接受了父亲的安排。

当我把这个消息告诉校长和同事们的时候，他们无不感到惊讶和羡慕，一个个祝福我。我的那些学生，更像听到了爆炸性新闻似的，一起跑出教室，涌向我的办公室。小小的办公室，怎能容纳40多名学生。情急之下，我让同学们回了教室，在太阳落山之际，给他们上了最后一节语文课。

看得出，同学们是真舍不得我走，我写在黑板上的每一个字，说出的每一句话，他们都认真地记在本子上，整个教室里只有我的讲课声和他们的写字声。

感谢你们，我的学生们。感谢你们的认真听讲，感谢你们的日日相伴……

你们可曾知道，作为你们的老师，我又何尝想离开你们。

那节课中我有说不完的话，述不完的情，道不完的别。我分明看到好多同学的眼睛湿润了，我也分明听到他突然又问了一句："老师，你能不能不走？"我没有回答，我怕一开口，声音会哽咽，泪水会止不住地往下流。

我不知道他是否还记得我发火的那个上午，是否还记得那一记耳光。可我记得，并牢牢地刻在了我的心上，让我自责。

那节课我讲到很晚，冬天的夜很冷很冷，北风吹在人的脸上像刀割一样。可同学们没有一个人急着回家，他们想和我多待一会儿，想一起送送我。可我不想惊动他们，我怕控制不住自己。只好说："大家回吧，我明天才走。"他们这才恋恋不舍地走出了校门。

然而，就在我收拾完行李，准备出门离开的时候，他进来了，跟在他身后的还有他的母亲。

"孩子听说你要走，一回去就给我说，情绪非常低落，非要让我来看看你。我很纳闷，都四年级了，还从来没见过他对一个老师这么重情。"一进门，他的母亲就说了起来。

我赶紧让座，沏茶倒水，见她一个劲地看我，脸一下子红到了耳根，一时不知说什么好。她又说："我给孩子说了，人往高处走，水往低处流，你老师那是在往高处走呢，你要舍不得，就应该好好学习，将来也到城里去。"

听她这么一说，我盯着一直低头不语的他说："你妈说得很对，好好学习，考个好学校，我在城里等你。"

他这才抬起头，眼巴巴地看着我，眼睛红红的，好像有很多话要

说，就在他欲言又止的时候，我说："既然你和你妈来了，我就把心里话说给你。上次的那一记耳光，老师不该打你。今天，我正式向你道歉。"说着，我深深地鞠了一躬。

"千万不要这样，张老师。"他母亲赶忙上前制止。"啥呀，那事我知道，多大的事呀，老师打学生，那是在教育他，让他成才。这不，要不是你那一记耳光，他怎能对你有这么深的感情！"

顿时，我的眼睛湿润了，一种无以言表的心情，让我陷入了深深的沉思，他在轻轻地抽泣。

多么令人尊敬的家长，多么可爱的学生，你们如此宽容和大度，我知足了。

我走了，在他们母子的目送下，悄悄地离开了学校。

如今，我的孩子已长大成人，我也在漫漫的人生道路上奋力前行了整整34年。34年来，无论我走到哪里，我都能想起他，想起那记耳光。

正是那记耳光，让我改变了很多，让我在之后的人生道路上越走越远。

第二辑　魂牵梦绕

学校门前的那条路

那是我在农村教学时，学校门前的那条路。那是一条通往田间地头的泥土小路，是一条我不知走了多少遍的弯弯的小路。

读书时，我特别喜欢朗读，时不时会拿起一本书，对着一篇文章专心致志地朗读。尽管我的声音不是很好听，普通话说得不是很标准，动不动还会出现卡壳和停顿，但我是带着感情朗读。我因朗读而心情舒畅，因朗读而忘记烦恼，因朗读而不断提高自己。

我喜欢一人独处。即使独处的时间再长，也是快乐和兴奋的。独处，可以让我无拘无束、自由自在地朗读，朗读时，连时光似乎都是温暖的。

当我走进学校，开始教师这一职业的时候，我才知道普通话的重要性。尽管我的朗读在上第一节课的时候，已经被校长和同事们肯定，但个别字词的发音不准，尤其是前鼻音和后鼻音的混淆不清，大大影响了我的朗读效果。为此，我从头开始学习汉语拼音，以高标准、高要求进行朗读练习。

晚饭后学校门前的那条小路，便是我朗读的广阔天地。我不仅朗诵课文，也朗读曾经学过的优秀文章。刚开始时，我拿着课本朗读，边念边背，后来，越来越熟悉，便可以脱口背诵。我准确把握每个字词的发音，

仔细揣摩每句话的停顿以及语气、语调方面的起伏变化，反复练习，深刻领悟，直到把自己真正融入其中。

为了真正掌握朗读技巧，我还专门买了台收音机，每天晚上收听有关朗读的广播节目，反复模仿。然后，我就走出校园，走到门前那条弯弯的小路，带着感情，一遍遍朗读所学过的精彩文章。

当大地复苏，春风吹来时。吃过晚饭，我独自走在学校门前的小路上，看树木开始发芽，麦苗渐渐返青，听河水哗哗流淌，不由自主地想起朱自清的著名散文《春》，不由自主地对着空旷的田野朗读起来："一切都像刚睡醒的样子，欣欣然张开了眼，山朗润起来了，水涨起来了，太阳的脸红起来了。小草偷偷地从土里钻出来，嫩嫩的，绿绿的……"不知是现实的春把我带进了朱自清的《春》，还是朱自清的《春》引我走进了现实的春，我只知道在这样的春天里，朗读《春》，是再合适不过了，整个人都温暖了起来。

当麦苗拔节，麦浪翻滚，小路两旁的白杨树在风吹过时哗哗作响的时候，我独自走在学校门前的小路上，茅盾那篇著名的散文《白杨礼赞》就不由自主地浮现在脑海里，让我情不自禁地脱口而出，"绿的呢，是人类劳力战胜自然的成果，是麦田。和风吹送，翻起了一轮一轮的绿波，——这时你会真心佩服昔人所造的两个字'麦浪'……那就是白杨树，西北极普通的一种树，然而实在不是平凡的一种树……"我也会随着朗读，让目光在麦田和白杨树之间来回转换，仿佛这条小路上的麦田和白杨树，就是作者笔下的景色。这样的朗读，是一种精神的享受、灵魂的净化和情操的陶冶。伴随着这样的朗读，即使再长的小路我都不觉得远，再黑的天，我都不觉得孤独和寂寞。

当烈日炙烤大地的时候，傍晚的田野有些许微风吹拂，此时，我独自走在学校门前的小路上,老舍的那部长篇小说《骆驼祥子》里的精彩片段,也会把我引进朗读的世界:"六月十五日那天,天热得发了狂。太阳刚一出来,地上已像下了火。一些似云非云,似雾非雾的灰气低低地浮在空中,使人觉得憋气。……街上的柳树像病了似的,叶子挂着层灰土在枝上打着卷;枝条一动也懒得动,无精打采地低垂着。马路上一个水点也没有,干巴巴地发着些白光。便道上尘土飞起多高,与天上的灰气联接起来,结成一片恶毒的灰沙阵,烫着行人的脸……"这一句句精彩的描写,这样的朗读,即使天再热,也是一种美的享受。

　　当秋的肃杀之气一夜之间席卷大地的时候,独自走在学校门前的小路上,又会是一种什么样的感觉?此时,我会想起很多关于秋的优秀文章,也会一一富有情感地朗读,但我最喜欢的还是欧阳修的《秋声赋》。"盖夫秋之为状也:其色惨淡,烟霏云敛;其容清明,天高日晶;其气栗冽,砭人肌骨;其意萧条,山川寂寥。故其为声也,凄凄切切,呼号愤发。丰草绿缛而争茂,佳木葱茏而可悦;草拂之而色变,木遭之而叶脱。其所以摧败零落者,乃其一气之余烈……"整篇文章虽然是文言文,但朗读起来并不感到绕口,反而觉得朗朗上口,让人回味无穷。

　　当冬天雪花漫天飞舞,大地白雪皑皑的时候,独自走在学校门前的小路上,看着眼前白茫茫的世界,踩着没过脚腕的积雪,我心中想到的便是毛泽东那首著名的诗作《沁园春·雪》。"北国风光,千里冰封,万里雪飘。望长城内外,惟余莽莽;大河上下,顿失滔滔。山舞银蛇,原驰蜡象,欲与天公试比高……"在这样的冰天雪地里,朗诵着这豪迈霸气、雄浑激昂的诗句,我感觉自己的血液在沸腾。

　　我就这样在春夏秋冬里,在闲暇之余,独自走出校门,走在那条弯弯的泥土小路上,走进朗读的世界。

因坚持朗读，我的普通话越来越标准，朗读时也越来越富有感情。也背会了每篇课文，也对以前读过的优秀文章烂熟于心。

记得在给学生讲解《刘胡兰》这篇课文时，我富有感情的朗读，不仅吸引了全班同学的注意力，也让前来听课的同事们啧啧称赞，他们万万没有想到，短短的一年时间里，我的普通话说得如此标准，朗读水平提高得如此之快。

可他们哪里知道，这一年时间里，学校门前的那条弯弯小路，承载了我多少心血和汗水。朗读，已经成为我生活的一部分。即使后来我离开学校，离开我所热爱的教师岗位，但我依然保持着朗读的习惯。那是学校门前那条弯弯的小路留给我最珍贵的财富。

如今，34年过去了，我已记不清到底朗读了多少篇文章，每篇文章又朗读了多少遍。我可以一口气朗读两三个小时，可以把《三国演义》的精彩章节大段大段地背诵，可以把《红楼梦》的人物描写一字不落地背诵，可以背诵鲁迅、郭沫若、徐志摩、舒婷的文章和诗歌，可以背诵屈原、陶渊明、李白、杜甫等的诗词文章……朗读的时候，便是我最专注、最快乐的时候。

这辈子，我就这样朗读下去，不想停，也停不下。如果哪一天停止了朗读，可能是我内心空旷的开始。我不想空旷。由朗读陪着，我就会忘记烦恼，忘记疲劳，忘记寂寞，更多的时候是忘记自己。

但不管怎样，只要朗读，我就会想起学校门前的那条路，那条弯弯的泥土小路。

第二辑 魂牵梦绕

我的老师

　　他没有教过我一天学，也没有给我上过一天课，但他对我起着至关重要的作用。可以说没有他我人生的路不知会走向何处。

　　他和我同一个姓，同一个名，同一个村，同是血肉相连的张氏子孙。只是，他是我的长辈，年龄和我的父辈差不多。

　　也许是因为我俩姓名的巧合，他对我有一种特别的关注和怜爱，也许是冥冥之中的缘分，我注定会遇到他这么一位贵人。

　　20世纪80年代初，就在我高考落榜回家务农的时候，就在我整日闷闷不乐如一只迷途的羔羊不知方向的时候，当时担任校长的他找到了我家，聘请我为他所在学校的代课老师。就这样，我赶上了农村教育改革的第一波浪潮，离开本村到异地任教。

　　也许是感激，也许是崇拜，也许是敬畏，也许是三者都有。从踏进校门的第一天起，我感觉自己像一名新来的学生，不敢妄自尊大，不敢自以为是，对同事毕恭毕敬，对学生爱护有加，学习最基本的教学方法，遵守最起码的做人准则。为了让同学们不混淆视听，在他的建议下，我改了名字。为了尽快成为一名合格的教师，一有时间，我就去听他的语文课。为了让学校充满活力，我对着收音机，学习充满正能量的歌曲，然后

再一遍遍地教给学生。为了承担更多的教学任务，我主动要求排满每天的课……

在教改区的数学竞赛中，为了能争先夺优，我牺牲了所有的空余时间给学生辅导，直到大获全胜。在学校的教学观摩比赛中，为了赢得好评，我认真准备，精心备课，把自己关在办公室，一遍遍模拟讲课，一次次修改教案，勤学勤练普通话，直到观摩比赛获得肯定。他的表扬如阵阵春风，让我觉得自己的付出值得。

平日里，我也在观察、在学习。观察他的一举一动，学习他的一点一滴。他讲课时一板一眼，一字一句，条理清楚，思路清晰。他做事雷厉风行，干净利索。他处理事情时心思缜密、细致周到，令人敬佩。

他的字写得极好，不论是粉笔字、钢笔字还是毛笔字，都是工整的楷书。我常常学着写，一笔一画地写。我的好多本子写满了工工整整的字，虽写得不好，提高甚微，但总算有他的字的影子。更主要的是，通过学他写字，我的性子得到了磨炼，我办事不再那么慌张、毛糙，开始慢慢变的沉稳。

他为人谦和，没有一点校长的架子。不论和谁说话，都以微笑开头，以温和的态度问好，一字一句，有板有眼，就像摆放整齐的蔬菜，茄子是茄子，豇豆是豇豆。为此，我常常注意他说话的方式，也在心里默默地记着、学着，然后，在课堂上实践，在日常生活中运用。

他遇事不惊，处事不慌，有一种非常可贵的大将之风。有家长因学生打架的事找到学校，他主动热情地接待，动之以情，晓之以理，讲政策，讲道理，讲感情。有时他甚至登门拜访了解情况，从管理中找漏洞、找差距，在自己身上找不足。不但赢得了学生家长的谅解，也深受广大村民的好评。

他也有严厉的时候。我刚进学校时,什么都不懂,一切从头学,常常出差错,也常常受到他的严厉批评。有一次开会,我准备不足,发言语无伦次,结结巴巴,半天说不到点子上。他听后严厉批评了我,事后又耐心细致地给我讲道理,直到我心服口服。对此,我痛定思痛,吸取教训,杜绝了此类事情再次发生。还有一次,那是一个冬天的早操,我身披大衣跟着跑步,被他看见要被批评,我反应敏捷及时纠正,这才避免了一次公开批评。事后,我主动承认了错误,尽管他没有对我进行严厉的批评,但当时说的话我依然记得:"知道错就好。要当好一名教师。凡事多想想,什么该做,什么不该做,多想就会少出错或不出错。"这句话我铭刻在心,至今受益匪浅。

我本想着跟着他一直学下去,学他讲课写字,学他做人做事。没想到,很快,我便离开了学校,离开了他,开始了新的生活。

但是,在短暂的教学生涯中,我从他身上学到的那种谦和的处事态度,果断的工作作风,认真执着的敬业精神,一直影响着我。

如今他已退休,成了一个自由自在的人,可他并没有闲着,除了帮孩子看家和在地里干农活外,就是看书、写字,过着安逸舒适的晚年生活。村里有红白喜事时,他便主动前往,承担着最主要的执事任务。

上一次回家,时值酷暑,又恰逢村里办白事。他坐在桌前登记礼单,见我来了,赶忙热情起身和我握手。我却一时愣在那里,不知如何是好。要不是他微笑地提醒了我,我真不知道会失态到何种程度。直到我们的手紧紧地握在一起又松开,我的脸依然是通红通红的。

他确实老了,老得满头白发,老得满脸皱纹,老得让我失态,老得让我心疼。能不老吗,当年那个20岁出头的我都已经老了,何况是他。但他确实又没有老,那灿烂的笑容,那谦和的态度,那说话的口气,那走路

的神态，那办事的风格……依然还是当年的他。

怀着一种感恩和崇敬，我在心里默默地叫着："老师，你好！"

第二辑 魂牵梦绕

母亲最后的日子

一

在我的人生中有两位母亲，一位是生母，一位是舅母。我是15岁那年过继给我舅的。但不管是生母还是舅母，她们都是我生命中最重要、最至亲至爱的人。这里我要说的是我的舅母以及她最后的日子。

母亲是9年前的国庆节过后去世的，虽然已经过去了9年有余，但每当想起母亲最后的日子，我心里依然隐隐作痛。

从发现得病到住院治疗，到最后离我们而去，母亲经受了整整1年的病痛折磨。我们也陪母亲度过了漫长而艰难的1年。我们小心翼翼地过着每一天，等待母亲好转，等待奇迹出现。可是，任凭我们四处求医、祈求上苍、苦苦等待，结果依然是母亲的离去和我们的肝肠寸断。

那一年，母亲65岁。

二

我记得很清楚，那年国庆节刚过，父亲带着母亲来到城里，说是出来转转。这是我来省城工作后，母亲第二次来家里。看着宽敞明亮、装修一新的两室两厅两卫，母亲这里看看，那里摸摸，脸上露出欣慰的笑容。

谈话间，母亲说："最近老觉得吃饭不香，胃里饱饱的，一点都不觉得饿。"我这才发现母亲的脸色明显不好，人也比以前消瘦了许多，就急忙说："那就到医院看看吧，毕竟省城的医院好。"母亲说："没事，估计是积食了，回宝鸡再不好转就去你妹工作的医院看看。"想想也对，自父母搬进城里以后，但凡头疼感冒，都是去我妹所在的医院治疗。毕竟她是护士，既方便，又懂得医学知识。

就这样，病魔的触角已凶狠狠地伸向母亲。就在母亲回去后的第二天，妹妹打来电话说："咱妈病情不好，需要转院治疗。"我的心"咯噔"一下，脑海里瞬间一片空白。怎么可能？

我急忙拿起妹妹发给我的资料，以最快的速度来到医院请专家详细诊断。结果是一样的——胆管癌变，需要手术。

我第一次听到了这可怕的字眼是从一个权威专家的口中说出来的。我手脚冰凉，如死去一般。癌症，这个我听过无数次的病魔，总以为它距我们是那样的遥远，没想到，却突然降临到了母亲身上。这样的现实谁能接受，这样的打击谁能承受？我陷入了极其绝望的悲痛之中。

不知过了多长时间，我的情绪趋于稳定，以极其迫切的心情告诉妹妹："医院联系好了，尽快陪咱妈过来。"最后特意叮嘱一句："千万不要告诉妈实情。"

三

母亲是全然不知的。我们只告诉她，她得了胆囊结石，需要手术。

母亲是一个极精明的人，任何的蛛丝马迹，都很难逃过她的明察秋毫。但是这一次，她信了。因为胆囊结石表现出来的症状，就是胃胀厌食和隐隐作痛。母亲也知道，这是极普通的病，也是极简单的手术。因此，有说有笑，乐呵呵地拉着我孩子的手问长问短，乐呵呵地讲过去有趣的故事，乐呵呵地规划日后的生活。

可她哪里知道，手术前的那段时间，我们是多么煎熬和折磨呀。

医生一次又一次地找我们谈话，告诉我们病情非常严重，手术极不乐观，很有可能下不了手术台，要我们做好思想准备。当然，也可以选择保守治疗。因为，就是手术，作用也不大。听着这一句句如刀子般戳心的话，我们已经没有了眼泪，只有痛苦和焦急。那个时候，我们每个人的心里只有一个想法，手术再危险，也要闯一闯。只要有百分之一的希望，就要做百分之百的努力。

可是，任凭我们再努力，依然无济于事。就在母亲进入手术室的半个小时后，医生在喊话室里又一次找我们谈话，说是癌细胞已经扩散，无法进行手术。这接连不断的打击让我们彻底绝望了，只见妹妹的眼泪"唰"地流了下来，我的喉咙也像是被堵住了，憋得半天缓不过气来。最后我们只能听从医生的安排，做一次无法完成的手术。

当母亲从病床上醒来的时候，一家人都在她的身边，强装笑脸看着她，安慰她手术很成功，2周之后就可以出院。母亲又一次信了。因为就在同年的7月份，我也做了胆囊切除手术。

做完手术后，母亲的心里像卸了一块大石头。她积极配合治疗，安心养病。每每看到这些，我的心情就万分沉重。我已经不止一次看到父亲流泪，尤其在得知母亲病情后的那个晚上，他竟在家里大声哭了起来："你妈这辈子，受苦受累了这么多年，正是享福的时候，却得了这病……"这是我第一次看见父亲这么悲伤地哭泣。

岂止是父亲，我们做儿女的，又何尝不是悲泣流泪呢？

四

母亲出院了，回到了她所居住的城市宝鸡。12月的暖气烧得屋里很热，可我们的心里冰凉冰凉。我们整日陪在母亲身旁，陪她说话，给她做可口、有营养的饭菜，安慰她好好养病。母亲对早日康复充满了信心。她就像一个听话的孩子，按时吃药，按时吃饭，按时下床走路，按时坐在冬日的暖阳下呼吸新鲜空气。每每看到这些，我的眼睛就不由得发酸。母亲是多么想快点好起来，重新恢复气力，重新享受生活，重新为儿女再做点什么。

记忆中的母亲漂亮、能干。高高的个头，匀称的身材，乌黑的短发，配着合身得体的衣服，常常给人以精干利索的感觉，再加上她性格开朗，吃苦耐劳，在村子里有极好的人缘。父亲在外工作，常年很少回家，母亲里里外外承担着家庭的重担，既要忙着挣工分，又要忙着做家务。为了盖房子，她劳心劳力，既要合理分配劳力，又要精打细算合理支出费用。3间大瓦房施工的整个过程，她成了主管，忙前忙后，父亲倒成了给她打下手的。单就因这一件事，母亲成了村里的名人，只要一提起盖房，无人不夸赞她吃苦能干。

"大包干"（包干到户）刚开始那几年，土地包给了个人，母亲更加勤快了。有一年种玉米，别人家每窝留一株玉米苗，母亲偏留了两株。有人劝她不要这样，可能会不结玉米棒的。母亲没听，依然我行我素，干旱了就浇水，浇水时就施肥。结果，那一年我家的玉米长势最好，玉米棒结得最大。当金黄金黄的玉米棒堆满了整个庭院的时候，我们一家人激动得整夜不能入睡。多少年了，不论分什么，也不管按工分分，还是按人口分，我们家都是最少的。可是包干到户才一年多，就有这么多粮食，我们何曾见过这么多粮食。母亲的名声又一次在村子里传开了。

母亲的能干，不仅表现在吃苦耐劳上，也表现在头脑灵活上。20世纪80年代初，当村里人对做生意还处在懵懂的时候，母亲就在父亲的帮助下，从城里批发各种各样的紧俏商品拿回来走乡串户地卖。有时，她从早晨出门，到晚上10点多才回来，每天得走十几公里的路。为了省吃俭用，她宁肯带干粮或饿肚子，也舍不得花几毛钱买一碗热饭吃。

正是母亲的这种吃苦耐劳和精明能干，我家的日子过得一年比一年好，收入一年比一年多，在四邻八村都很少见到红砖大瓦房的年代，我家第一个盖起了二层小楼房。

如今，我们兄妹早已成家立业，父亲也早已退休，母亲正是安享晚年的时候，却偏偏被病魔击倒。这难以接受的现实，怎能不让人悲痛万分、心生绝望。

五

母亲的病，我们一直隐瞒着她，不但她本人不知道，就连亲戚朋友也不知道。我们依然在等待，等待奇迹的出现。

可是，随着时间一天天过去，母亲的病情非但没有好转，反而一天天加重，她的饭量越来越少，身体越来越消瘦，脸色越来越蜡黄。直到第二年9月底的一天，正在单位上班的我，突然接到父亲的电话："你妈已经走不成路了，只能躺着。"我的眼泪"唰"地流了下来，急忙请假回家。

母亲静静地躺在床上，还挂着吊瓶。见我走了进来，母亲说："你上你的班，回来干啥？""我不放心呀，回来看看。"我说这话的时候，差点流出了眼泪，但还是忍住了。父亲赶紧叫我到另一间房子，告诉我：

"自你妈躺下后，就觉得自己的病不好，逼着你妹问实情。你妹实在没办法，就告诉了你妈。"听了父亲的话，我沉默了很久。怪不得母亲的情绪异常低落，说话也没有了往日的轻松。

我又一次走过去坐在母亲身旁，想找出适合的话来安慰她，可还没等我开口，母亲就说："你们隐瞒了妈这么长时间，妈不怪你们。你们也尽心了，妈知足了。"她略微停顿了一下，继续说："只是，妈不甘心，妈还没有看到你们的孩子长大。没有看到他们成家立业。"说到这里，她把头扭向一边感慨道："天不增寿，天不留我呀。"我的眼泪再也控制不住了，断了线地往下流。母亲最后这句话，虽然声音很小，像是自语，又像是叹息，可我听着像刀子挖心一般难受。

母亲呀，我知道你舍不得离开我们，离开这个世界，我们一直期待奇迹的出现，期待了整整一年，我们白天盼，夜里盼，盼着你早日康复，盼着老天还我一个健康的母亲。可是，我们想尽了办法，流干了眼泪……如果哪里有妙手回春之人，我宁愿跑遍万水千山去找，请他挽救母亲的生命。如果哪里有灵丹妙药，我宁愿化作一片云，飘向整个宇宙，用真情感动上苍，求它赐药救救我可怜的母亲。可是，我不能，我不能呀。我只能在母亲最后的日子里，尽儿子最大的孝心。

坐在母亲床前，我一会用棉签给母亲润润嘴唇，一会儿将温好葡萄剥皮后喂给母亲吃，一会又给母亲喂些稀饭补充能量。那些日子，我天天陪在母亲身边。困了，躺在她身边睡一会，累了，在屋子里转几圈。我知道母亲的日子不多了，唯有寸步不离地陪着她，才能让我悲痛而无助的心得到安宁。

也许是母亲真的想开了，也许这是母亲最后的一种无奈选择。母亲开始交代后事了，她找出了一张最满意的照片作为遗像，提出了去世后要为她念经超度的要求，嘱咐了必报丧的几个老亲戚……

我含泪答应了母亲的所有要求，含泪向母亲做了最后的承诺："放心吧，妈，我一定给你办得风风光光。"母亲笑了，笑得那样满足，又是那样凄楚："再风光，妈也看不到了。"

两天后，母亲走了，永远地离开了我们。

那张面带微笑、眼睛闪耀着睿智和精干光芒的彩色遗像成了母亲丧葬仪式上最催人泪下的东西，也给全村父老乡亲留下了深刻的印象。

天堂里的母亲，你一定看到了吧！生前你所有的愿望，我们都一一实现了，那风风光光的葬礼，是我们对你最沉痛的悼念。即使时隔9年后的今天，那一幕，仿佛就在昨天。你勤劳善良的一生，将激励着我们不断努力，永远向前。

天堂里的妈妈，你在天堂可好？你的儿女想你了！

小妹夫

一

小妹夫其实已经不小了，今年47岁。他从小家境贫困，母亲又去世的早，便早早辍学回家帮衬父亲，日子过得艰难。和小妹结婚时，他家里几乎什么也没有，用家徒四壁来形容一点都不过分。可小妹不嫌弃，兴冲冲坐上花车，完成了她人生中的第一件大事。

小妹说就是看上他这个人了。小妹说得没错，小妹夫这个人看上去确实聪明伶俐，脑子灵活，办事果断，再加上他的绘画才艺，为日后的打拼打下了坚实的基础。

起先，我并不知道他家的情况，总以为都在农村花钱地方少，只要稍微出去干点活就能把日子过得滋滋润润。可谁知在小妹临产需要住院时，他们竟连200元也拿不出。我当时在外地工作，周末回家后才知道此事，心里便酸酸的，一句话也说不出。当我准备去医院看小妹时，妻子说："都出院回家了，一切平安。你就不用操心了。"

也许是穷则思变的缘故。安顿好满月后的小妹和孩子，妹夫竟然跑到了省城，干起了装修。

我真佩服他的胆识和魄力，别人干一件事起码要先跟着学学，他却直接跑到市场，承揽了一个装修活，再折回到市场，买了几样简单的工具，独自一人干了起来。

不知道他当时是啥想法，一个二十四五岁的小伙，在承揽活的时候有没有胆怯过，有没有想过如果给人家装修坏了怎么办？在人生地不熟的省城，脱不了身又该怎么办？可后来提及此事，他却笑笑说："我心里有把握，虽然没干过，但看过别人怎么干，难不倒我的。"

事实证明确实没有难倒他。他一个人既要背沙子，又要背水泥，既要铺地砖，又要贴瓷片。缺啥工具，他就跑到街上去买，哪一块不知道怎么干，他就跑到附近向别人学习。在整个房子的布局设计方面，他往往能根据主家的要求，做出符合房屋特点的设计图纸，又能根据图纸的样子，装修出让主家非常满意的风格。不能不佩服他的装修天赋。

二

有了第一次，就会有第二次，他的胆子也慢慢大了起来。他就像一个独行侠，在省城郊区的各个住宅小区穿梭来往。没有人知道他是一个房屋装修的初学者，只知道这小伙很能干，干活常常没日没夜，不浪费材料，不偷工减料，做工精细，为人实诚，把房子交给他装修，主家放心。更主要的是他为人豪爽、大气，从不在费用上斤斤计较。主家说，最近手头有点紧，能不能晚几天给，他也能爽快答应。装修中，主家遇喜事，他会毫不犹豫地买礼品表示祝贺。即使遇到难缠的主家，挑三拣四，他也会豪爽地少要一些。

慢慢地，找他装修的人多了，称他师傅的人也多了。为了不耽误工期，也为了对得起信任他的人，他增加了人马，扩大了生产。他跑回老家，招兵买马，把他家和我家闲着的亲戚，或有意想在外面干活的年轻人

召集起来，成立了一个装修队，开始了新的创业之旅。

他把所有的人按年龄、能力分成几组，流水作业。年轻有力的，干背砖、背水泥、铲墙的活。心细精干的，干贴瓷片、粉刷墙的活。会木工活的，负责包门窗、做家具。刚开始有些人并不服气，认为分的活太苦太累，想干有技术的轻松活，可没干两下就发现自己干得不行。还有些人认为你是弟我是哥，你怎么能管我？心里也不舒服，可没干几天，就发现小妹夫干活十分麻利，看了他设计的图纸后，更是既惊叹又佩服。

干活时，他从不以领导者自居，总是干技术难度高的活。柜子的造型、门框的包边、窗台的弧度、吊顶的花形、灯具的布局，他反复琢磨，周密筹划。他很少说话，一根铅笔夹在耳后，一把尺子拿在手中，一会弯腰弓背测量距离，一会盘腿坐地精雕细刻，一直精神饱满。

小妹夫事事亲力亲为，总是身先士卒，挑苦活、重活、难活干，他的威信很快树立了起来。他的装修事业如芝麻开花节节高。

三

2000年，工作了15年的我，终于有了一套单位分的住房，我第一个告诉他，想让他帮我尽快装修。那时尽管房子算下来不到4万块，可对我来说却是天文数字。缴过房款后，我没有余钱装修。我对他说："简单装吧，以后有钱了再说。"可他却说："放心吧，让你花最少的钱，**享受最时尚的装修。**"没有木料，我几个哥哥从老家拉来，人员不够，哥哥、弟弟、父亲和母亲全来帮忙。他更是拿出了看家本领，**精心设计桌子、柜子、窗台、门套，对客厅吊顶、厨房吊顶、卫生间吊顶以及阳台吊顶、过道吊顶，更是慎之又慎，反复琢磨，亲自裁料，亲自制作。**有好几次，几个哥哥都说难度太大，还是简单点好，我也劝他不要做得太复杂。可他总是笑着说："花不了几个钱，放心，在你的预算范围之内。"

就这样，用了整整一个月时间，我的房子装修好了。看着造型时尚、做工精细、空间充分利用、颜色搭配合理，简雅别致、温馨舒适的新房呈现在眼前时，我激动得差点流出了眼泪。

这是我在城里工作了15年后，第一次分的新房，是我的妹夫及家人共同为我装修的新房。从此，我告别了单身宿舍，告别了拥挤的租赁房。我有了属于自己的新房子。我成了一个真正的城里人。

由于被房子独特的装修风格吸引，很多同事前来参观欣赏，也让小妹夫的名气越来越大。一年后，大妹换了房子理所当然地来请他装修。紧接着，孩子她大姨的房子、她二舅的房子，陆续由小妹夫装修。这时的装修风格也随着时代的潮流不断改变，每一套装修好的房子，都给人一种眼前一亮的感觉。

为了把这种装修风格带到农村，他给家里盖了几间二层屋檐式楼房，全部采用城市的装修风格，一时在村里颇为流行。

恰在此时，新农村规划的蓝图纷纷出台，每家每户都有了新房，房内的结构也开始模仿城里房子的设计。小妹夫的装修风格非常受欢迎，成了大家的装修样板。我不敢说这种潮流是由他引领的，但最起码他是走在农村装修潮流最前面的那一个。

紧接着，我弟弟、大哥、二哥的房子都由他装修改造，到后来全村乃至四邻八村的人们，都对旧房进行了装修改造。短短的几年时间，村里人也像城里人一样，住上了漂亮的房子，过上了舒适的生活。

四

任何创业的道路都充满了艰辛和坎坷。小妹夫也不例外。

就在他的事业蒸蒸日上的时候,我的小外甥不幸身患重病,这对他无疑是一次致命的打击,也给我们家蒙上了一层极度悲伤的阴影。孩子才刚刚8岁,怎么会患上如此意想不到的重症——脑瘤?

那段时间,他已经没有心思再装修房子了,和妹妹全身心地给孩子看病。在他们心里,哪怕倾家荡产也要看好孩子的病。去北京的时候,我是陪着一块去的。一路上,我们和孩子有说有笑。孩子天真活泼、聪明伶俐、懂事听话,我们当时都想着去了北京的大医院,孩子一定能药到病除。可当我们来到北京,站在座无虚席的医院候诊大厅,才知道患同类病的人是那么多,多得简直不敢相信自己的眼睛。

我们好不容易找了位置坐下来,就见一位40多岁的中年男人坐在了我们身边,他小声问道:"你们给谁看病?"我说是给孩子。他又问:"也是这种病?"说着指了指脑袋。我说是。他长长地叹了口气说:"这么小的孩子,可惜了。"我问他给谁看病,他说:"我妻子。"说着指了指不远处站着的一位中年妇女,小声说:"我们是第二次来,我妻子眼睛都看不清了,说是瘤子又长大了,压迫着视觉神经。"我不由地把目光投向那位中年妇女,她确实很憔悴,一副病恹恹的样子。

他压低声音对小妹夫说:"你们还年轻,还是做好再生一个的准备吧,摊上这种病,算咱倒霉。"说完,悲叹着起身离开,走向了他的妻子。

中年人的话触动了小妹夫,只见他呆呆地坐在那里,半天不说一句话。我分明看到他的眼睛已经湿润,泪水浸满眼眶。妹妹和小外甥在一旁玩耍,没有听见刚才的话,要不然,她不知要伤心到何种程度。

好不容易见到医生,我们小心翼翼地将省城拍好的片子递给专家,等待着从专家嘴里说出的每一个字。尽管只有短短的一分多钟,可我们像度过了好几年,直到专家的一句"按治疗程序进行吧"才把我们拉回现实,绷紧的神经也一下子松弛了许多。

后来的几天治疗,尽管让孩子经受了一次常人无法忍受的痛苦,但毕竟迈过了一个坎。然而,病魔是无情的,一年后,小外甥又一次被病魔击倒,又一次去北京治疗。那一次我没有陪同,但我能想象得到医院的情景,想象得到小外甥经受的折磨,想象得到一个弱小生命接受治疗时的痛苦。我的泪水不止一次地为他而流,心不止一次地为他而痛。

当小外甥再次被病魔击倒的时候,他没有去北京,而是在省城医院度过了他最后的一段时光,走完了他短暂得不能再短暂的一生。

这期间,小妹夫没有完整地装修过一套房子,开办的装修板材超市也亏本倒闭了。

五

但他并不是一个容易被磨难和痛苦击倒的人,经过很长一段时间的调整,他又重新开始了他的装修事业。用他自己的话说:"我就是干这行的料,别的也干不来。"

他依然在原来的市区,依然带着原来的几个人,好像这里有他的根,有他割舍不断的情愫,他只能从这里起航。不同的是,这一次,有几个伙伴学成离开了。他们中有的回到县城办起了装修公司,有的开起了板材市场,其余的都继续跟着他干。对此,我曾问他:"为什么不注册个装修公司,正儿八经当一个老板,你又这么懂设计。"他说:"也想过这么干,可资本太大,我不想受约束。自己设计自己干活,自在又出活,挣钱也不少。"

小妹夫是一个不喜欢被条条框框约束的人,也是一个对自己要求很

高的人，他的装修设计非常独特新颖，每次装修都替主家考虑，尽可能地利用所有空间。这也是他的活源源不断的原因。有好几家装修公司聘请他专搞设计，他都以文化程度低婉言谢绝。

很快，找他干活的人一个接着一个。为了不耽误工期，好几家的活同时开工，他日夜在新房里加班。他没有固定的施工队，除了固定的几个人外，干哪一部分活，就聘请哪方面的人来干，以承包制的方式进行，既可保证质量，又能提高效率。

很快，他又有了可爱的儿子，这弥补了他和小妹心中的创伤，也让他重新扬起了生活的风帆。他几乎把全部心血倾注在家庭，倾注在儿子和小妹身上，即使干活再苦再累，心里也如喝了蜜似的甜。

很快，他在省城购买了一套他认为最满意的新房，亲自装修。平日里，小妹帮着打理家务，并帮他算账清账，他一心一意带人装修。他们以自己勤劳的双手，创造着属于他们的美好生活。

除此之外，他非常孝顺。我父亲一年中最少有两个月住在他那里。对此，他曾说过："孝敬老人，是做儿女的责任，老人是家里的宝，老人在，心就安，家事就兴旺。"

每年春节回家，他都要给村里70岁以上的老人每人一个红包，祝愿他们福如东海，寿比南山。他也曾说过："虽然我没有干多大的事，也没有多少钱，但这些老人都是看着我长大的，都曾给过我很多呵护，对他们孝敬一点，也是一种感恩。"

这就是我的小妹夫，一个普普通通的打工者，一个吃苦耐劳、敢打敢拼的生活强者，但同时，又是一个心怀感恩、懂得感恩的人。

如今，他依然干着装修的工作，依然早出晚归，依然满身灰尘，但他用双手装修起来的房子，却给许许多多的家庭带去了温暖。

第三辑 追梦前行

第三辑 追梦前行

家乡的赞歌

我的家乡是一个普通的村庄,是祖祖辈辈辛苦奋斗和传递香火的圣地,是充满梦想和希望的田园。

一

不知何年何月才有了我的家乡。

没有村史,没有家谱,也无从考察,只是口口相传,只知年代久远。

历史的车轮滚滚向前,中国人民在毛主席等老一辈无产阶级革命家的领导下,建立了中华人民共和国,从此,中国人民站了起来,人民当家做了主人,广大的劳苦大众有了自己的土地。

听,春雷已经炸响,寒冰解冻。

看,春风吹拂枝头,大地复苏。

我可爱的家乡正在迎来一个前所未有的春天。

二

不管是年老的长者,还是年幼的儿童、年富力强的小伙、花枝招展的姑娘,都有一个梦想:用辛勤的劳动发家致富,用自己的双手改变

命运。

"田家少闲月，五月人倍忙。夜来南风起，小麦覆陇黄。妇姑荷箪食，童稚携壶浆。相随饷田去，丁壮在南冈"的劳动场面，虽出现在白居易的那个年代，但改革开放后的家乡，又何尝不是如此。只是今天的父老乡亲，是为自己而劳动，欢欢喜喜地在劳动。

杨万里写的"田夫抛秧田妇接，小儿拔秧大儿插。笠是兜鍪蓑是甲，雨从头上湿到胛。唤渠朝餐歇半霎，低头折腰只不答。秧根未牢莳未匝，照管鹅儿与雏鸭"的劳动场景，不就是家乡今天的真实写照吗？

没有谁去组织和督促，就像小溪流出山涧，就像种子钻出泥土，顺其自然。洒多少汗水，就能换回多少甘甜。

三

当田野香飘四溢、硕果累累的时候，生我养我的家乡呈现出欣欣向荣的景象。

当家家户户的粮仓堆得如一座座小山的时候，我可亲可敬的父老乡亲脸上绽放的笑容多么灿烂。

他们不再为吃饭穿衣而发愁，不再担惊受怕。他们可以无拘无束地发挥才能，自由自主地支配时间，一心一意地发家致富。

我的家乡在铿锵的歌声里豪情满怀。

我的父老乡亲的梦想都插上了翅膀。

四

"为什么我的眼里常含泪水，因为我对这土地爱得深沉。"艾青的这句诗道出了我的父老乡亲的心声。

这是满含激动的泪水，也是满含感激的泪水。

我的家乡粮满仓、牲畜旺。我的家乡彩旗飞扬，歌声嘹亮，气象万千。我的父老乡亲走上了市场化的道路，不再局限一种模式的耕耘。于是，各种各样的瓜果蔬菜进入田间，各种各样的苗圃花卉兴建起来。于是，苹果基地、葡萄基地、猕猴桃基地、苗圃基地如雨后春笋在我的家乡扎根。

我的父老乡亲在解决温饱问题的同时，开始向发家致富的目标迈进。

市场就在田间，梦想就在田间，希望就在田间，目标就在田间。

因此，我对所有的人说，我的家乡很美。因此，我对家乡的父老乡亲说，我爱这里的一切。

五

免去农业税，不再交公粮。一条简简单单的消息，却如一声惊雷在中华大地的上空炸响。

种地交税，这是天经地义、理所当然的事，是几千年来不变的铁律。没想到今天，在农业日益兴旺、农村欣欣向荣、农民日益富裕的时候，国家给了农民这么好的政策。

然而还有更大的喜事，就是我的父老乡亲也和城里人一样，60岁以上就可领取政府发放的养老金。这样的好政策，三皇五帝时没有，夏商周时没有，秦汉时没有，大唐盛世时没有，康乾盛世时没有……唯有中国共产党执政下的今天，广大农民有了这样的好福利。

这是何等的壮举，又是何等的伟大。农民是何等的幸运，又是何等的幸福。

六

　　如今，我的家乡已完完全全变了模样，就像枯木逢了春。

　　一条条水泥路通到了各家各户，通到了田间地头。一块块苗圃在村民的精心抚育下茁壮成长，一座座红砖大瓦房排列两行，街道两边是绿化带，绿树葱茏，花草鲜嫩。

　　家家都有摩托车、电瓶车、三轮车、小型拖拉机，电视机、电脑、手机不算稀奇，电冰箱、洗衣机、微波炉、电饭锅一样不少。文化休闲广场上健身器材样样俱全。

　　在国家扶贫春风的吹拂下，孤寡老人或者失去劳动能力的人，在政府的帮扶下，盖起了大瓦房，干起了力所能及的工作，这真正实现了扶贫路上不掉队的目标。

　　村里成立了老年公寓，70岁以上的老人可在老年公寓凭票就餐，这解决了儿女在外打工，老人生活无规律的问题。

　　更可喜的是，村里每年都要评比"五好家庭""好媳妇"，这让尊老爱幼的传统美德在家乡蔚然成风。

　　我的家乡已经真正步入了现代化新农村的行列，正在朝着实现中华民族伟大复兴的中国梦奋勇前进。

七

　　站在村庄中的我，多想用手中的笔为它写诗，多想扯开嗓子为它歌唱，多想挥动一面彩旗为它呐喊。

　　啊，这里的一切都在慢慢变好，这里的一点一滴都在阳光下茁壮成长。这里的每一寸土地都在高唱时代的赞歌。

此时，我看到了好多美丽而不知名的鸟儿在天空中飞来飞去，我好像听到了它们在歌唱。

我看到父老乡亲在广阔的田野上，用勤劳的双手一步步实现美好的心愿。大地已经披上了七彩的新装，山野已经染上了绿色，村庄焕然一新，每个人的脸上绽放着笑容。

春日乡村散记

朋友，你到过春日的乡村吗？我的家乡位于关中平原，它南依太白山，北临渭河，土地肥沃，农业发达，人杰地灵。如果你想远离城市的喧嚣，走进春日的乡村，那就随我一起到我的家乡看看吧！

花海和田野

春日的家乡到处是绿草如茵、花海如潮的景象。无论是开车还是步行，只要你走进村庄，都会被这种散发着浓浓泥土芳香的景色所吸引，所有的喧嚣、烦恼、疲惫被远远地抛在脑后，迎接你的是一望无际的像覆盖着一层绿色地毯的大地，是一片片争奇斗艳的花海，是"碧玉妆成一树高，万条垂下绿丝绦"的春的装饰，是"两个黄鹂鸣翠柳，一行白鹭上青天"的春鸟鸣唱……这些，会立刻使你仿佛置身童话世界。

绿色大地中间的那一片姹紫嫣红，如点缀在绿色地毯上的精美图案，随着时间的推移，这图案又在不断变化。桃花败了，李子花开。杏花谢了，苹果花开，它们如接力赛一般，一个跟着一个，争奇斗艳。直至这精美的图案变成淡淡的如烟如梦般的白色花海的时候，大地才恢复了乡村的主色调，那是晚春初夏时节一片连着一片的猕猴桃花海。

在猕猴桃花还未盛开的时候，主宰春日乡村的就是眼前这桃花、杏花、李子花、苹果花了。它们在阳光下闪耀，于春风中婀娜。尤其是那如鹅毛般的李子花，堆叠在伞状的李子树上，花挨着花，一簇簇，一团团。花瓣白白的、嫩嫩的，一摸上去滑滑的，更像是淡雅的丝绸缎面。这时，只要你凑近一闻，一股清香便会扑鼻而来。你便如蜜蜂和蝴蝶一样，可尽情地在花海中徜徉。你也许会如宋代诗人李洪那样，对着这满园的李子花，情不自禁地吟出"三分春色今余几，开尽桃花见李花"。这无边的花海美不胜收，让人陶醉其中。

这时，只要你一低头，便会看到另一幅动人的画面。一棵棵李子树下面，在树与树之间，有各种各样的时令蔬菜。菠菜、芹菜、香菜、小白菜、蒜苗、大葱，应有尽有，既鲜嫩又诱人。你会一下子被吸引，情不自禁地弯腰抚摸它们，就像抚摸自己心爱的孩子。城里的菜市场是见不到这些蔬菜长在地里的模样，它们衬托着花海的艳丽，丰满着春日的大地，让你在抚摸中欣赏，在欣赏中惊叹。这些蔬菜不但长满了李子树间，就连那些桃树、杏树的间隙也同样不少，那大片大片的猕猴桃树下，也有青绿青绿的蔬菜，望不到边，看不到头。你也许会纳闷，家家果园里种这么多蔬菜，能吃得完吗？肯定吃不完。待到蔬菜成熟时，人们把它们割倒沤肥。你也许感到可惜，但在这远离城市的乡村，剩下的蔬菜只能回归大地的怀抱。不过只要你愿意，便可以任你采拿。

试想，在拥挤热闹的城里，哪里能比得上这春日乡村的无边繁华和美丽景象呢？

乡间小路

如果你稍加注意，便会发现通往乡村的大小路都已经不是坑洼不平

的泥土路了，取而代之的是宽阔平坦的水泥路。下雨天，即使你把车开到田间地头，也不会因为道路泥泞而脏了衣服，你可以很体面地在道路上走来走去，或观光游览，或欣赏雨中春景。

人常说，要致富，先修路。农村道路的这一巨大变化，彻底改变了村民的日常出行方式。几乎家家都有了农用三轮车、拖拉机、旋耕机。农忙时节，停在田间地头的不是过去的背篓和架子车，而是样式不同的机械农具。

道路改变了农民的生活，也让农民走上了富裕的道路。从任何一条道路走过去，你都会看到崭新的农村面貌。家家都是红砖瓦房或者二层楼房，家家都有很气派的红砖门楼和大红铁门，家家门前修了统一的小花园并栽有同一品种的树……

这里完全没有城里的喧嚣和嘈杂，没有城里的拥堵，没有城里的雾霾，没有城里的烦恼和疲惫。你可以尽情享受春日乡村的蓝天和白云。你可以悠闲地看村旁的小河流水，听树上鸟儿鸣唱，看猫儿狗儿追逐打架，听池塘青蛙的歌咏比赛。或者你走到街道两边的樱花树下，慢慢欣赏雪一样洁白的樱花。或拿出手机，以笔直的街道为背景，捕捉樱花绽放的瞬间，或以樱花和乡村为背景，给自己留下美丽的一瞬。看着这如诗如画的新农村美景，让人情不自禁地想起清代诗人高鼎的《村居》："草长莺飞二月天，拂堤杨柳醉春烟。儿童散学归来早，忙趁东风放纸鸢。"

好客的村民

从你踏进田间地头的那一刻起，你便会碰到三五成群的村民或在地里除草，或给果树松土，或采割蔬菜，但不管男人女人，是忙是闲，都会热情地和你搭话。问你来自哪里，让你坐下歇息，给你自我介绍，和你热情合影。他们没有一点虚情假意，更不会扭捏作态。他们直来直往，有说有笑。在你离开美丽的乡村时，他们会把鲜嫩的蔬菜采割来放到你的车里，和你分享他们亲手种植的无公害劳动成果。

　　如果你走进村里，不管从谁家门前经过，淳朴好客的村民都会热情地邀请你到家里坐坐，沏茶倒水，共话家常。如果正逢饭点，你会被热情地款待，虽然不是什么山珍海味、大鱼大肉，但是就是这些最家常的饭菜，能让你感受到一种淳朴的温暖。若是中午，他们会用特色的陕西臊子面招待你。若是傍晚，他们会用特色的蒸馍加苞谷糁、调菠菜、调蒜苗子招待你。你可以逗着院内的孩子，和他们捉迷藏，给他们讲故事，让他们唱儿歌。这些都是五六岁或七八岁的孩子，都是被爷爷奶奶带大的孩子。他们的爸妈在外地打工，他们在农村这块淳朴厚重的土地上长大，他们同样有着淳朴的天性。

　　当然，村里也有坚守在家的年轻人，虽然他们只是少数，却成了村里的主力军。你会不时地看到田间地头或村庄路上，在阳光的照耀下，走出一个年轻的姑娘或美丽的少妇，她们穿着时髦的服装，留着时髦的发型，扭动着婀娜的身姿，或在地里干活，或往来于大路小路，给本就如诗如画的春日乡村增添了无穷的魅力和色彩。每到晚饭后，穿戴漂亮的女人们聚在村头的文化广场，跳起了广场舞。那奔放的旋律和铿锵的节奏像燃烧的火焰，瞬间把春日乡村的夜晚照亮得如同白昼。

　　也许是空气中的花香味太浓郁了吧！也许是这一个个漂亮的跳舞者身上的香水味太诱人了吧！不管是老人还是孩子，年轻的小伙还是害羞的大姑娘，围在四周，边看边笑。他们有的在模仿，有的在点评，就连猫儿狗儿也不时地在人群中穿梭和撒欢儿。

　　朋友，春日乡村的美景何止这些，广阔的关中平原连绵八百里，不

论秦岭脚下、渭河两岸，不论原上原下，处处都是美景。我很难把它们一一说完，如果哪一天你想去，临行前一定要告诉我一声，我会陪同你再一次走进春日里的乡村，和你共同游览现代乡村那看不够的美景。

第三辑 追梦前行

西汤峪温泉

一

秦岭脚下有两处温泉，一处叫东汤峪，一处叫西汤峪。我的家乡就在距西汤峪不远的一个小村庄，对于西汤峪温泉，我们习惯叫它汤峪。

从我记事时起，汤峪就是方圆百里的人们经常光顾的场所，不为观光旅游，只为洗澡泡温泉。

那时候我们很小，也就七八岁的年龄，去汤峪不是跟着大人，就是学校组织的。尽管只有三四公里的路程，可我们觉得很远很远，要拐好几个弯，经过好几个村庄。

记得我第一次去汤峪就是学校统一组织的。母亲天不亮就给我烙好了锅盔，做好了早饭，准备好了一双新鞋和刚够买洗澡票的5分钱，并一再叮咛我不要乱跑，跟紧老师和同学们，去了后要听老师的话，不要在深水区玩。

我们在学校统一集合后列队出发。全校五六个班300多人，我们排着整齐的队伍，唱着嘹亮的歌曲，迈着矫健的步伐，沿着公路向汤峪走去。

那时候，我们对汤峪了解得不多，关于它的历史、它的文化，一概不知。我们就知道那里有温泉，那里的水是硫黄味的，在那里洗澡对身体

有好处。

那时候的汤峪和我们的学校差不多大小，简易又陈旧。四五间青砖大瓦房零星地散乱在三面环山的秦岭脚下，茂密的树木遮住了眼前的视线，三四根粗黑水管从山下直通到东面山坡上的密林里，水蒸气袅袅地从树林里冒出来，四周弥漫着浓浓的硫黄味。站在不大的院子里，我们就像站在一个半环拥着的露天屋子里，又阴又冷，即使晴空万里，此处也只能看到巴掌大的天空。唯一让人感到豁然开朗的是通往山外那处的拱形大门。

那时候的汤峪，一切设施都很简陋，管理也不是很规范，温泉水除了通往各个房间的澡堂子之外，也流淌在山前屋后的小水沟里。第一次去的时候我不知道，见大孩子们走进大院后，一个个争先恐后地往小水沟处跑，用那温热的、带有硫黄味的水洗眼睛，说是可以明目。我也就跟着跑去，学着他们的样子，把那温热的水往脸上和眼睛里撩。后来，我每次去汤峪，都要做同样的动作，但是否起到了明目的作用，我却一概不知。

那时候我们真不知道怎么去洗澡，花5分钱走进一个能容纳二三十人的澡池里，十分拥挤。你挨着我，我挨着你，一会儿捏着鼻子一头扎进水里，一会儿把冒着热气的水撩到伙伴的头上，稍微有点空隙，又学着青蛙一样游泳，好像洗澡就是这个样子。我们不知道搓澡，不知道拿块肥皂，有时连毛巾也不带，泡一泡，用别人的肥皂洗洗，或者拿别人的毛巾擦干身子，或者根本就不用肥皂、不用毛巾，坐在衣柜旁的凳子上晾干身子就直接穿衣服。

二

随着时间的推移，年龄的增长，我去汤峪的次数越来越多，对汤峪的了解也越来越多。有好几次寒假，我和父亲都是在汤峪度过的。那时，父亲和村里的叔叔伯伯们代表生产队在汤峪修缮房屋，我们几个孩子就在那里天天泡温泉、学游泳、打水仗。走出院子，路过一座石桥，桥下有几个石墩，街上有几间商店，我都记得清清楚楚。但对汤峪的历史、文化，我仍然一无所知，也从没有留意过。直到我上了高中，才从有关资料上得知汤峪的相关文化和源远流长的历史。

其实，早在周朝时期，就已经建起了汤峪，因地处龙凤、凤凰两山环抱之中，故名凤凰泉。隋文帝杨坚曾在此建凤泉宫作为避暑、洗浴之地。唐高宗、唐玄宗曾数次亲临汤峪。因而隋唐时期，汤峪温泉极为兴盛。

这里的温泉水温经常保持在60℃左右，水中含有钾、钠、镁、铁、钙、碘等多种微量元素，这里的温泉中硫酸钠含量较多，对治疗皮肤病、关节炎等有一定的作用。

更为神奇的是，相传太上老君李耳骑着牛过汤峪，曾在龙凤山上牧牛观景。后人便在山腰修建了老君洞，内有大青牛雕像。凡来汤峪沐浴者，必到此洞摸牛，头疼摸牛头，腰疼摸牛腰，腿疼摸牛腿，期望"牛神"除病祛邪、助人长寿。

直到这个时候，我才知道我们常常洗澡、玩耍的汤峪温泉，原来是处在古木葱郁、景色如画的龙凤、凤凰两山环抱之中。它除了叫凤凰泉外，还有更好听的凤泉宫和凤泉汤之名，这里是古代皇帝都来洗浴的"凤泉神泽"宝地。

三

忽然有一天，汤峪温泉"醒"了，同它一起"醒"来的还有环绕温

泉的龙凤、凤凰二山，以及不起眼的大街小巷和一片贫瘠荒芜的土地。

一时间，各种大小建筑机器开进了汤峪温泉，各种小摊布满了大街两旁，沉睡了几千年的太白山脚下响起了改革开放的隆隆炮声。

一时间，一个个高规格的温泉阁、温泉楼、温泉亭建起来了，有依山傍水的，有顺山而建的，有临空飞起的，有引到山外的。用的是同一眼温泉，做的却是规格不一的大文章。

一时间，一座座高楼拔地而起，一个个游乐场所纷纷登场，一条条道路宽阔又平坦，绿化带造型别致，景观树错落有致。树木代替了荒草，繁华代替了沉寂，富裕代替了贫穷。

一时间，"一河两岸"综合商业服务区、温泉主题公园、国际酒店会议区、休闲度假区、关中民俗体验展示区、山地运动休闲区、生态农业示范区、重点示范镇模块区共八大主题区相继建成。游客服务中心前的广场上，喷泉、芦苇、秋千等景观布置得恰到好处。真可谓"春夏登山观赏花，秋冬滑雪泡温泉"。

一时间，附近的村庄换了容颜，家家盖起了新楼房，户户办起了农家乐，人们足不出户，便可挣得钵满盆丰。外出打工的青年男女，也纷纷改变主意，抓住这难得的机遇。

一时间，汤峪温泉成了远近闻名的旅游胜地，天天游客不绝。除了泡温泉，人们还可以游览风光秀美的太白山森林公园，观看直冲云霄的音乐喷泉，欣赏如梦如幻的汤峪夜景。

本以为对汤峪非常熟悉的我，如今却迷失了方向。那几排简易的房子去哪了？那个流着温泉水、冒着热气，让我们争先恐后洗脸、洗眼睛的小水沟去哪了？那些一次容纳二三十人的大澡堂去哪了？

我在苦苦地寻找，如今却只能把它们放在记忆的深处。

我知道，今日的汤峪温泉，已经为家乡的文化繁荣和旅游事业的发展做出了突出贡献。它是一张亮丽的名片。它像一颗璀璨的明珠，把耀眼的光辉洒满万里神州。

这也许就是汤峪温泉本该有的样子吧！

清明拜谒张载祠

带着惊奇和欣喜,以及一颗虔诚的心,我来到了距家乡很近的张载祠。

一切都换了新颜。坐北向南的古色门楼,正对着人来车往的大街,在正午阳光的照射下熠熠生辉。乌黑的大门正中,一只大红灯笼高高挂起,大门上方的门楣,虽经油漆刷新,精心修缮,但依然可见风雨侵袭后的斑驳痕迹。门楼上方苍翠繁茂的古柏枝叶遮住了门楣正中悬挂的黑底牌匾,以及上面的"张载祠"三个金色的楷体大字。大门两侧有一副对联,上联是:三代可期井田夙报经时略,下联是:二铭如揭俎豆能往阐道功。大门右手是一块白底黑字牌匾,上书"横渠书院"四个大字。

我站在门前,看着崭新的门楼和进进出出的游人,一种敬仰之情油然而生。小时候不知来过多少次的张载祠,如今竟吸引了这么多人前来拜谒和游览。

拾级而上,跨过高高的黑色门槛,走进了一个以宋代风格为主、兼有明清特色的院落。院落大门两侧各有一个展室,中间有一条道直通献殿。展室中以图片、文字和文物的形式展示了张载关学思想的创立、发展和传承的过程,其中有康熙皇帝御赐匾额一块、木刻《横渠志·卷之六》

"第十八代裔衰祠"原版以及清代大印"横渠书院"等。旁边有几棵古柏,树龄接近千年,其中有一棵是当年张载在此办学时亲手栽种的,被称为"张横渠手植柏"。它高9.3米,2米高处分为双枝,一枝已经枯死并有折断的痕迹,另一枝枝叶稀疏,上面的枝杈已经枯萎,但是屈曲盘旋,造型颇为奇特,盘若蛟龙,树枝直指天空。它穿越古今,昭示着张载祠的厚重与深沉,它傲然屹立,见证着横渠书院的荣辱与兴衰。

献殿是张载祠的中心建筑,是典型的宋代风格建筑,立于约半米高的平台之上,琉璃瓦,飞檐斗拱,庄严肃穆。献殿左右对称,台阶两侧各一个三足双耳鼎,门前有一个石香炉,里面香火不断。门前黑色的柱子上题有历代名家对联:"道并二程关学无殊洛学,制法三代性功即是事功""道学振关中十六字渊源遥接,教泽留梓里千百年俎豆常馨""夜眠人静后,早起鸟啼先"等。斗拱下悬挂名家题字,如"中庸秘授""学达性天""学究天人""义校千秋""仰思俯读"等,其中"学达性天"为清康熙皇帝御赐牌匾。这些对联、牌匾从不同角度高度赞颂了张载及其创立的关学思想,表达了人们对横渠先生的无限敬仰之情。

献殿正中是张载塑像,其神情肃穆,端坐太师椅之上。塑像两侧的墙上是工笔绘画,线条优美,人物栩栩如生。

张载一生命运多舛,15岁时父亲病殁,张载与母亲及幼弟张戬扶父亲灵柩东归开封,行至眉县横渠镇迷狐岭时,适逢前路发生兵变,加之路资不足,遂葬父于此。为了便于祭扫父陵,张载从此寄居横渠,侍母教弟,耕读为生。张载18岁学领兵攻守之道,21岁远投时任陕西招讨副使并知延州(今延安)的范仲淹,后在范仲淹因势利导下,张载弃武从文,回到儒家学说上来。经过10多年的攻读,他终于悟出了儒、佛、道互补、互相联系的道理,逐渐建立起自己的学说体系。他38岁应考,与

苏轼、苏辙为同榜进士，受宰相文彦博的鼓励和支持，在开封相国寺设虎皮椅讲解《易经》，一时听者云集，声震遐迩。

后来，因王安石变法，张载拒绝参与新政，辞官回到横渠，依靠家中数百亩薄田生活，设馆讲学，苦读经书，"俯而读，仰而思。有得则识之，或半夜坐起，取烛以书……"在这期间，他写下了大量著作，对自己一生的学术成就进行了总结，后世称之为"关学"。可以说关学是由张载创立，并于宋元明清时期一直在陕西关中地区传衍的学派。

张载57岁时，秦凤路（今甘肃天水）守帅吕大防以"张载之学，善法圣人之遗意，其术略可措之以复古"为由，上奏神宗召张载回京任职。此时张载正患肺病，但他为了推行自己的政治理想和主张，便带病入京。然病情加重，加之反对自己礼法者甚多，孤独之下，他便辞官西归。次年三月，魂归故里，葬于横渠镇迷狐岭，享年58岁。

张载去世后，人们为了纪念这位关学宗师，将他讲学、读书的"崇寿院"改名为"横渠书院"。

张载的一生虽坎坷艰辛，但其志存高远，著书立言，创立关学，是北宋理学创立者之一，也是关学宗师。他"尊礼贵德"的提倡、"横渠四句"的理念、"天人合一"的思想影响深远，至今仍在发挥着积极作用。其中他提出的"为天地立心，为生民立命，为往圣继绝学，为万世开太平"，是对自己哲学使命的高度概括，被哲学家冯友兰概括为"横渠四句"，是关学的精髓所在。近年来，法国、德国、日本、韩国等许多国家的不少专家学者，不远万里前来张载祠拜谒，访真求学。关学思想凝聚着中华文化中不息的理想和信念，穿越千载，历久弥新。

献殿的东面是张载文化广场，广场正中矗立着一座青铜塑像，底座上书"大儒张载像"五个金光闪闪的大字，这是香港孔教学院前院长汤恩佳题写的。塑像前面放着许多张仿古小长方形桌子，桌子上摆放着笔墨纸砚，一群学生正端坐桌前，认真临摹关学名句。身后的横渠先生巍然屹立，峨冠博带，昂首挺胸，似乎在向这些学生讲授博大精深的关学思想。

漫步广场周边走廊，看着历朝历代文人墨客拜谒祠庙所题写文字的碑石，我对张载更是敬慕不已。这些碑石虽然大多遭到破坏，但是经过文物工作者的精心修复，基本恢复了原貌，字迹依然清晰可辨。我抚摸着这些碑石，似乎穿梭在历史的长河之中，依稀看见横渠先生端坐讲坛，神采奕奕，声如洪钟，讲解着他的"民胞物与""经世致用""躬行礼教"等唯物主义哲学理论。

聆听着工作人员讲解张载的生平事迹，我对着矗立在广场中央的张载塑像，深深地三鞠躬。

然后，我极力在各个通道寻找着，想找到儿时玩耍的那个院落，那几间古朴陈旧的房舍，以及横七竖八乱堆乱放的石碑和砖块，我甚至想找到当年的那几间教室。可是，任凭我怎样寻找，依然难见其踪影，一切都变得和当年不一样了。我眼前的每一条通道、每一间房舍、每一块石碑，甚至我脚下踩着的每一块青砖，都留有横渠先生研究关学所付出的心血和汗水，都显得那样肃穆和庄严、博大和厚重。

不知不觉中，我又来到张载祠大门口，一块巨石引起了我的注意。石上雕刻着一幅巨大的书法作品，龙飞凤舞，狂放不羁，气势磅礴。讲解员告诉我，这幅巨大的石刻书法作品是张载祠的一大人文景观。

这是一块天然石块，它高五六米，质地光滑细腻，黑白相间的石头纹理尽显岁月的沧桑。它被放置在一个汉白玉的基座上，静观人来车往，世间万象。它和古老沧桑的张载祠已经融为一体，相得益彰。巨石上"动非自外"四个字，笔力遒劲，气韵生动，除刚劲狂放之外，还能让人领略

到潇洒飘逸的风采。

走出张载祠，太阳已经微微偏西，阳光照在千年翠柏上，张载祠显得越发的肃穆庄严。这时，讲学堂里传出了学子们洪亮的朗读声："为天地立心，为生民立命，为往圣继绝学，为万世开太平。"这声音回荡在横渠书院，响彻朗朗晴空。

第三辑 追梦前行

水果之王——猕猴桃

记忆中，我的家乡以前并不种植猕猴桃，而是以种植苹果为主。直到20世纪90年代初，不知从哪里刮来的一股风，人们砍掉了苹果树，纷纷种起了猕猴桃。起先这并没有形成规模，只是些思想观念超前的人种植，等这些人种植猕猴桃卖了好价钱，提高了生活质量，人们才开始大规模种植。全村、全乡乃至全县都栽上了猕猴桃，其产量之高、收入之丰皆高出苹果好几倍。我的家乡很快便被定为"猕猴桃种植基地"。

至此，我的家乡也随着猕猴桃的大规模种植而出名，我的父老乡亲也因猕猴桃走上了发家致富的道路。

然而，种植猕猴桃不是一件容易的事，种植它所花费的心血要远远大于种植粮食和苹果。"果树要有好产量，光合作用要跟上。"这是种植猕猴桃的经验，也是人们的智慧结晶。要想让每一颗猕猴桃都能充分吸收阳光、雨露，长成饱满优质的佳品，就必须有一个优美的树形。因此，从幼苗栽下的那天起，人们就会在技术人员的指导下整理树形，使其顺着早已搭好的支架向左右延伸。

猕猴桃对生长环境要求严格，土壤肥沃、土层深厚、排水良好的地方建园种植最为合适，这也是我家乡关中地区适合种植猕猴桃的主要原

因。猕猴桃非常娇贵，不但要选好品种，选好授粉树，还要搭好棚架，合理施肥，精心培育。

品种多是猕猴桃的一大特点，原产于我国的就多达59种，但最适合我家乡种植的只有徐香、翠香和海沃德3种。

徐香是最早引进我家乡的一个品种。它果皮呈黄绿色，表面有一层薄薄的茸毛。它形状饱满，皮薄肉厚，早已为人们所接受。和徐香相比，翠香引进的晚了些，尝过的人都说翠香比徐香口感好，价格也比徐香高得多，而且成熟的也早。至于海沃德，成熟期一般在10月中旬，较之前两个品种晚了整整一个月，而且果肉呈深绿色，吃起来较酸，但产量高、耐储存。深冬时节，当徐香、翠香早已不复存在的时候，摆上餐桌的水果之王就是海沃德。

但不管是哪种猕猴桃，其营养价值是差不多的。猕猴桃有着丰富的营养成分，其富含的维生素C是柑橘、苹果等水果含量的几倍甚至几十倍。此外，还含有17种人体需要的氨基酸以及丰富的矿物质。正因为猕猴桃有如此丰富的营养成分，它被誉为"水果之王"。

人常说："樱桃好吃树难栽。"要我说，猕猴桃也是一样。就拿授粉来说，让我深深体会到了"猕猴桃好吃难伺候"的真正含义以及农民挣钱的不易。最近几年，五一假期我都回家，正好碰上家里给猕猴桃授粉。本来是想看看5月初的田园风光，却不想加入了给猕猴桃授粉的劳动行列。

那几日，是家里最忙的时候，不分男女老幼，都要给猕猴桃授粉，一般我们都是先采集花粉，再人工授粉。

猕猴桃为雌雄异株植物，虽然雌雄株都能产生花粉，但雌株的花粉通常是空瘪无力的，只有雄株才能产生有活力的花粉，所以雌雄株之间必须通过人工授粉才能结果。

为了更形象地为我介绍人工授粉，弟弟带我一起来到地里，对着花开正艳的猕猴桃园津津乐道地讲了起来。弟弟说："人工授粉最好在晴天，对当天开放的雌花柱头授粉，连续授三次，效果更好。一朵雌花至少有三个柱头授上花粉，才能显著提高果实产量。"说着他拿着装有雄花粉的塑料瓶说："这些雄花粉是用滑石粉稀释过的，目的是节约雄花粉的用量。"他又拿出一个小毛笔，打开瓶盖，小心地蘸了一点雄花粉，轻轻地涂在雌花的柱头上。他说："这就是人工授粉。"

这就是人工授粉？这满园数不清的雌花，如此耗时耗力地授粉，得多长时间呀？

"是呀，确实耗时耗力，而且时不我待，这就跟以前收麦时节龙口夺食一样，必须抢时间。"他边说边不停地蘸着花粉涂在花柱上，其动作之快、技术之娴熟，看得我目瞪口呆。我急忙拿起一支小毛笔，学着他的样子，也开始给花柱涂粉，可任凭我怎样用心，总像个丑小鸭一样，笨手笨脚，快不起来。我泄气地把目光投向周围的邻居们，只见他们一个个像一只只勤劳的小蜜蜂，专心致志，一丝不苟，手更像啄米的小鸡，一笔一个，准确无误，蘸完一棵树，又走向另一棵树，把全部精力和心血倾注在忙碌的劳动中。我敬佩他们的这种精神，同时又感叹一颗猕猴桃的成熟多么不容易。

看我有所沉思，弟弟又说："村里这几天几乎看不到一个人，大家天不亮就起床，早早吃完早饭，带上干粮和水，一直干到天快黑才回家。有时累得腰酸腿疼，头晕目眩，但为了秋季的收获和希望，为了让全家人的生活更美好，只能咬紧牙关，坚持下去。"

是的，弟弟说的没错，自改革开放以来，政府的富民政策确实让农

村的面貌发生了翻天覆地的变化，为农民的劳动致富提供了广阔的发展空间。粮食作物退出了田野，经济作物登上了舞台。我们村起先是种苹果树、李子树、桃树，现在种猕猴桃，并打造成为全国有名的种植基地，这无疑是一条探索出来的成功之路。弟弟说："由于这几年政府的大力支持和科学指导，猕猴桃的产量年年攀升，价位年年提升，名气一年比一年大，网上销售已成为主要的销售渠道。每家年收入都在10万元左右，这是过去种植任何农作物都无法想象的高收入。"

弟弟说得没错，看看每家每户的红砖大瓦房，看看每一条平坦干净的水泥路，看看停放在家家门口的拖拉机和汽车，看看村头村尾的休闲广场及各种各样的健身器材，看看男女老少的衣着打扮，听着回荡在村子上空的优美舞曲……今天的农民已经过上了幸福美满的生活。

走在夕阳晚照、香飘四野的田间小路，看着猕猴桃花海，我仿佛看到了一张张幸福的笑脸，正沉浸在丰收的喜悦之中，以饱满的精神状态奔向美好的明天。

第三辑 追梦前行

又到一年落叶飘的时候

一入冬，气温便迅速降了下来，除了感觉寒冷外，入目的就是这飞舞的落叶了。才一个晚上的工夫，地上就铺了一地软软的金黄色地毯。

踩着厚厚的一层落叶，看着清洁工忙碌着成堆成堆地清扫，不知怎的，我忽然想到了家乡的落叶。

我的家乡地处渭河南岸，树木遍布河渠两岸、村子周围、田间地头，而且枝繁叶茂，郁郁葱葱。远远望去，像一道天然的屏障，阻挡着风沙和暴雨，守护着村庄和田野，映衬了繁花似锦的春天，装点了阳光肆虐的盛夏，让硕果累累的金秋更加光芒四射，让日渐寒冷的冬天热闹非常。

家乡的树多为白杨树。房前屋后、道路两旁，甚至田间地头都栽满了白杨树。一来白杨树高大挺拔，树干笔直，容易成材，树干可以作为盖房子的木料；二来白杨树成活率极高，只要扦插，便可生根发芽。在盖房子全靠木料的年代，一棵高大挺拔的白杨树十分招人喜爱。因此，白杨树就成了人们首选的树种。

树多了，绿荫就多了，落叶也多了。每到深秋初冬之际，家乡就像一个金光闪闪的世界。树叶已经泛黄，开始随风飞舞，哗哗的声响是它们唱给秋的赞歌，它们以飞舞的身影笑对冬的寒冷，即使枯败飘落，也要把

最美的歌声和舞姿，献给大自然。

每到落叶飞舞的时候，我们这些八九岁的孩子，三五成群地站在树下，仰起头，张开双臂，看落叶从树上飞舞而下。砸在脸上，麻麻的，接在手心，痒痒的。那圆圆的、黄黄的，如小手掌般大小的叶子，飞舞起来的样子潇洒而自如，平稳而优美。

它落下的时候，并不干枯。肉肉的，柔柔的，若一只只金黄色的蝴蝶。一阵阵风起，落叶便一片片一层层飞起，不大一会工夫，就给大地铺了一层厚厚的被子。我们可以躺在厚厚的叶子上面打滚、嬉戏，或者静静地躺在上面，看树上的叶子翩翩飞舞，看夕阳的余晖把高大的白杨树照得金光闪闪。抬头是广袤高远的蔚蓝色天空，身下是家乡的土地，那种放松和踏实，那种温暖和心安，让我们沉醉其中。

在那个物资匮乏的年代，落叶也是一种珍贵的柴火。它可以让整个冬天温暖、安心。我们争先恐后地捡落叶，一把把，一搂搂，一抱抱地装进事先准备好的架子车。那一刻，我们是快乐的，仿佛捡的不是落叶，而是珍珠玛瑙。拉着的不是满满的柴火，而是满车的幸福。

之后的十几天里，我们每天放学后都要捡落叶。我们最喜欢蹲在夕阳温暖的余晖里捡这些落叶。夕阳的暖，落叶的绵柔，惹得人心花怒放。我们就这样捡着落叶，一直捡到夕阳西下，一直捡到满载而归。

渐渐地，树上的叶子稀疏了，树下的落叶也少了。但仅有的稀疏叶子依然在飞舞。我们依然忙碌地捡落叶，只是换了种方式，不再用手捡，而是用长长的、粗粗的削尖了的竹签。我们一手捏住竹签底端，一手捏住上端，对着每一片落叶，一一扎进去，让叶子与叶子排列，形成厚厚的"一本本书"，然后把它们抱在怀里，倒进车内。

天更冷了，树上的叶子基本落完了，只剩下光秃秃的枝干了。这些树这时候就像哨兵似的站成一行行、一排排，坚守在家乡的田间地头。而我们只能丢下架子车，提着竹篮子，在有着树木的地方寻找，哪怕是碎小的叶子，也要捡一遍。有时，为了等待树上的几片叶子飘落，我们会使劲摇晃树干，或捡起土块使劲掷去，直至那摇摇欲坠的叶子在外力的作用下，飘然落地。小孩子总是很执着，也许并不是非要捡那几片叶子，但等着、看着还捡不到的时候，那几片叶子便成了执念。

有了捡来的落叶，我们的冬天不再寒冷。当金黄的落叶经过一段时间的风吹日晒，成为一堆柔软干燥的柴火，我的心里别提多高兴。母亲用它来烧火做饭，父亲用它来生火燃炉，爷爷用它来烧炕取暖，这样，全家人可以过一个温暖的冬天。

是的，落叶给了我童年的乐趣，也让我看到了它的价值。它繁华了春，荫庇了夏，点缀了秋，温暖了冬。一棵棵幼小的树苗渐渐长大，树干粗壮，高大挺拔，即使遭受雷电风雨，酷暑暴晒，树叶也用绿的生机，守护整棵树最美的风姿。即使走到生命的尽头，风华不在，树叶也要把最美的舞姿献给大地，等待又一个轮回。

又到一年落叶飘的时候，此刻的我，思乡的情更浓，回乡的心更切。

留一树绿荫

老家的房子完全改造成了城里的风格。

拆除了前后院多余的旧房，正房完全按城里四室一厅一卫一厨的模式装修。风格新颖独特，布局紧凑合理，尤其是门楼，青砖黛瓦尽显古香古色，围墙也不失简雅大方。

然而，在砍院内几棵老树时，我们却出现了分歧，孩子说："既然要仿城里风格，就砍旧栽新，一边建个花园，一边建个场院，花园种草栽花，场院停车纳凉。"妻子也同意，施工者也认同，多数人都觉在理。只有我，想留下那棵碗口粗的核桃树。不管怎么样，它也算是这院里的"老人"，何况这树是母亲在时所栽，留下也是对母亲的一种思念。孩子却说："这树的树形不好，歪斜丑陋，和新装修好的房屋很不搭，要留，还不如留下无花果树。"其实在我心里，两棵树都是最爱，若真要舍一棵，也是无花果树。毕竟它靠正房太近，如此这般疯长下去，必会危及房墙。从实用价值看，核桃树也远胜于它。权衡利弊，我们最后留下了核桃树。

4个多月的施工，完全改变了庭院的面貌，若不是散发着泥土味的花园和矗立在花园中间的那棵核桃树，我真看不出这里还有老家庭院的模样。因此，我庆幸留下了这棵核桃树。在偌大一个现代风格的院落中，矗立和摇曳的核桃树，犹如一位德高望重的老人，积淀的不仅仅是满目沧桑，更多的是丰富的阅历。有它在，就有家的感觉，就有很多回味，心就能安定下来。

改造后，我回家的次数自然增多了，但细细想来，除了舒适的住处和优美的环境外，多半是因为这棵核桃树。每次回家，推门进院，首先映入眼帘的就是这棵核桃树。

初春，当微风吹来，暖阳高照，各种花草树木争相吐绿的时候，核桃树抖落一身的尘土，也泛出了淡淡的鹅黄。之后，新芽吐出，嫩嫩的，如初生的婴儿，极为可爱。不几日，一个个嫩小的花絮也从枝丫处生出，伴随着新芽一起成长。叶子越长越大，花絮越长越长，绿绿的，如小女孩的手，绒绒的，似小女孩头上的发辫。直到叶子都长了起来，密密地占据了所有空隙。一个个发辫垂吊在叶子与叶子中间，微风一吹，整个院子满是香气。如果说红花需要绿叶衬，那这发辫般的花絮，就是核桃树的"红花"了，只是这花不是红色的，也非一朵一朵、一瓣一瓣，而是绿茸茸的一个个花絮。但不管怎样，也算是一种绽放。要不然，怎么会吸引那么多蜜蜂飞来飞去，辛勤耕耘。之后，树上便挂满了绿豆般大的核桃，它享受着太阳的温暖和雨露的滋润，一点点长大。只可惜我不能天天守着它，亲眼见证它的成长。

等到第二次回家的时候，夏日正浓，核桃树如一把绿伞撑在院中，遮挡着炎炎烈日，留一树绿荫给我们。抬头仰望，那密密的叶子层层叠叠，没一处空隙，但仔细一瞧，一颗颗核桃隐藏其中，如调皮的孩子，若隐若现，布满枝头。虽比成熟的核桃略小一圈，但密密地紧挨着，让柔嫩细小的枝丫有一种不堪重负的感觉。我们就坐在这绿荫之下，看叶子的形状，数满树的果实，闻花草的香味，谈奇闻逸事。

听父亲说，这核桃树是专门从农科所买来的，栽植时才是指头粗的

幼苗，2年后嫁接了一种新品种，其核桃皮很薄，不用榔头和夹子，只手一捏，便皮碎仁出。4年后，核桃树已经有胳膊粗了，虽树身不高，树冠不大，但结了果实。等到成熟，我用手一捏，果然是皮碎仁出，果实味道也极好，油油的、脆脆的。从此，我们更加喜爱这棵核桃树了，精心呵护。不承想，就在它长到第6年的时候，一场大风将它沉重的树冠吹倾斜了，即使用绳子绑拉，用木棍支撑，它也没能恢复，就那样斜斜地向上生长，最后成了现在这般丑陋的造型。

我最喜秋天回家，那时候核桃树硕果累累，如果想了解乡村的秋，这核桃树就是最直接的缩影。

核桃树依然是密叶层叠，留一树绿荫给庭院，但和上一次看到的完全不同了。一根根枝丫，如一个个负重前行的父亲和母亲，被一个个长大成熟的孩子压得弯腰弓背，满身沧桑。有的树枝严重变形，有的几乎断裂，有的几乎挨地，那一片片叶子全部泛黄，有些飘落在地上，核桃树完全没有了往日的生机和活力。看到这些，不知怎的，我心里有一种酸酸的感觉，赶忙清扫树叶，挖土埋了，算是给它们找到了个归宿。

整个冬天我都很少回去，但冬至是必回的。一来给母亲上坟、送棉衣；二来给核桃树施肥。母亲去世的时候，核桃刚好熟了，树叶也刚刚落尽，只是核桃树没有现在这样粗壮和茂密。核桃树是母亲精心呵护着一点点长大的。因此我常常想，核桃树之于母亲，和母亲之于核桃树，都是有着至深的感情。要不然，何来这一年浓似一年的绿荫，一年丰于一年的硕果。这不正是对母亲的一种感恩和回报吗？给母亲上坟，是儿女对她的一种思念。给核桃树施肥，又何尝不是对母亲的一种思念呢？尽管深冬的核桃树光秃秃地战栗在寒风里，没有往日的婆娑姿态，也失去了诱人的果实，树身树冠的形状更加丑陋，弯曲变形的树枝仍未恢复，但它依然默默地坚守着，笑对寒冬，汲取营养，恢复气力，待到来年春暖花开，再还我们一个满树青翠和满院飘香。

　　这就是我家的核桃树，留给我们一树绿荫的核桃树，时时让我牵肠挂肚的核桃树。

怀念麦子

不知从何时起,回家已经看不见麦子了。整个田野被郁郁葱葱、密密麻麻的各种果树、苗圃所占据,没有一点空隙,也分不出垄沟和河堤。

麦子呢?那个陪伴了我整个少年时期的麦子去哪了?

这个问题,我曾问过好多个父老乡亲,答案是一致的:"现在没人种粮,既麻烦又不值钱,哪有果树和苗圃省事实惠。"

"也像城里人一样,买现成面粉?"我不解地问。

"是呀,很方便的,镇上好几处超市,我们打一个电话就会送到家。"乡亲说的时候满脸的幸福。

不知是该替他们高兴,还是可惜,一时竟说不上来,总觉得少了点什么,心里空落落的。

我的整个少年时期,可都是在麦子的陪伴下度过的。

麦子之于我,好似兄妹。从认识那天起,我们就"形影不离"。上学要经过麦地,放学也要经过麦地,有空了还要到麦地里去拔草、玩耍。麦子包围着我们的村庄,包围着我们的学堂,也包围着我们的少年时光。

从寒露播种的那一刻起,我们就跟在大人们的后面,看耕牛如何一趟一趟地把地犁完,看铁耙如何一遍一遍地把土块捣碎耙平,看种子如何在大人们的手心里均匀地被播撒下去,看耖耙如何一次一次地把种子覆盖。之后，便等着一场小雨滋润土里的种子，等着针尖似的麦芽慢慢地破土而出。麦芽起先是细细的、尖尖的、嫩嫩的，只露一点点头，不细看，总以为还没有发芽。可一不留神，一个晚上的工夫，麦芽儿齐齐地长出来了，分了枝，绿绿地铺了一地。之后，那分绿越发地浓了，青青翠翠，让人不由得想起了春天。这是家乡冬天里的春色。

一场大雪覆盖了满眼的绿色。瑞雪兆丰年，厚实的雪，暖着麦子，也暖着人的心。雪是麦子的被子，这预示着来年又是一个丰收之年。我们跟在持有猎枪的大人后面，顺着野兔、野鸡的脚印在雪地里到处找。若真找到了一只野兔或一只野鸡，随着一声枪响，奔跑的兔子应声倒地，起飞的野鸡直栽雪里，我们便拼命地跑去捡。虽然冰天雪地、寒风刺骨，可我们个个浑身冒着热气，非常兴奋。那时多雪，我们常常在雪地玩耍，看着落雪，仿佛看到雪白的馒头正从热气腾腾的麦田里长出来了。

春节过后不久，春风让厚厚的雪被消融。麦苗儿开始返青。看着麦苗铆足劲地生长，农人便高兴，我们也高兴得手舞足蹈。这时的麦子油光水亮，就像十五六岁的邻家女孩，被春风撩拨得容光焕发。我们一有空便钻进麦田，脱掉鞋子，光脚冲进麦浪里嬉戏打闹，有时仰躺在厚厚的麦苗上，看蓝天白云，看燕子低飞，有时兴奋得竟忘记了上课，忘记了回家吃饭。躺在这麦子返青的春光里，心里有一种温暖和归属感。

慢慢地，麦子开始拔节。我们便不能再进入麦地玩耍，否则，会伤了麦子，也会遭到大人们的呵斥。我们就站在地头，看麦浪翻滚，听麦子的拔节声，一种喜悦自心底而起。不几日，麦子便开始抽穗和扬花。麦秆上方的椭圆形鼓包，慢慢地由小到大，密密地肩并肩紧挨，随风摇摆。之后，猛地挣脱胞衣，露出身体，迎接阳光，笑对风雨。它身上的芒刺开始变粗变硬，每根刺的根部挂满花粉，淡淡的、黄黄的，芝麻般大小，微风

一吹,便可相互授粉。花粉脱落,胚胎形成,最终长成麦穗。之后,麦子泛黄,颗粒饱满,麦子如十月怀胎只等分娩。

这期间,农人之于麦子,如母亲之于孩子,百般呵护。天旱时浇水,有虫时打药,长草时除草,倒地时扶起,那种无微不至的关心,胜过抚养自己的孩子。

小满刚过,布谷鸟便来了。"算黄算割"地满天叫,昼夜不停。听老人说,关于这还有个故事。古时候,一个秀才为了赶考,不顾即将成熟的麦子,依然前往,等到大考归来,成熟的麦子早已落满田野,颗粒无收。一气之下,秀才吐血身亡,化作一只候鸟,每到麦子成熟收割之时,来回飞奔,昼夜鸣叫"算黄算割",提醒人们,不要等到麦子熟透了才割。为了感激这只候鸟,人们给它起了一个很好听的名字,叫布谷鸟。

布谷鸟鸣叫的时候,麦子已经熟了。那种黄与绿错综的美,让人感觉是这辈子永远都不能忘记的色彩。

6月到了,麦子熟了。整个6月没有谁能闲得下来。大人们割麦子,小孩就忙着跟在身后拾麦穗。那个时候,我年年是村里拾麦穗最多的孩子。想想那时的我们真是单纯,既没有工分,也不给奖励,可谁都不偷懒,拼命地拾,拾得手指流血,汗流浃背,就为了老师的一句表扬。

那时没有脱粒机,更无收割机,用的是清一色的镰刀。人们最喜6月的太阳,因为它是丰收时节的吉祥物。收割、打场、暴晒、归仓,每一个环节都不能没有阳光。即便热得要死要活,也会念着它的那一份好。地里、场上到处是人,拉麦的,摊场的,套着牲口碾麦的。早上摊场,下午碾场、翻场、收场。紧赶慢赶,日头已偏西,队长又赶紧喊着开始第二轮的摊场、碾场、翻场和收场。等到麦子收拾完毕,往往是夜里11点多了。人们拖着疲惫的身子,灰头垢面地走回家,在经过四五个小时的休息之后，又投入第二天的抢收之中。

这期间最怕雨，雨来了，就是真正的龙口夺食。男女老少一起跑出家门，跑向麦场，拿起工具，有的抢收成堆的麦粒，有的归拢碾轧的麦子，有的撂散了的麦捆，人人忙个不停。大家衣服被淋湿了，头发被吹散了，却没有一个人喊累。他们的心里，有一道命令在急切地催促：快，快，快。

这是雨的命令，雷电的命令，麦子的命令。

后来，我去城里工作了，就慢慢远离了这样的农家生活。但偶尔回家，还能看见麦子，夏收时节，也会帮着收割麦子，体验那欢天喜地的场面，仿佛心也踏实了许多。

可不知从什么时候起，整片整片的麦地成了果树和苗圃，没有了麦子。可是，每年6月，我都要站在自家的楼上，推开窗户，眺望家乡。那些日子，我总是想起父老乡亲，想起麦子，想起有麦香味的童年。一想起来，心里就欢喜得不行。

只是，家乡已没有了麦子，没有了可让我参加的麦收劳动，没有了可让我激动得热火朝天的场景。

我在想，如果一直这样下去，不要说城里的孩子，就是农村的孩子，大概也不知道麦子是什么样子，麦苗是什么样子，麦浪是什么样子，麦穗是什么样子，更体会不到麦子从播种到收割的艰辛吧。

我怀念麦子。

寂静的村庄

　　我每次回家都很少碰见熟人，更难看到三五成群的人在一起聊天。家家大门紧闭，户户门前无声，就连鸡鸭狗猫也不见了踪影，整个村子寂静得有点吓人。

　　前几天回家，依然如此。从村头到家里，要穿过一条"L"形的街道，路过十几户人家，我们没碰到一个人，直到开锁推门，才看见一辆三轮农用车停在路旁，一个精干消瘦的老人笑嘻嘻地坐在驾驶座位上问："积会你回来了？"我仔细一看，原来是本村的一位老大哥，我便赶紧迎上前，边递烟边问道："是劳娃哥呀，我刚回来。你这是要去哪里？""我到地里干点活。"说着，从车上下来，满身尘土。我急忙朝院子里喊了一声，已经进门的妻子又折了回来，一见是熟人，一边热情问好，一边把人请到院子里坐。

　　"不进去了，我还忙着，说几句话就走。"劳娃哥热情地推辞。我看着身旁的三轮车，既敬佩又惊讶，都快80岁的人了，还能自如地开着它跑前跑后，真的不敢想象。我接着刚才的话问："你都这岁数了，开着它能行？"他笑着说："没事，哥身体硬朗着呢！又不出远门。这次回来住几天呢，还是……""不住，回来看看，下午就走。"他叹了口气说:"也是,现在村里很冷清,待着也没意思,哪有城里热闹!"我接着问:"年轻人都出去打工了?""是呀,几乎全出去了,就剩下老人和孩子。"我更加疑惑:"那地里的活咋办?老人可干不动呀!""平时也没啥活,都是果树和苗圃,活忙时,叫孩子们回来集中干就行了。"说完,他灵活地坐上车。"你们回吧,哥还忙着呢。"说完便向着村外的方向驶去了。

看着他远去的背影,我的内心极不平静,关于他的诸多往事也不由自主地浮现在脑海里。

劳娃哥,大名张建业。从我记事时起,他就是生产队队长,有很强的组织能力,是种地务农的好手。每次派活,他都能根据工作量的多少和每个人的能力大小,结合实际将活合适地分配给每个人。每次开大会,他都能抓住重点,简明扼要地把上级精神传达到位,并一针见血地指明劳动中存在的问题,有针对性地提出补救措施。当遇到棘手的问题,他都能提出最切合实际的解决方案。比如分粮食、分柴火之类的事,到底是按人口分还是按总工分分,他提出的方法,总能得到大多数人的支持。每次遇到技术性极强的活,他总是挑头把关,亲力亲为。比如每年收麦时节的麦秸摞垛,他总是站在最主要的位置把握着麦秸垛的形状和高度,保证麦秸垛雨水浸不透,大风吹不倒。

实施家庭联产承包制后,他第一个承包了村里的土地,种上了西瓜,精心呵护,科学务养,最终获得了前所未有的大丰收,成为村里第一个发家致富的。

后来,他的孩子们一个个考上了大学,在城里参加了工作,他也轻松了好几年,组织村里有音乐特长的人,成立了秦腔自乐班,隔三差五在村里自娱自乐。只要谁想唱两句,都可以一展歌喉,吸引得男女老少都有了兴趣,从早到晚跟着学,有事没事唱两声。不为别的,就是图个热闹。

在我的记忆里，只要有他在的地方就非常热闹，有他在的地方，就充满了正能量。如今，和他同龄的人走的走，病的病，自乐班也因人员不齐唱不起来了。加上年轻人大都外出打工，村里就只剩下老人和一些上学的孩子。他只好把主要精力放在地里，老当益壮，还可发挥余热，既可创收，又锻炼了身体。尽管孩子们一再让他不要去地里干活，可他哪里能闲得住，依然乐呵呵地忙前忙后。

这就是我可亲可敬的农民大哥，只要不倒下，就不会闲着。即使年龄再大，他也像老黄牛一样，默默耕耘，直到生命的最后一刻。

收拾完屋子，看时间尚早，我和妻子便向村北走去。村里依然是家家大门紧闭，偶然碰到几个放学的孩子，也根本不认识我们，陌生地从身边经过。当年的村庄可不是这样，哪有大白天关门的。非但如此，村民们还常常笑话城里人一进屋就关门，邻居当了好几年，竟不知道人家是干什么的，真是有点不大相信，可事实就是如此。如今，农村也成了这样。但我总觉得，这会淡漠人与人之间的感情。想想当年，除了白天干活和晚上睡觉的时候，满街道都是人来人往，络绎不绝。人们三五成群地聚在一起，或说正事，或讲笑话，有时蹲在一起吃饭，你夹口我的菜，我尝口你的饭。夏天的夜晚，整个场院如同一个大家庭般的热闹，人们抱着各自的凉席，一起铺在场院，大半夜地乘凉聊天。有讲故事的，有问长问短的，有关心老人的，有请教问题的，没有遮遮掩掩的事，即使有点矛盾和别扭，也禁不住大家的开导和说和。就连那些怀中抱有孩子的妇女，也三三两两地坐在自家门前，摇着蒲扇，嬉笑说话，直到夜深人静，才起身回屋。

刚一出村，我就看见村东的菜园子已经成了叫不上名字的花卉和苗圃。虽然没有了当年的样子，但依然能辨得出哪一块种过黄瓜，哪一块种过西红柿。想当年，每到上午快做饭的时候，这里热闹得像集贸市场，人人提着篮子来这里买菜。我每次都跟在母亲后面，边走边搜寻着地里的黄瓜和西红柿，常常趁看管园子的老爷爷不注意，偷摘黄瓜或西红柿。虽然被母亲训斥过好几次，但心里依然想着，只要老爷爷没发现也算值了。可我哪里知道，每次偷来的战利品，母亲在结算时都加上了。我很纳闷，那么多人买菜，老爷爷那么忙，他不可能发现，一定是母亲要求算在账上的。为此，我私下里埋怨过母亲。

绕过当年的菜园子，顺着道路朝北走。从前的泥土路早已变成了水泥路，路旁的果树地里偶尔有人在干活。不用说，都是些像劳娃哥一样的老人，因隔得太远，看不清是谁，也就无法打招呼，我们只好继续朝前走。

从前的小石桥还在，依然是那个样子，只是小偃河没有水了，河床也被夷为了平地，几块光滑的大石头也不见了踪影。当年的小石桥，可是个非常热闹和充满浪漫情调的地方。男人们在河边挑水，女人们在河边洗衣，一个笑话逗得整个小石桥附近的人都羞红了脸。尤其是那些大姑娘、小伙子，有事没事就往小石桥边跑，不为干活洗衣，只图见面说话。就连我们这些小孩子也常常跑来凑热闹，把拔好的猪草在河里洗干净，晾在岸边。然后一个个跳到河里，摸鱼摸虾，嬉戏玩耍。一天不来，心里就痒得慌。可是现在呢，这里怎么变得如此冷清和荒凉。

我们不再往前走了，我怕越走越感到失望，越走越勾起我当年的回忆。

是的，农村的面貌的确发生了翻天覆地的变化，农民的日子过得一年比一年好，可是，打工潮的到来，让很多年轻人离开了村庄，让整个村子变得越来越寂静。

我不知道如此发展下去，村庄以后会是什么样子，这种寂静的情景会持续多久，但有一点我是坚信的，那就是随着农村政策的日益完善，农业现代化的飞速发展，在外打拼的年轻人一定会回来。他们会用勤劳的双手共建自己的美好家园。

离开村庄的时候，我依然没有碰到几个熟人，但我的眼前分明又浮现出很多熟人，他们正在迎接更加美好的明天。

第三辑 追梦前行

不打电话

按理说，不常回家的人，偶尔回去一次，应该事先打个电话，通报一声，好让家人有所准备。

可是，有好几年了，我不再打电话了，即使在手机方便到须臾不可离身的今天，也是如此。不为别的，只因父亲的那份牵挂，让我于心不忍。

父亲是一个地地道道的农民，也是一个技术精湛的木匠。为了把我们几个孩子抚养长大，他不知吃了多少苦，受了多少罪。在我的记忆里，父亲没日没夜地在忙碌，每天不是参加生产劳动，就是跟着一帮人外出干木匠活，不是忙前忙后给猪圈拉土垫土，就是忙着喂猪喂鸡，不是帮母亲烧火做饭，就是腾出手来给我们修鞋补袜。母亲常年有病，父亲便承担了全部的家庭重担。比如，在母亲的指导下，蒸馍成了父亲的专长，他蒸的馍既暄腾又好吃。在母亲的指导下，父亲学会了酿醋，从各种配方的运用，到发酵，再到成品醋，他不但掌握了全部技术，还成了指导别人的能手。在母亲的指导下，父亲学会了纺线，而且纺得粗细均匀。下雨天大家都聊天、打牌、睡大觉，只有父亲坐在纺车上专心致志地纺线。在母亲的指导下，父亲学会了做布鞋。只要一收工回家或吃完饭，父亲都会拿起鞋

底拉上几针。晚上，一家人都睡觉了，只有他依然在油灯底下，陪着母亲纳鞋底或做别的活……

正是父亲的这种没日没夜的里外操劳，让一家人的吃穿用度有了保障，让全家人的正常生活得以维持，尽管这种保障是那么捉襟见肘，维持得又是那么勉强和艰难，但总算让我们熬过了最困难的时期。

父亲不会打牌，不会喝酒，不爱看戏，不爱逛街，甚至连一句玩笑话都不会说。如果说木匠活是他的爱好和特长的话，那首先也是为了养家糊口。那时候，木匠可以外出干活，挣的是高工分，吃的是各家的饭。在粮食紧缺的年代，这是最给家里省粮的一门手艺，人人羡慕，个个想学。

然而，命运并没有因此而眷顾我的父亲，母亲的身体也并未因他的日夜操劳而有所好转。母亲的身体一天不如一天，隔三差五需要请医服药，有时什么活也干不了，只能静养。她49岁的那一年突然离开了我们。

从此，我们家里塌了天，我的父亲丢了魂，家里没有了生机，父亲拼命地劳作。他知道虽然两个哥哥都已成家立业，但还有弟弟和妹妹尚未成年，他们还需要他的呵护和抚养，需要他这根顶梁柱。庆幸的是，那时的农村，已经开始实行包产到户，父亲通过自己的辛勤劳动，多劳多得，慢慢摆脱了贫穷。

慢慢地，家里的处境改变了，日子越过越好了。

慢慢地，弟弟和妹妹长大了，成了家。

慢慢地，父亲老了，脸上的皱纹增多了。

但他依然不停地忙碌着，依然为了孩子们的小家操劳着，只要有活干的地方，就有父亲的身影。他就像一头默默耕耘的老黄牛，生命不息，奉献不止。

有时我想，像父亲这样的老人在农村还有很多很多，他们含辛茹苦地把孩子们抚养长大，到了真干不动需要休息的时候，又有哪一个能真的休息。还不是一如既往地辛勤劳作，直到生命的最后一刻。如果像我父亲这样，妻子早早离世，只剩他孤身一人和儿女生活了近40年，这又是多么不容易！

所以，每每想到这些，我就更加想我的父亲，心疼我的父亲，牵挂我的父亲，尽量抽更多的时间回家陪陪他。

每次回家，我都要事先打电话告诉父亲，让他知道儿子的心早已飞到了家里，飞到了他的身边。

当我们一家人，一次次坐车拐进通往村子的小路时，老远就看见父亲站在村口朝这边张望，急切的神情随着我们的出现而变得异常高兴，不是迎上来逗孩子几句，就是陪着我们默默地往回走。每到这个时候，一句话闪过脑海：有父亲真好。

然而，随着父亲年龄越来越大，他的身体越来越瘦小，这样的经历和幸福，包含了许多新的内容。其中就有我的不忍和愧疚。记得是前年的一次回家的经历，让我愧疚不已。由于中途有事，我们耽搁了时间，连累父亲来回不停地从家里走出大门，又从大门走出村口，再从村口走到大路上，整整一个上午，他就这么反复地进进出出，出出进进。要知道，那可是寒风凛冽的大冬天呀。当二哥带着埋怨的口气告诉我这些时，我真的很后悔。后悔给家里打了电话，如果不打电话，父亲又怎么会在大冬天里冻了一上午？

从此以后，我每次回家都不打电话了，我怕父亲的迎接和担心，更怕我的眼泪，在见到父亲时候，会止不住地流下来。

但涌动在我心里的幸福和温暖一点没减。

家乡也环保

近日，老家的人打电话来说要通天然气，问我怎么想。我当然高兴，满口答应，并在两天后的周末赶回家里。

由于在外工作，我不常回家，家乡面貌的日新月异，有时真让人目不暇接。今天环境改造，明天道路规划，每一次新的变化和举措，我都是受益者，也是积极的支持者和参与者。这不，眼下又要通天然气，多好的事，这是党的惠民政策在农村的又一体现，我肯定举双手赞成。

走进村子，映入眼帘的除了翻新的红砖大瓦房和家家门前的统一花园，以及干净平坦的水泥街道外，就是非常醒目的天然气管道。它就像一道亮丽的风景，横跨在街道两旁的上空，又像一个爱的使者，把待燃的激情送进千家万户，温暖每一个人的心。

我看到工作人员正在挨家挨户地安装管道，他们一会测量距离，一会登高打眼，一会裁截管道，一会精心安装。每个人的身上脸上都是土，他们都按照分工严格把关，尽量把管道走得科学合理，美观大方。

管道走到谁家，谁家就热情配合，不是沏茶倒水，就是递烟让座。登高时扶梯，测量时记录，安装时把关，试验时学习。村里的人就像对待一场重大的节日盛典，脸上洋溢着喜悦的微笑，认真地对待每一个环节，生怕哪里出现纰漏影响燃气的正常使用。

这次全村近百户人家，家家都要求接通天然气，即使像我这样常年不在家的住户，也不例外。正如他们说的那样，这不是装不装的问题，而是大局观念强不强的问题。也许在外的人一年用不了几次，但即使只用一次，也是对惠民政策的支持和参与。

在各种集体决策中，我历来表现得非常积极。安装路灯，我第一个缴费，铺设路面，我前往帮忙，集资唱戏，我积极捐款，打扫卫生，我主动交钱。这次接通天然气的费用，我也毫不犹豫交了。我总觉得，身为一个漂泊在外的游子，即使走得再远，即使在外面再风光，依然是家乡的一分子，树高千尺也不能忘了根。

听村干部说，现在农村也注意环保了。每家每户只能有一个烧柴火的土炕。每家每户除了红白喜事可以烧煤、烧柴火外，其余的必须向用电和用天然气过渡。每家每户的垃圾不能乱堆乱扔，还要分类装袋，放在门前，由保洁人员定时拉运……

真的不敢相信这才几年时间，家乡的面貌就发生了如此大的变化，且不说人们的生活水平在日益提高，单就环保观念的转变，也紧紧跟着城市的步伐，一点没落后。而这正是认真落实习近平总书记"环境就是民生，青山就是美丽，蓝天也是幸福，要像保护眼睛一样保护生态环境，像对待生命一样对待生态环境"重要指示精神的具体体现。

看到这些，我不由得想到了从前。那时候，村里没有一户人家的房子是用砖块砌成的，没有一条道路是用水泥铺就的，没有一个村子不显得脏乱差。每逢阴雨连绵的秋季，不是房屋漏雨，就是土墙倒塌，人们不是用盆罐接雨，就是用木棍支墙。一条通往村尾的道路，在行人和车子的踩轧下，变成了黄泥水渠，往往是道路未干，另一场雨又来了，整个秋天里

道路都是泥泞不堪。村容村貌就更是不忍提起，家家前院鸡飞狗跳，猫鸭共舞，后院猪叫羊咩，噪声一团。到了夏天，成群结队的苍蝇打不走、赶不散，嗡嗡声不绝，让人心烦意乱。再看院前街道，粪土成堆，柴火成垛，路边脏水流淌，多处积水成潭，虽流向村外涝池，却仍是不忍直视。绿汪汪的水里长满了各种各样的水草，在水草与水草之间，漂浮着死狗烂猫，有时竟会有滚圆滚圆的死猪漂浮在水面上，行人都不敢接近。而涝池的四周，更是脏乱不堪。尽管村干部多次强调不要乱倒垃圾，可人们当面答应，背后照旧。

然而，随着时间的推移，改革开放的政策在农村不断深入，不知不觉中，乡村面貌也跟着发生了变化。

先是"包产到户"的做法让人们的劳动激情异常高涨，粮食产量也实现了增长，在短短的一两年内，不但解决了温饱问题，也改善了人们的经济状况。人们在过得去的同时，开始琢磨怎么样才能过得好。

与此同时，市场经济的观念也逐渐在人们的头脑里生根发芽，种植经济作物成了大家的首选。

一夜之间，人们转变了观念，粮食从地里消失了，取而代之的是各种经济植物的种植。起先人们只种部分，担心没有了粮食会闹饥荒。可后来，镇上的粮油店增加了，家家服务热情，送货上门，随叫随到，再加上政府不但鼓励农民多种经济作物，而且还有额外补助，这更调动了大家的积极性。

随着富民政策的不断完善，农民的生活如芝麻开花节节高。农业税的取消，结束了几千年来种地纳粮的历史。退休金的实施，让农民的晚年生活有了保障，真正实现了老有所依、老有所养。医疗保险制度的实施，让农民不再为看病难而发愁，这彻底解决了农民看病难的问题。妇女体检制度的实施，让农村妇女真正体会到了作为女人的幸福感和自豪感，既防病治病，又心里安宁。村村通政策的实施，让通往田间地头的道路成了水泥路。自来水管的接通，让农民吃上了干净方便的自来水，再也不用为打井挑水而犯愁……

如今，一些没有劳动能力的家庭在政府的帮助下盖起了砖瓦房。一些特困户在政府的帮助下，生活得到了很大改善。环境保护工作更取得了显著效果。过去的垃圾乱堆现象没有了，过去的脏乱差没有了，取而代之的是整齐的围墙和花花草草。眼下天然气管道的安装，不但让农民享受到了现代化的城市生活，更从根本上解决了环境污染问题。

我为今天的家乡感到自豪，为是家乡的一员感到幸福。

快　递

在网络技术飞速发展的今天，各种线上购物平台已经成为人们生活中不可缺少的一部分，而各种快递公司，方便了人们进行网上购物。人们可以足不出户在手机上购买自己所需要的任何物品，然后通过快递送达家中。

也许是我孤陋寡闻的缘故吧，我总认为这些现代化的购物方式，只在城镇盛行。有一次回家，我偶然发现，这股盛行之风，不但吹遍了大小村庄，就连最偏远的山区，也回荡着快递带给人们的欢声笑语。

现在每一个镇上都有好几家快递公司，有圆通、中通、顺丰等，每隔几个村子就设一个快递点。人们网购自己喜欢的物品，比如锅碗瓢盆、床上用品、外地特产、衣帽鞋袜等，村里的大姑娘小媳妇都学会了网购，三天两头收快递。你买一件毛衣，我购一条裤子，你穿着让我欣赏，我拿着给你鉴定。整个村子沉浸在现代化网购气氛之中。

每到金秋十月，家乡就是一片丰收的海洋，猕猴桃、李子、苹果摆得满街满院。年轻人纷纷回来，他们拿着手机，或以挂满果子的果树为背景，或以装满果子的果箱为背景，或手拿香甜可口的果子，以各种各样的表情，定格成生动的广告，然后发到朋友圈，吸引更多朋友来网购。起先，我怀疑这种办法在农村的可行性，可谁知没过几天，朋友圈的订单一个接一个，购买者都事先用手机付了款，并催促尽快发货。我才知道这种看不见的广告效应是不可估量的，它通过网上朋友的相互转发，形成了十传百、百传千、千传万的递增效应。与此同时，各家快递公司也服务到村，一辆接一辆的快递三轮车穿梭来往，将一箱箱包装精美的水果安全便利地送往全国各地。不出半月，几乎家家的水果都通过这种方式销售一空，即便个别家庭没有售完，也会有找上门来的商贩进行收购，只是价格没有网上的高，更没有网上销售具有影响力。

看到这些，我真有一种说不出来的激动，难怪家乡周边各个村子都种上了猕猴桃等经济作物，也难怪我的家乡眉县被誉为"全国猕猴桃种植基地"，原来是因为有着如此快捷便利的销售渠道。

想想当年，不要说网上销售，就是正常的叫卖，也很难把地里的特产顺当地卖出去，不是价钱过低，就是无人问津。人们怨交通不便，眼红城镇附近的居民种菜也能卖钱，哀叹白白浪费了大好机会。

可是后来，随着村村通政策的实施，再偏远的乡村也通了水泥路，安装了互联网，这一下子缩短了乡村与城镇的差距，让信息通过网络传递到千家万户。人们慢慢转变了观念，找到了发家致富的路子。村民开始时栽一亩果树，育半亩苗圃，销售渠道畅通后，尤其是经过农业技术部门的实际考察，发现家乡的土壤适合种植猕猴桃后，更激发了大家发家致富的积极性。不到三年，村里的土地全部种上了猕猴桃，育上了苗圃，再加上网络和手机微信平台等的运用，让销售渠道如虎添翼，人们的收入年年递增，日子越过越红火，人们在奔向发家致富的小康路上的劲头越来越足。

但并非任何事情都是一帆风顺的，就像当年小商小贩走乡串户收购一些洋芋、洋葱、苹果和李子一样，常常遭到村里个别人的刁难，不是嫌

收购价格太低，就是指责人家要求太严格，大有不收购我的就别想出村的霸王习气，致使小商小贩不敢再来。每次收购，他们宁肯跑远一点的路，到最偏远的山区，也不愿来我们这里了。渐渐地，家乡附近的好几个村子都没有小商小贩了，出产的各种经济作物也没了销售渠道，人们只好拉着架子车或租辆拖拉机，走乡串户，到处叫卖。

因此，当网上销售的势头迅猛地席卷乡村的时候，人们在吸取教训的同时，第一个想到的就是诚信。诚信网售、诚信洽谈、诚信包装、热情地对待每一个前来拉货的快递小哥。好在现在的村民已经接受了多年市场经济的洗礼，思想观念转变了很多，那种靠恐吓强加于人的销售办法早已成为过去。这一不小的变化，不仅来自科学技术的进步，更重要的是来自时代的发展。

试想，在网上销售，如果你的货物质量没有保证，最多欺骗的只是少数人。当大部分客户发现你的问题以后，将不会再网购你的东西，你的信誉度会迅速降为零，快递公司也不再和你合作，你的损失将远远超过一两件商品带给你的收益。

也正是出于这方面的担心，家里的哥哥、弟弟、侄子多次让我在朋友圈转发猕猴桃信息的时候，我始终有一种顾虑，担心质量没有保证，价位高于市场，以及有强加于人之嫌。因为，朋友圈里都是我的朋友，如果出现诚信上的问题，没面子不说，我也会失去朋友，那就真的得不偿失了。

然而，当我硬着头皮把这些消息转发到朋友圈的时候，还真有朋友打来电话咨询情况，并纷纷要求快递发货。激动之余，我千叮咛万嘱咐家人，一定要保证质量和分量。

几天后，朋友们纷纷打来电话，说是水果收到了，真的很新鲜，也比市场价便宜很多。我这才长长地舒了一口气，一颗悬着的心落了下来。

事后，家人告诉我，现在农村人的观念彻底转变了，把诚信看得和生命一样重要。在对外发货的时候，家家把关都很严格，货物质量上等，分量足够，包装精美，态度热情。听他们这么一说，我打心眼里感到高兴。在我们铁路上有这么一句服务行话：铁路是我们的饭碗，旅客是我们的上帝，对上帝必须服务周到、态度诚恳、充满热情。现在，家乡的这种现象可以看出他们真正把客户当成了上帝，即使这些上帝是看不见的，他们也依然热情、周到、诚恳地服务。

如今，当你走进农村的任何一个村子，会不时看到快递小哥开着三轮车，来往穿梭于村子与村子之间，他们把各种货物及时准确地送给客户，又从货主家把需要快递的货物拉走，天天如此，从不间断。

快递，改变着农村人的生活，记录着农村的巨变。快递，新时代农村一道亮丽的风景。

板　胡

　　在秦腔中，板胡是最主要的伴奏乐器之一。一台戏的伴奏可以没有鼓瑟笙箫、笛号唢呐，但绝不能没有板胡。

　　板胡之于秦腔，犹如演员之于舞台，不可或缺。

　　而拉板胡的人常常被人关注，人们亲切地称之为"头把弦"。

　　一台精彩的秦腔戏，除了演员的精湛技艺外，最受关注的就是"头把弦"的表演了。我的父亲和叔父就是村里远近闻名的"头把弦"。虽然他们不是正规剧团的伴奏者，也没有经过专业的学习和严格的训练，但他们对板胡的热爱、对板胡技艺的熟练程度，绝不亚于专业剧团的板胡伴奏者。父亲和叔父从年轻时就喜爱板胡。在方圆百里的农村，有着同一爱好的兄弟俩着实不多见。

　　父亲较之于叔父，除了文化程度相差甚远外，在乐曲的熟练程度上也相差很大。只有小学二年级水平的父亲，对五线谱一窍不通，但这并不影响他对板胡的热爱，敏锐的音乐细胞和刻苦的学习，让父亲在不长的时间内就掌握了板胡伴奏技巧。

　　曾记得，在没有电视机的年代，父亲只能对着收音机里播放的秦腔片段一遍遍练习板胡的伴奏技巧，一次次琢磨尖细清脆的板胡声。今天学不会，明天再学，一个曲子学完了，又学另一个曲子，天天如此，月月如此，年年如此。很多次，为了学习，他忘记了吃饭，有时为了熟练掌握一个指法，他反复练习到深夜。

曾记得，在没有电视机的年代，父亲只能购买录音机，白天夜晚都播放，声音大得如唱戏一般，招引得秦腔爱好者一个个走进家来，听他反复播放一段唱腔，反复练习一段伴奏，运用自如，可与剧情同悲喜，与唱腔共鸣。

曾记得，在电视机普及的年代，父亲又跟着秦腔节目，一遍遍练习，一次次伴奏。不管什么时间，只要电视上有秦腔戏播放，他都要伴奏，其契合程度，足以以假乱真。引得人们在观看电视节目的同时，也陶醉在父亲精湛的板胡伴奏之中。

曾记得，村子的每一次唱戏，坐在一侧伴奏的，准有父亲和叔父，他们是地地道道的戏曲爱好者，也是技术娴熟的业余伴奏者，戏唱几天，他们就伴奏几天，不知辛劳疲倦。

人们从我家门前经过，总能听到父亲伴着唱腔拉板胡的声音。村子里的自乐班演唱，总能看见父亲和叔父坐在最显眼的位置，承担着最主要的板胡和二胡伴奏。多少次，我看见父亲和叔父视板胡如生命，精心呵护，百般保养，定期就更换弓弦，常常擦拭板面。即使外出伴奏，也要把它们装进盒中，轻拿轻放。只要哪里有好的板胡、好的马尾、好的弓弦，父亲和叔父总要跑去看看，鉴赏评价，并高价购买。

也正因为如此，退休前的父亲和叔父对板胡伴奏的熟练程度已经达到了令人仰慕的水平。虽然父亲不像叔父那样有着很丰富的板胡理论知识，但父亲凭借他几十年如一日的刻苦学习和反复实践，也总结了一套独特的板胡伴奏经验，他在和叔父说起板胡的伴奏技巧时也是头头是道。比

如，板胡在秦腔的伴奏中起着领头羊的作用，所有伴奏乐器都要听从板胡的指挥。比如，板胡的伴奏和演员有着密切的关系，必须和演员配合默契，起到烘托演员情感的作用。比如，板胡的伴奏方法丰富多样，慢、快、连、抖、顿、掘、抽等不同弓法和技巧的运用，直接起着烘托剧情、渲染气氛、塑造人物形象的作用，给听众一种"声在戏中，音在情里"的美感享受。比如，在秦腔乐器伴奏中，板胡不仅能体现出满怀激烈、高亢悲壮的气氛，也能营造出热烈奔放、欢乐喜庆的气氛。比如，优秀的板胡师与某个演员合作久了，会根据环境的突然改变、演员身体状况的变化，随机应变，调整伴奏方法，以达到意想不到的效果……虽然这些经验，我一窍不通，但从叔父对父亲的肯定中，我真切地感受到"苦练才能生巧"的真正含义。

后来，父亲和叔父退休了，也自由了，但又似乎更忙了，日程安排得更满了。他们几乎把所有时间都用在了秦腔乐曲的伴奏上，在各自的小圈子里，承担着"头把弦"的作用。他们的伴奏，不分春夏秋冬，不管白天黑夜，只需一个约定，便会场场不落。他们就像一抹燃烧的晚霞，把"桑榆未晚"的含义诠释得恰到好处。

如今，父亲和叔父都已是70多岁的人了，但他们对秦腔伴奏的热爱一直没减。我曾无数次担心身患糖尿病、心脏病、高血压的父亲会因不间断地伴奏而累坏了身子，我也曾无数次提醒父亲要适可而止，劳逸结合，不要把伴奏当成事业去干。可是，十几年过去了，这种担心和提醒好像是多余的，他依然和我的叔父不间断地来回奔忙，天天活跃在各自喜爱的秦腔伴奏中，并未因为身体劳累而倒下，反而越跑越精神，越跑心情越好。有好几次，因为父亲感冒，我们没让出去，他非但感冒没好，反而病情加重了。最后还是被朋友叫走，参加了几次活动，病情才慢慢好转，心情也好了。

　　和父亲同龄的几个朋友，不是没有固定爱好，就是整天待在家里，因家务琐事生闷气想不开，身体状况不佳，有的重病缠身，有的已经仙逝了。只有父亲，快乐地生活着。

　　于是我想，一个积极向上的兴趣爱好，不但能强身健体，更可以放松心情、延年益寿。它就像一剂长生不老药，让老年人焕发出勃勃生机。

　　我庆幸父亲和叔父有演奏板胡的爱好，这不但丰富了他们晚年生活，也让板胡这种传统乐器在他们的传承下发扬光大。

老家不远

一

闲暇之余,我和同事们谈论各自老家的情况,他们一个个神情亢奋,言辞凿凿,好像老家有说不完的故事,寄不完的情思,唯独我,谈论甚少,并常常陷入沉思之中。

不是因为老家没有精彩的故事,也不是因为对老家没有思念之情,而是和同事们相比,我的老家在我心中有许多不可替代的优越性。它不像他们几人的老家那样,或在偏远的山区,或在遥远的外地。他们还时不时地回老家看看,帮老家做些力所能及的事情,而我呢,离开老家近40年了,回过几次?帮过几回?乡情多深?

二

老家不远,也就100多公里的路程,可从离开老家的那天起,从我跳出了农门成为一名人人羡慕的铁路职工起,我就回去的少了。记得走的前一天早晨,我拉着架子车去5公里外的粮站交公粮,不知为什么那天的人很多,队排得很长,都12月份了,还有这么多人。那是我那几年最头疼的一件事,每次排队,都很难顺利过关。验收员不是嫌粮食没晒干,就是嫌收拾得不干净。如此来回跑好几趟，才能勉强通过。所以当时我一看这情景，头马上就蒙了，站在场外不知所措。好不容易等到验收员从身边经过，我赶忙迎上前，说明我的来意和办理户口的信息，希望给予照顾。也许是同龄人的缘故吧，他二话没说，顺利地让我插了队、过了秤、交了粮、办理了手续。当时的我就好像是穿着新衣的皇帝，有点得意忘形，整个人都要飘飘然了。

那天晚上，我和伙伴们一直聊天到深夜。我们聊了很多很多，聊儿时玩耍的乐趣，聊住校时的刻苦学习，聊高考的激烈竞争，聊命运改变的艰难和不易。最后，伙伴无不感慨地说："这下你彻底改变命运了，从此，咱们村再不会有你这个人了。"猛听此话，我难免有些伤感，但心里是甜丝丝的。这是多少人梦寐以求的事！

就这样，我在村里人的羡慕中离开了家乡，开始了我在铁路上的工作。虽然我所生活的城市距老家不远，但在心里，我却与它拉开了一段很长很长的距离。

三

老家不远，跨过村北的那条渭河就是陇海铁路，距小站也就20公里的路程。可是，自从离开家乡后，我就很少回去了。仅有的几次，也是为了满足自己的那份虚荣。小时候看到村里参军的大哥哥回家探亲，村民们齐齐地围在村口等，或跑去他家里看，看那崭新的草绿色军装和他威武雄壮的军姿。那时候，我是多么羡慕，希望有一天自己也能参军，当一名光荣的解放军战士。如今，儿时的愿望得到了满足，我虽然不是军人，但一身崭新的铁路制服，再配上肩章和大盖帽，其身姿神态，完全不亚于一名威武雄壮的军人。

我走进村子热情地和乡亲们一一问好，我感受到了被夸赞和羡慕的幸福。我被大家众星捧月地迎进家里。几个小弟弟竟轮流戴着我的大盖帽追逐嬉戏，一会儿比画着学军人敬礼，一会儿捡个柴棒持枪冲锋。他们并不知道我只是一个普通的铁路职工，我的职责就是保证列车的畅通和人民生命财产的安全，与持枪打仗一点关系也没有。但我并没有纠正他们的做法，仍由他们开心地追逐打闹，让心中的英雄梦在大盖帽的助威下尽情疯长。

后来，我因工作的缘故，有时根本就想不起回家，农村的不断变化，都是偶然从电话中得知的。村里种植经济作物的盛行，果树、辣椒成了人们种植的首选，但市场经济的自我调节，大家又有了销售的难题。于是，就有人想到了我，大家纷纷给我打电话寻找销路。可我一个普通的铁路职工，又能有什么办法帮助他们？在我婉言拒绝后，一个个又托我购买去外地的车票。那个年代，长途火车哪趟都是爆满，要是买当天的票，不要说硬座，就是站票也难买。在乡亲们的眼里，我是铁路职工，又在车站跟前上班，怎么会买不到票呢？可他们哪里知道，铁路有铁路的规定，可乡亲们不知道，又怎能理解。最后，我只能采取先上车再补票的办法，托熟人走便道把他们送上车。

有一次，刚过完正月十五，就有2个乡亲要去成都，每人还带了三四包干辣椒，说是要去那边卖，让我帮忙买票。我只好叫同事和我一起帮忙。那天车上人挤人，人挨人，连站的位置都没有，我和同事硬是找空隙相互推着、托着，把他们及几大包辣椒送上了车。可是，当列车徐徐开动的时候，他们却是人包分离，其中有2包辣椒被挤进了另外一节车厢。

望着渐渐远去的列车，我和同事一边擦着脸上的汗，一边为他们一路上受这么大的罪而心疼，也为他们的货被挤得七零八落而担心。

打工潮兴起后，家乡的年轻人一窝蜂地又向外跑，而且都集中在过完年返工潮的高峰期，这时候车票最紧张也最难买。我又成了他们求助的对象。有一次，竟有20多人一起找我，他们要去同一个地方，要帮忙买同一趟车的票，这对我来说可真是个难题。还好，在了解了车站相关规定后，我以民工外出打工为由，买到了团体票。当我把这一张张难求的车票寄到他们手里的时候，竟有人笑着问道："买这么多，价钱上没优惠呀？"我苦笑了一下没有回答。

此后的岁月里，我对家乡的父老乡亲，依然是有求必应，能帮就帮，并竭尽全力。因为，我有一份亲情在心里。

四

老家不远，自驾也就1个小时的路程，可我依然很少回去。农村的面貌已经发生了翻天覆地的变化，农民的生活水平有了很大的提升。现代化的农业设备代替了过去的手工工具，就连城里人使用的一些家用电器，无一例外地也走进了家家户户。多数农村接通了天然气，就连老人的退休工资也是一涨再涨，小汽车更是普遍，有的人家甚至过上了比城里人还要优越的幸福生活。可是，我仍然没有要常回家看看的冲动。现在实行了网上售票，坐在家里就可以用手机购票，再也没有人让我帮忙购买车票了，久而久之，我和老家的距离越拉越远，回家的次数愈加减少。即使偶尔回去一次，碰到的年轻人大多也不认识，他们也用异样的眼光看着我。加之陈旧的老屋没法入住，儿时的村容村貌荡然无存，没有了亲切感和亲近感，有的只是陌生和不习惯，我就像一个来去匆匆的过客。

直到近几年参加了几次村里老人的葬礼，才彻底改变了我以前的看法，我才深深体会到了生命的短暂和乡情的重要。一个个儿时的爷爷奶奶

相继去世，一个个年少时的叔伯婶娘步入耄耋之年，一个个儿时伙伴渐渐变老……岁月无情催人老啊！如果再不多回去几次，看看那些可亲可敬的熟悉面孔，听听那些充满爱怜的熟悉声音，那么，留给我的将是永久的遗憾。到那时，可真是悔之晚矣。

我是一棵树，长得再高再繁茂，根也深深地扎在家乡的土地里。

我是一只风筝，飞得再高再远，魂也被家乡的这根线紧紧地牵着。

总有一天，我会落叶归根，魂归故里。

为此，我更加思念家乡，更加亲近我的父老乡亲。不论老家有什么事，我都要回去尽一点绵薄之力。为了把自己真正地融入老家，我专门请人把老房旧屋翻新改造，以保证每次回去能多住几天，多和村里的伙伴聊聊天，谈谈从前的事，多认识一些年轻的孩子，让他们也知道村子里还有个常年在外漂泊的游子。

只有这样，我才不至于真的退休回到村子的时候，像唐代著名诗人贺知章写得那样："少小离家老大回，乡音无改鬓毛衰。儿童相见不相识，笑问客从何处来。"

久违了，我的老家。久违了，我的父老乡亲。树高千尺终不会忘了根，更何况老家不远。

第三辑　追梦前行

过　年

　　我现在越来越害怕过年了。不是因为怕花钱，怕迎来送往走亲戚，怕朋友聚会，而是随着年龄的增长，越来越感到时间的宝贵和生命的珍贵，越来越感到"岁月催人老"，有了一种"不饱食以终日，不弃功于寸阴"的醒悟，仿佛"年"真如那头威胁着人们生命安全的凶猛野兽，越临近过年，越让人惶惶不可终日。

　　曾几何时，过年是一件多么令人期盼和向往的事！

　　从记事起，我就盼着过年，天天数着日子，数了春天数夏天，数了夏天数秋天，数了秋天数冬天，一年365天，漫长而遥远。好不容易盼到一年中最后一个月，也要一天一天地慢慢数，越临近，心里越是焦急。我看母亲一针一线地赶制新衣，看父亲一遍一遍地打扫卫生，看哥哥一点一点地赶制玩具手枪。而自己，虽然帮不了什么忙，但也跑前跑后这儿看看，那儿转转，唯恐漏掉了大人们忙活的每个细节。队里杀年猪，我总盼着每头猪都肥一点，杀的数量多一点，这样每家每户就可以多分几斤肉。那时候，一年到头只有这个时候能吃上肉。家里蒸年馍，我总盼着母亲多发些面，多蒸些肉包子，让装馍的篮子满满的，让吃白面馍馍的时间长一些，因为过完年，就要吃玉米面"黄黄"了。哥哥买鞭炮，总希望买得多

269

一些，除了除夕晚上和初一早上燃放外，最好能在整个正月天天燃放，这样多有年味。可总是事与愿违。哥哥说，不是不想多买，而是没钱多买。

除夕下午煮肉，我总希望父亲煮快点，大肉的香味不但弥漫在村子的上空，也刺激着人的嗅觉器官，我多想快一点吃一碗向往已久的大肉泡馍，这可是一年中最诱人的一顿晚餐……当浓浓的年味随着夜幕的降临笼罩整个村庄的时候，期盼了整整365天的除夕终于来了。

曾几何时，过年是一件多么令人快乐和幸福的事！

过年虽然只有短短的几天，可对我们这些放了寒假的学生来说，是多么珍贵和幸福。我们什么也不需要干，也不需要想，除了吃饱喝足就是尽情玩耍。从大年三十傍晚放完鞭炮开始，我们三五成群地聚集在一个个好友家里彻夜打牌，打到头晕目眩，困乏无力，但谁也不会提出回家，即使瞌睡得就地睡着了，也会被半夜时分的鞭炮声惊醒，然后一窝蜂地跑出家门，争拾鞭炮燃放后的哑炮。那个年月，哑炮是我们自制木头手枪火药的主要来源。拨开一层层鞭炮纸，取出里面的火药，装进空的雪花膏小铁盒，就能随时随地保证手枪弹药充足。

第二天天还未亮，熬了一夜的我们并没有因为困乏而忘记任务。我们在此起彼伏的鞭炮声中拾哑炮，跑来跑去，直到筋疲力尽，才急火火地跑回家。我们回家换上母亲早已取出的新衣，吃一碗母亲煮好的大肉饺子，然后，又一次聚集在一起，相互欣赏新衣，相互比较压岁钱，相互玩耍手枪。我们也会跑到村头的秋千处看年轻人把秋千荡得翻过横梁，看大姑娘脚蹬手扶忽上忽下，如天女起舞，翩翩欲飞，围观者大呼小叫，脸上绽放着快乐的笑容。我们有时也会跑到队里的仓库门口看一堆人热热闹闹地敲锣打鼓，不管是打鼓的、拍扇的、还是敲锣的、打钹的，他们动作娴熟，还不停地以各种各样的花哨动作吸引围观人们的眼球。比如打鼓的，会以大幅度的动作让鼓槌在空中来回飞舞，然后重重地击在鼓面上，动作优美。拍扇的，一会将扇面举过头顶，一会又压到膝前，翻转自如，拍击有度，快时如惊涛拍岸，慢时似潺潺流水。敲锣的，看似毫无技巧，实则有画龙点睛之妙，轻重缓急，敲击位置，全由打鼓和拍扇的节奏而定，就像红花需要绿叶陪衬，敲锣的就是绿叶，虽然不显山不露水，但其重要性不可低估。

我们就这样快乐地玩耍，无拘无束地嬉戏。困了，回家倒在炕上睡一会，饿了，就吃点现成的饭。生怕时间白白过去，辜负了快乐幸福的时光。眼睛不停地看着钟表，心里却一个劲恨时间走得太快，一眨眼大年初一即将过去，我们只好无奈地等天亮，准备未来几天走亲戚。即使走进最亲最爱的舅舅家，或姑姑家或姨妈家，我心里牵挂的依然是村里的好伙伴和各种各样的娱乐活动。哪怕这种活动各个村子都有，但在我们心中最好的仍是自家村子的。因此，吃完中午饭，我就嚷嚷着赶紧回家，好像快乐和幸福就在家等着，好像只有回去了，才算是真正的过年，否则，就是浪费了一天的美好时光。

曾几何时，过年是一件多么浪漫和令人充满遐想的事！

步入了中学时代，我才觉得过年充满了浪漫和遐想，再也不是一味的玩耍和嬉戏，而是在繁重的学习任务面前憧憬着美好的未来。初中时，我们一心想着怎样考上重点高中，牺牲一切业余时间，就连一年中最需要放松和休息的除夕也不放过，闭门不出，刻苦钻研；高中时，时间比金子更宝贵。就连吃饭睡觉的时候，我们也想着如何把学习搞好，过年时也闭门不出，干脆带上足够的饭菜，住在学校。虽然如苦行僧一样不分白天黑夜地学习，但心里都想着考上大学的光荣和幸福。我们都清楚，过年固然快乐和幸福，但考上大学后的日子强过这种快乐和幸福十倍百倍，不但能

跳出农门，摆脱繁重的体力劳动，还可以拥有一份人人羡慕的工作，这又是多少莘莘学子梦寐以求的愿望。因此，吃得苦中苦，方为人上人的道理深深地根植于我们心中，使我们在此起彼伏的鞭炮声和浓浓的年味中依然畅游于知识的海洋，憧憬着美好的未来。

曾几何时，过年是一件给人启发和鼓劲的事！

走向社会，便开始真正地奋斗，过年有了一种总结过去一年和规划新一年的习惯。虽然过年可以放松和休息，但在和朋友们的交谈中，我们可以总结过去，查找不足，规划未来。比如上班的人可以总结哪些是成绩，哪些是教训，哪些需要发扬光大，哪些需要改进，所有这些在交谈和思考中，越梳理越清楚，越总结越觉得干劲冲天。经商的人可以总结哪些项目盈利了，哪些项目亏本了，哪些业务需要扩大范围。朋友的一个点拨或一个提醒，都可能让你醍醐灌顶，茅塞顿开，为日后发展谋划出一条道路。

虽然我对于过年没有儿时那样期盼和向往，但学会了冷静地看待过年，认真地对待过年。积极为一大家子置办年货，为家庭的未来谋划。过年就是举家团圆，迎来送往，礼数周到。我们劳心劳力，忙前忙后，目的只有一个，那就是把年过得快乐，让家庭幸福。

可是，慢慢地，过年越来越引不起我的兴趣。

回老家过年，不是聚在一起彻夜打牌，就是三五成群说话聊天。虽然村里现在水泥路干净平坦，家家门前春联鲜艳，灯笼高挂，街道昼夜通明，一派新农村的过年景象，但我总觉得少了点什么。儿时村头的秋千没有了，孩子们聚在场院、村头追逐嬉戏的场面没有了，锣鼓喧天的热闹情景没有了，人与人之间无拘无束的淳朴情感没有了。过年好像成了一件无关紧要的事，让人没有了幸福感。

在城里过年，更没有吸引人的地方。虽然路上车辆行人减少了不少，到处张灯结彩，但只是人看人、人看景，没有心的交流和情感的寄托，这些都淡化了我对过年的向往。

如今，随着年龄的增长，我非但没有了过年的欲望，猛然害怕过年了，过一个年就老一岁，好像过一个年，就距死亡更近了一步。

于是，我就更加害怕过年，认识到了时间的宝贵，认识到应该好好地思考在未来的日子里怎样工作和生活，怎样前行才能不负韶华，怎样才能"老骥伏枥、志在千里"。